古典文獻研究輯刊

九 編

潘美月・杜潔祥 主編

第11冊

王蘭沚及《無稽讕語》研究

莊 淑 珺 著

國家圖書館出版品預行編目資料

王蘭沚及《無稽讕語》研究／莊淑珺 著 — 初版 — 台北縣永
和市：花木蘭文化出版社，2009〔民 98〕
目 4+180 面；19×26 公分
（古典文獻研究輯刊 九編；第 11 冊）
ISBN：978-986-254-019-0（精裝）
1.（清）王蘭沚　2. 筆記小說　3. 文學評論
857.23　　　　　　　　　　　　　　　　98014518

ISBN - 978-986-2540-19-0

9 789862 540190

古典文獻研究輯刊
九 編 第十一冊　　　　　　ISBN：978-986-254-019-0

王蘭沚及《無稽讕語》研究

作　　者　莊淑珺
主　　編　潘美月　杜潔祥
總 編 輯　杜潔祥
企劃出版　北京大學文化資源研究中心
出　　版　花木蘭文化出版社
發 行 所　花木蘭文化出版社
發 行 人　高小娟
聯絡地址　台北縣永和市中正路五九五號七樓之三
　　　　　電話：02-2923-1455／傳眞：02-2923-1452
網　　址　http://www.huamulan.tw 信箱 sut81518@ms59.hinet.net
印　　刷　普羅文化出版廣告事業
初　　版　2009 年 9 月
定　　價　九編 20 冊（精裝）新台幣 31,000 元

王蘭沚及《無稽讕語》研究

莊淑珺　著

作者簡介

莊淑珺，中正大學中國文學系畢，成功大學中國文學研究所碩士，著有碩士論文《王蘭沚及其無稽讕語研究》，單篇論文〈無稽讕語續編非王蘭沚作者考〉，曾跟隨 陳益源教授參與《彰化縣民間文學集》採錄與編輯工作，目前任教於台南市私立慈濟高級中學，擔任國文科專任教師，致力地投入將學術融入語文教學現場的工作。

提　　要

　　本論文以王蘭沚及其《無稽讕語》作為研究對象，第一章緒論，陳述研究動機、研究方法以及預期成果。而論文主要重點，則分成二、三、四、五等四章，進行討論分析。第二章討論的是王蘭沚及其作品，第三章討論的是《無稽讕語》的承先啟後，第四章討論的是《無稽讕語》的故事類別與功能，第五章討論的是《無稽讕語》的思想內容暨藝術技巧，第六章則是結論。

　　第二章，將焦點集中於王蘭沚作家及作品，第一節作者方面，宏觀介紹整理王氏過去生平資料，並比對歷史所載王露多筆史料，及其和王蘭沚《無稽讕語》〈臺陽妖鳥〉中自述重疊者，對照出直接證據以及旁證，證實二人實為同一個人。再者，更進一步對王氏之所以遭乾隆罷官革職的原因，作更詳細、完整的析論。第二節則針對王露的著作《無稽讕語》、《綺樓重夢》作介紹，包括過去研究成果、版本、內容大要、文學風格。

　　第三章，討論《無稽讕語》的承先與啟後，以及其傳承於文學思想的淵源、對後世的流變與影響。第一節論述《無稽讕語》一書產生的時代氛圍，從小說文學史的創作潮流、政治環境影響下的文人心態、社會經濟的具體影響等三點切入，進行耙梳；第二節則專門討論清代的禁書背景，並對於《無稽讕語》之所以被禁的原因進行考察；第三節則重在承先，由志怪文學、傳奇小說、史傳文學、民間傳說、情色文學、俳諧笑話、宗教觀念等，包括文學傳統暨思想傳統各方面，予以追溯《無稽讕語》於各脈絡之所繼承；第四、五節則重在啟後，因此第四節從作者的角度出發，討論王蘭沚前後二部小說之間的關係，前者《無稽讕語》如何影響後作者《綺樓重夢》；第五節則由探析《無稽讕語續編》是偽作的考證切入，以驗證《無稽讕語》的流行以及其對於後代小說的具體影響。

　　第四章，討論《無稽讕語》的文本故事功能，由於考慮不同題材影響文本功能也有異，筆者先將書中依題材內容區分為四類：仙妖鬼狐、奇聞軼事、諧趣滑稽、歷史風俗等類故事，並依照所佔篇幅的多寡，依序進行功能的討論。

　　第五章，討論《無稽讕語》的思想內容以及藝術技巧分析，第一節先從思想內容的統整歸納入手，分別從儒家傳統的承繼與發揚、道家傳統的繼承與創新、雜揉的宗教觀、政治與社會現實的反映、文人白日夢的渴求與滿足、性別意識的侷限與突破、作者人生態度的反映等幾點探析文本思想。第二節則針對《無稽讕語》藝術技巧作探析，像是人物、情節、敘事、語言等各方面，進行文本分析。

　　本論文針對王蘭沚及其作品《無稽讕語》，作了全面性的探討，不僅在文獻材料上有所補充，對於文學藝術上，也予以肯定。

目次

第一章　緒　論

第一節　研究動機

　　清代文言筆記小說，沿襲歷代文言小說的寫作傳統，結合魏晉志怪內容與唐傳奇手法，在清初達到高峰，而有蒲松齡《聊齋誌異》問世，王蘭沚的《無稽讕語》正是接續著這波清初擬晉唐小說潮流而來，所以其與《聊齋誌異》產生時間相距甚近，屬於同一時代脈絡與環境影響下的產物。

　　過去研究者對於王蘭沚的關注，先注意者是聚焦於《紅樓夢》的續書《綺樓重夢》，並且研究對象都是以續書做為基點，強調其與《紅樓夢》之間縱的比較，與其他多類續書橫的比較，鮮有單論王蘭沚作品者，更遑論談及《無稽讕語》了。

　　研究《紅樓夢》續書並提及《綺樓重夢》者的單篇期刊論文，依時間先後有陳妮昂〈由「紅樓夢」及其續書探討賈寶玉之角色變遷〉〔註1〕，從人物角色切入，研究《紅樓夢》與各續書的關係；趙建忠〈紅樓夢續書的源流嬗變及其研究〉〔註2〕，研究各續書源於傳統文化的審美態度；王佩琴〈紅樓夢續書研究〉〔註3〕，則從作者、故事情節兩大方向，作者方向包括：曹雪芹的位置、對高鶚評價、續書者的接棒，情節方向包括：借鑑宗教內容以轉筆、對愛情歸

〔註1〕　見陳妮昂，〈由「紅樓夢」及其續書探討賈寶玉之角色變遷〉，《國文天地》1993年12月，頁33～41。

〔註2〕　見趙建忠，〈紅樓夢續書的源流嬗變及其研究〉，《紅樓夢學刊》1992年4月，頁311。

〔註3〕　見王佩琴，〈紅樓夢續書研究〉，《紅樓夢學刊》1998年3月，頁268～291。

屬及團圓結局的期望等，分別探析續書文本與《紅樓夢》的脈絡關係，討論對象僅在乾嘉時期的八部續書；趙建忠〈《紅樓夢續書研究》補考〉〔註4〕，旨在補充考證其專著《紅樓夢續書研究》；王旭川〈清代《紅樓夢》續書的三種模式〉〔註5〕，介紹續書模式主要有三種：死而復生、死後托生轉生、三界互通模式，並且三種模式皆與要表達的《紅樓夢》人物評價關係密切，也與當時對小說文法重視有密切的關連，並體現了清代中後期文人的社會生活觀與審美態度；高玉海〈紅樓夢續書理論及裕瑞的批評〉〔註6〕，旨在探討《紅樓夢》續書和評論者所闡述的續書創作和批評理論。另外，非單篇論文而是專門著作者，今日所見有趙建忠《紅樓夢續書研究》〔註7〕，以續書作爲一個文化現象予以考察；林依璇《無才可補天——紅樓夢續書研究》〔註8〕，以乾嘉八種《紅樓夢》續書，由讀者反應理論重新詮釋文本；以及吳盈靜《清代臺灣紅學初探》〔註9〕，將《綺樓重夢》視爲臺灣紅學的一具體影響加以研究。

至於研究提及《無稽讕語》者，目前僅見占驍勇的《清代志怪傳奇小說集研究》，並且是將之置放在清代志怪傳奇的大脈絡下討論，只佔其研究一小部分而已。

所以從以上對於過去研究的回顧整理，可以發現以往研究《綺樓重夢》者，都是將王蘭沚《綺樓重夢》作爲一種續書現象的小部分來研究，並沒有特別針對王蘭沚及他的作品予以討論，這主要是因爲史料上不僅王氏生平所載不多，又其另一部著作《無稽讕語》並不容易見到的緣故，況且，因爲王氏《綺樓重夢》在以《紅樓夢》的標準下審視其審美，批評家對它的確頗爲詬病。

王蘭沚的這一本志怪傳奇筆記小說《無稽讕語》，從地理、史料價值上看，書中藏有豐富的王蘭沚作者生平資料，以及其任官臺灣的相關記載，並且也記錄了南方的一些風土民情，而從文學價值上看，《無稽讕語》早於《綺樓重夢》而產生，屬於同一作者，應當有著作者創作的特殊精神風貌與審美價值，

〔註4〕 見趙建忠，〈《紅樓夢續書研究》補考〉，《紅樓夢學刊》1998 年 3 月，頁 292。

〔註5〕 見王旭川，〈清代《紅樓夢》續書的三種模式〉，《紅樓夢學刊》2000 年 4 月，頁 292～304。

〔註6〕 見高玉海，〈紅樓夢續書理論及裕瑞的批評〉，《紅樓夢學刊》2003 年 3 月，頁 321～332。

〔註7〕 見趙建忠，《紅樓夢續書研究》，天津：天津古籍出版社，1997 年。

〔註8〕 見林依璇，《無才可補天——紅樓夢續書研究》，台北：文津出版社，1999 年。

〔註9〕 見吳盈靜，《清代臺灣紅學初探》，中央大學中文研究所博士論文，2002 年。

並且《無稽讕語》乘清初擬晉唐小說潮流而來，處於一小說史的角度，將研究焦點關注在《無稽讕語》，也當有助於把梳文學發展上的整體時代精神，因此王蘭沚的《無稽讕語》確有其研究價值，值得我們注意。

　　本論文以「王蘭沚」及其「《無稽讕語》」作爲研究的二個重點，作者王蘭沚部分，在資料上補充了過去王氏的相關記載，尤其是林爽文事變的史載部分，以資證明王氏的確親身經驗了此一臺灣歷史；至於作品部分，則聚焦於其志怪傳奇小說《無稽讕語》的研究，包括其時代背景、文學脈絡等方面的承先啓後，以及文本功能、思想內容、藝術技巧等各方面的分析，企圖將《無稽讕語》一書作全面的整理與批評討論。

第二節　研究方法與預期成果

　　由於本論文是以王蘭沚與《無稽讕語》作爲討論重點，作者王蘭沚的部分，筆者傾向運用歷史研究方法，蒐集過去所忽略王蘭沚的臺灣史料、清代史料，並配合《無稽讕語》書中的所有作者背景資料，來把梳對照，嘗試重建作者王氏的生平，歷史研究法不但補充證實了王蘭沚就是清代官吏王露，更因爲作者背景的補充，筆者將有機會更進一步考證王蘭沚被罷官的可能因素，替過去研究王氏背景的缺乏，作更深入的剖析。

　　歷史研究法的利用，不只增加了作者史料背景，也因而在過去文本詮釋《紅樓夢》續書《綺樓重夢》上偏向史傳研究方面，予以更多的參考資料補充，而這樣也更有助於《無稽讕語》的文本分析。筆者後面《無稽讕語》研究部份，除了主要運用史傳研究法，更爲全面的把梳作者經歷與文本的關係之外，也運用了許多小說理論、文學批評理論，像是敘事學、女性主義、形式主義理論、讀者反應理論等等，從技巧、功能、類型、審美等各方面進行文本分析，期望能透過文本的高度掌握與評論，釐清《無稽讕語》在小說史上的相對位置，並且因此更爲全面的把握王蘭沚的創作理念與審美標準。

　　值得一提的是，論文中也補充了小說史上的缺漏本《無稽讕語續編》資料，它藏於首都圖書館北海分館，爲鄭振鐸舊藏古籍，過去小說書目並未加以編列，更別說是研究了，然而續編本的發現的確不可忽略，筆者也期待在論文中證明《無稽讕語續編》是否爲王氏所作，期待利用文本分析以驗證之。然而，不管考證結果如何，續編本也標誌了《無稽讕語》的具體影響，因此

從小說資料補充上，以及文本內容分析上，《無稽讕語續編》都有著具體的文獻意義和高度價值。

　　至於《無稽讕語》與《無稽讕語續編》的考證比較，以及《無稽讕語》與王蘭沚另一部著作《綺樓重夢》的文本分析比較，重視的是橫向的文本分析，筆者擬利用文學的比較分析法，配合實際上小說理論技巧的應用分析，經過文學、理論上比較分析法比較之後，期待能澄清《無稽讕語續編》的作者問題，也期待能統整出王氏作品的相同審美趣味與創作風格，甚至刻鏤王氏作品的縱向風格變化。

第二章　王蘭沚生平及著作

　　王蘭沚的著作《綺樓重夢》，由於是乾嘉時期眾多名噪一時的《紅樓夢》續書之一，再加上近幾年來研究紅學學者的轉向，走入研究海卜紅學領域〔註1〕，漸漸地人們莫不注意到這一位對紅樓故事頗有遐想的人物。

　　然而，對於王蘭沚的第一本著作《無稽讕語》，反而鮮少有人提及，更遑論以之為研究對象了。根據筆者發現，《無稽讕語》中不但保存了多筆作者自述的珍貴經歷，更處處有著作者身為文人著書的創作見解，雖然過去一些研究者，就已曾經嘗試從史傳角度，亦即作者背景切入以詮釋《綺樓重夢》〔註2〕，又或者有針對一連串《紅樓夢》續書，從讀者反應角度、續書社會因素背景等解讀王蘭沚的作品〔註3〕；然而不僅在材料掌握上，對於王蘭沚的身世經歷所知有限，導致史傳詮釋的不足，更由於忽略了王蘭沚另一小說《無稽讕語》，缺乏了對於王氏著作的全面觀照，此皆是因為未能掌握《無稽讕語》一書的緣故。

　　另一方面，撇開紅學史、小說史不談，就臺灣史的角度來看，由於王蘭沚曾經渡海臺灣任官赤崁，其《無稽讕語》中也以筆記性質，記錄了其所親身經歷的臺灣歷史。或許王氏本身對於臺灣歷史的書寫，不免有其解釋的相對性〔註4〕，畢竟其是從己身觀點出發作歷史陳述，不能避免他看待歷史的主

〔註1〕　此說法參考吳盈靜博士論文《清代臺灣紅學初探》，海上乃指臺灣而言。由於王蘭沚《綺樓重夢》為乾嘉時期紅樓續書之一，再加上王氏曾宦遊臺灣，故王氏被其列為海上紅學的首要研究對象。見吳盈靜，《清代臺灣紅學初探》，中央大學博士論文，2002年，頁2。
〔註2〕　見吳盈靜，《清代臺灣紅學初探》，中央大學博士論文，2002年，頁62～93。
〔註3〕　見林依璇，《無才可補天──紅樓夢續書研究》，台北：文津出版社，1999年。
〔註4〕　西方史家克羅齊（B.Croce）以為：所有的歷史都是當代史，因為歷史是以證

觀，但是，王氏能以文人筆墨，書寫出他所見證的臺灣歷史，這又何嘗不能說是一種珍貴的歷史紀錄呢？也因此，對於這些以小說形式呈現的臺灣歷史片段，成了另一種不同於史書的珍貴臺灣史料，光就這一基點而言，《無稽讕語》也就更彌足珍貴了。

故不論是在小說紅學的研究上，又或者是在臺灣史的研究上，能夠關注到王蘭沚的《無稽讕語》，對於二者過去研究空白的填補，相信是極其有意義的。

以下，本章將重點聚焦在作者王蘭沚的生平與著作。第一節筆者嘗試由宏觀到微觀來探討王蘭沚生平，分成三個重點論述。首先宏觀部分，先整理耙梳過去對於王蘭沚的經歷，宏觀王氏的生平以及身世宦遊，及其作品中所見王氏背景。另外的兩個重點，則是關於作者王氏的相關考證。由於過去資料上記載有限，王蘭沚作品上作者皆署名蘭皋居士，因此其本名是王露少為人知，僅學者占驍勇《清代志怪小說集研究》明白指出 [註5]；再者，過去許多研究者未能親見《無稽讕語》一書，故對於其生平資料掌握，所知極少。因此考證部分，首先聚焦於考證：蘭皋居士王蘭沚即臺灣知縣王露，比對資料主要來自於王蘭沚《無稽讕語》書中自述，以及臺灣史。接著另外一個考證重點，是希望藉由新史料的發現，替王蘭沚仕途上被罷黜的原因作一釐清與深究，以期重新看待王氏被罷官的事實真相。

至於第二節，則針對的是王蘭沚的小說著作：《無稽讕語》、《綺樓重夢》二書，依二者成書的先後，做版本、風格的概述，以及過去研究成果的回顧。

第一節　王蘭沚生平

一、王蘭沚生平

王蘭沚，本名王露，號蘭皋居士、蘭皋主人，浙江杭州人。乾隆四十五年

據和批判二者來看，才為歷史。解釋歷史時，往往會受限於時代環境或思潮，故不僅同樣的人物和歷史事件，於不同的時代可以有著不同的評價，即使在同一時代的不同史家筆下，所呈現出來的風貌，也往往異趣。簡而言之，「史觀」的絕對客觀性本就難以獲致，歷史解釋的主觀與相對性，也就成為一種必然的現象。見柯林烏著，陳明福譯，《歷史的理念》，台北：桂冠圖書公司，1987年，頁256～274。

〔註 5〕見占驍勇，《清代志怪傳奇小說集研究》，武漢：華中科技大學，2003年，頁138、139。

（1780）中式舉人，爲浙江仁和副貢〔註6〕，乾隆四十八年（1783）任福建省福寧府壽寧縣知縣〔註7〕，於乾隆五十年（1785）六月尙在廈門〔註8〕，九月調任臺灣縣知縣〔註9〕，隔年即乾隆五十一年（1786）十一月，其知縣任內爆發林爽文事變，歷時十八個月，至乾隆五十三年（1788）三月方止，而王蘭沚始終參與平定之事〔註10〕。

　　乾隆五十三年（1788）王氏因林爽文事變遭到革職命運，乾隆五十四年（1789）又復職，被調赴省垣寓居二年，至乾隆五十六年（1791）辭官歸隱浙江溫州，乾隆五十八年（1793）又入北京都門，是年年底赴湖南醴陵上任，乾隆五十九年（1794）抵湖南醴陵，而至嘉慶元年（1796）輔佐辦理湖南貴州一帶的撫卹降苗事務，離家四載，於嘉慶三年（1798）謝病歸家，由湖南長沙乘舟而歸故鄉，嘉慶四年（1799）移居浙江衣錦里。卒年未詳，僅知嘉慶十四年尙在，替《復逢佳話語齋詩鈔》作序〔註11〕。

　　其實，過去資料提及王氏作品，多數皆未云其王露之名，而敘及王露者，除筆者將在本章比對、補充的臺灣史料之外，其他主要有《福建通志》、《清代官員履歷檔案全編》。《福建通志》上所記，僅一條所載「浙江仁和舉人，四十八年（1783）任」寥寥數字〔註12〕；《清代官員履歷檔案全編》，載王露於乾隆四十八年（1783）正月的引見履歷，云其是「仁和舉人，年三十九歲，由《永樂大典》謄錄期滿，議敘知縣雙月選用，乾隆四十七年（1782）十二月籤掣福建福寧府壽寧縣知縣缺。」〔註13〕故從此筆資料顯示，乾隆四十八年（1783）時其年三十九，可以知道王露生於乾隆十年（1745）。然而，以上記錄並未談及王露生平，眞正對於王露生平有所整理者，過去研究成果的來

〔註6〕見《臺灣文獻史料叢刊》第10冊《臺灣通志》，臺灣：大通書局，頁377。

〔註7〕見陳壽祺等撰，《福建通志》卷百十六，華文書局，清同治十年（1871）重刊本，頁2169。

〔註8〕見清・蘭皋居士，《復逢佳話雨齋詩鈔》。

〔註9〕見《臺灣文獻史料叢刊》第140冊《續修臺灣縣志》，臺灣：大通書局，頁102。

〔註10〕關於林爽文事變的起始時間，史載從乾隆五十一年（1786）十一月起，至乾隆五十三年（1788）二月林爽文、莊大田先後遭擒爲止，應爲十六個月，而此所云歷時十八個月，主要是根據作者王蘭沚於《無稽讕語》之〈臺陽妖鳥〉中的自述。

〔註11〕見清・蘭皋居士，《復逢佳話雨齋詩鈔》。

〔註12〕見《臺灣文獻史料叢刊》第10冊《臺灣通志》，臺灣：大通書局，頁377。

〔註13〕見秦國經主編，中國第一歷史檔案館藏《清代官員履歷檔案全編》第21冊(上)，上海：華東師範大學出版，1997年，頁485。

源，幾乎都是源於其化名蘭皋居士的著作《無稽讕語》、《復逢佳話雨齋詩鈔》，其中整理《無稽讕語》最詳細者，是爲葉德均的《戲曲小說叢考》〔註14〕，對《無稽讕語》書中提及的作者相關年代有著較清楚考證；而整理其詩鈔生平最詳細者，則爲胡文彬《紅樓長短論》〔註15〕，補充了王氏晚年的行蹤。

以下，筆者嘗試將《無稽讕語》、《復逢佳話雨齋詩鈔》書中所記關於王氏資料者，分別整理。首先整理的是《無稽讕語》，依出現的先後卷數，整理表格如下：

卷數／篇目	提 及 王 蘭 沚 相 關 內 文
自　序	余自解組歸田，杜門卻軌，今兩舊兩並鮮往還。時屆夏，五斗室中炎熇特甚，無計自排解，爰追憶向年朋儕晤聚，雜以歡笑。其各述所聞見事，有恢詭不經者；有足資大噱者，率隨筆錄之，藉遣永日積月，得如干條，名之曰《無稽讕語》。……余乃笑而付諸剞劂氏，時甲寅仲夏之月，蘭皋居士自序。
弁　語	家弟蘭皋，塵氛早謝，略如平子歸田，炎暑相侵，差等長卿病渴，望山陰而不見，徒傳赤腳之水，盼河朔以云遙，空羨碧□之酒，于是寄情毛穎，暫爲木客之曹邱，托意陶泓，巧作花妖之鮑叔，秋雲削去，瘦漏成文，春凍雕餘，玲瓏似畫，臥酣窗下，折腰翁解賦閑情，吟滿囊中，長爪郎最工僻句，鑿山而入華胥之國，似幻似眞，架木而通烏有之鄉，……事載百條，卷分五帙，嗟乎！言非有謂，絕殊向空咄咄之書；語不無稽，聊當鼓缶烏烏之唱。歲在旃蒙單閼且月下浣蒯園漫士識。
題　詞	錄有姚仙芝、朱蘭谷、王蒯園、王春麓題詞多首。
卷二／科場顯報	博少司成諱卿額，予師也，後背奉天府大尹卒……。
詠　春	丙戌中和節後，比部郎汪蓼園集各省名士於京城南陶然亭，作詠春之會，擬春雨、春雲、春風、春山等三十題，適合上下平韻之數。……一時集者十人，皆名下士。王生蘭沚，武林人，年最少，有裾屐翩翩之致。……王走筆立就。
閩中俊尼附詩	家蒯園兄有福州紀事詩四首。
虎　倀	俗傳猛虎食人，其鬼即爲虎所役，名曰「虎倀」。余自幼聞其說，未以爲信，及宰壽寧，其地寸土皆山，土瘠而民貧，余有詩云：「薄俸僅餘五斗外，荒城僻在萬山中。」蓋實錄也。
卷三／春燈謎	一、歲己酉，余因公寓省垣。 二、余客東甌（溫州及浙江省南部沿海地區的別稱），元夜出觀燈謎。

〔註14〕見葉德均，《戲曲小說叢考》，台北：文史哲出版社，1989年，頁614～616。
〔註15〕見胡文彬，《紅樓長短論》，北京：北京圖書館出版社，2004年，頁152～158。

夢　驗	庚子歲，余拿眷居都下，是秋獲雋。時家春麓兄官涇溪（水名，安徽省涇縣西南），因公入都，歡然把晤……後十數年余僑寓鹿城，夢往安省與兄相見……。
懲妒二則 並附妒律十二條	家蒯園兄戲作妒律凡七十餘條，集隘不能悉登，除名例督補不錄外，六官各捕二條附載于此。
夏德海	洛陽橋在泉州城外，……余調任赤崁，自福州至廈門泛海而東，往返皆經橋上。
卷四／臺陽妖鳥	乙巳歲，余調任赤崁，秋九涖任，……未幾有淡水生番之變，越明年丙午夏，又有諸羅斗六鬥戕官之案，余當附郭首邑籌辦兵差，日不暇給，迨秋中方迄事，……明年丁未。……是役也，起自丙午之十一月，至戊申三月而大兵凱旋，凡歷十有八月，余始終其事。
卷五／乩詩 記附	辛亥歲，余解組歸寓永嘉，……急叩以柳潭何許人，見盤筆搖掣匆匆草書云：「舅舅同宗遽忘耶。」……余四弟秉釣未冠而殤，幼弟澄宇名霽，甲午孝廉，亦早歲遽歿……異其事，詳敘顛末，札致妹倩佃芝，比部復書云……。

　　而關於上述《無稽讕語》紀年，葉德均《戲曲小說叢考》書中考證十分詳細，包括：（一）〈詠春〉一則所提「丙戌」當為乾隆三十一年（1766），「中和節」為農曆二月初一，足見是年年初王氏應居於京城。（二）〈夢驗〉記「庚子」歲其「拿眷居都下，是秋獲雋」，「庚子」乃乾隆四十五年（1780），是年王氏攜眷居於京城，並中北榜舉人。（三）〈臺陽妖鳥〉所記「乙巳」歲，王氏調任赤崁，當是乾隆五十年（1785），明年「丙午」則為乾隆五十一年（1786），其知縣任內，接連發生淡水同知遭生番殺害、諸羅斗六鬥戕官之案，以及起自「丙午」十一月至「戊申」三月，也就是乾隆五十三年（1788）的林爽文事變。（四）〈春燈謎〉一則所記歲「己酉」，其因公寓省垣，指的是乾隆五十四年（1789）事。（五）〈乩詩〉一則記「辛亥」歲，為乾隆五十六年（1791），王氏解組歸寓永嘉，另〈春燈謎〉客東甌、〈夢驗〉僑寓鹿城記詩云「江山逆旅棲甌海，風雨寒燈夢皖城」，皆指的是同年寓居浙江之事。（六）自序裡云「甲寅」仲夏刊刻《無稽讕語》，此「甲寅」是指乾隆五十九年〔註16〕（1794）。

　　再者，又根據王氏《復逢佳話雨齋詩鈔》所載，其書收集了王氏乾隆五十年至嘉慶八年的三十六首詩作，也稍稍交代了他乾隆五十年之後的行跡，

〔註16〕見葉德均，《戲曲小說叢考》，台北：文史哲出版社，1989年，頁614～616。

以下依時間先後，以一簡表標示王氏出現的詩作篇名與時間、地點：

時間、地點	提 及 王 蘭 沚 篇 名
乾隆五十年（1785）鷺門（今廈門）	乙巳六月七日同實齋何太史遊鷺門虎溪禪寺（俗名老虎洞，洞廣可容數百人，兩層，疊架其上，懸空欲墜，旁多孔竅，疑前爲海舶繫纜處，今則滄海變成桑田也。）
乾隆五十二年（1787）	丁未端午日，同徐印之遊城西小西湖。
乾隆五十八年（1793）都門（今北京）	癸丑都門和劍城前輩疊白香山韻，並以贈行。
乾隆五十八年（1793）	冬至前出都赴湖南醴陵任留別九山太史。
乾隆五十九年（1794）湖南醴陵	甲寅初春抵醴陵任作。
嘉慶元年（1796）湖南、貴州	丙辰春日，奉委隨成觀察，由鎭篁到鳳凰營一帶，辦理撫卹降苗事務，屢蒙垂眷，因呈述德詩五言三十二韻。
嘉慶三年（1798）	戊午秋九月，由長沙買舟旋里。
嘉慶四年（1799）浙江	己未，移居衣錦里（浙江臨安縣舊稱），贈鄭四昌英。
嘉慶五年（1800）	庚申春日，鄭慕林招遊西郊薩氏別墅，歸後漫成七言長句。
嘉慶七年（1802）嘉慶八年（1803）	（壬戌）癸亥仲春送兒子鯤，至洪山橋登舟，赴京供職。
嘉慶八年（1803）	楚南辰谿縣水，次有丹山寺者，峰巒聳翠，巖洞深幽，石上刻小洞天三字，余捧檄苗疆時，曾憩此地，寺僧奉筆硯索詩，因題五律二首於壁，歲久未之憶也，癸亥歲郭書屏，同年奉委銅差，泊舟於此，乘興往遊，見予壁上舊題，依韻和寄，恍然如夢中，復入武陵源也，因續成二首奉答，仍用前韻。
嘉慶十四年（1809）	歲嘉慶己巳秋七月蘭皋居士自敍。

以上《復逢佳話雨齋詩鈔》顯示王蘭沚行跡，包括：（一）「乙巳」乃乾隆五十年（1785）六月，王蘭沚還在廈門。（二）「丁未」乃乾隆五十二年（1787），其時他應當是在台灣，因爲林爽文事變由乾隆五十一年（1786）至五十三年（1788）之間，他始終其事。（三）「癸丑」乃乾隆五十八年（1793），他人在都門，並在年底多至前出都赴湖南醴陵任官。（四）「甲寅」乃乾隆五十九年（1794），王氏抵達醴陵。（五）「丙辰」乃嘉慶元年（1796），奉委隨成觀察，王氏在鎭篁到鳳凰營一帶，也就是湖南、貴州境內，辦理撫卹降苗

事務。(六)「戊午」乃嘉慶三年(1798)秋天,王氏由湖南長沙買舟旋里。
(七)「己未」乃嘉慶四年(1799),回到故鄉的他移居衣錦里(浙江臨安縣
舊稱)。(八)直至「己巳」即嘉慶十四年(1809),他都還尚在人間〔註17〕。

關於王蘭沚的詩鈔,胡文彬其實已經真對其行蹤做過整理與編年,但是
由於其編年時間起始是根據《綺樓重夢》第一回所云「歷一花甲」而推算,
將王氏出生年訂在乾隆二年,因此文獻顯示反倒不似《清代官員履歷檔案全
編》所載,其在乾隆四十八年(1783)時「年三十九歲」數字清楚,因此筆
者另依此推斷,王蘭沚的出生年當是乾隆十年(1745),較胡文彬所推算更晚
一些,並且再一方面參照胡文彬所做的王氏編年,嘗試再重新耙梳王氏的生
平。

> 蘭皋居士曠達人也,猶憶夢為孩提,夢作嬉戲,夢肄業,夢遊庠,
> 夢授室,夢居憂,夢續娶,夢遠遊,夢入成均,夢登科第,夢作宰
> 官臨民斷獄,夢集義勇殺賊守城。既而夢休官,夢復職,夢居林下。
> 迢迢長夢,歷一花甲於茲矣,猶復蒙蒙然夢中說夢,則真自忘其為
> 夢而並不知其為夢者也。〔註18〕

從《綺樓重夢》上述這一段文字來看,顯然此是王氏在花甲之年時,對其一
生所作的回顧,雖以「夢」字述其感慨,然透過此段文字,讓人約略能掌握
其一生經歷:王蘭沚如同一般讀書人一樣進入學校學習,「登科第」是乾隆四
十五年(1780)北闈中式。考上科舉後「宰官臨民斷獄」,當是卷二〈虎師〉
中所說的「宰壽寧」、「薄俸僅餘五斗外,荒城僻在萬山中」,及後來調任臺灣
知縣等。「集義勇殺賊」則是林爽文事變,王蘭沚以知縣身份守府城對抗林逆。
既而「休官」、「復職」,或是指王氏因乾隆年間林爽文事變遭罷黜,後又復官
浙江省垣之事,又或指王氏辭官歸里後,於乾隆五十八年(1793)的第二次
任官湖南醴陵,則未可知。至於「居林下」則應是指其乾隆五十六年(1791)
解組歸田溫州之事。

清楚對照了王蘭沚的《無稽讕語》、《綺樓重夢》、《復逢佳話雨齋詩鈔》,
可以大致掌握其書中所記載的王氏生平梗概。

以下,筆者根據胡文彬所編年做修正,再簡單羅列一王氏年表以供參考:

〔註17〕見胡文彬,《紅樓長短論》,北京:北京圖書館出版社,2004年,頁152〜
158。
〔註18〕見清‧蘭皋居士,《綺樓重夢》,台北:建宏出版社,1995年,頁2。

西　元	王蘭沚年　歲	事　蹟
1745（乾隆 10 年）	1	生於浙江杭州
1766（乾隆 31 年）	22	居京師
1780（乾隆 45 年）	36	參加北闈中式
1783（乾隆 48 年）	39	任職福建省福寧府壽寧縣知縣
1785（乾隆 50 年）	41	六月尚在廈門調任臺灣任赤崁守官
1786（乾隆 51 年）	42	林爽文事變起
1788（乾隆 53 年）	44	林爽文事變平，王氏因公革職
1789（乾隆 54 年）	45	王氏復職，寓居省垣
1791（乾隆 56 年）	47	辭官定居溫州
1793（乾隆 58 年）	49	人在都門北京，冬至前出都赴湖南醴陵任官
1794（乾隆 59 年）	50	抵醴陵，著《無稽讕語》
1796（嘉慶元年）	52	奉委隨成觀察，在鎮算到鳳凰營一帶，也就是湖南、貴州境內，辦理撫卹降苗事務
1797（嘉慶 2 年）	53	著《綺樓重夢》
1798（嘉慶 3 年）	54	王氏由湖南長沙買舟旋里
1799（嘉慶 4 年）	55	王氏移居浙江衣錦里
1802（嘉慶 7 年）	58	送兒子鯤，至洪山橋登舟，赴京供職
1803（嘉慶 8 年）	59	
1803（嘉慶 14 年）	65	整理並自敘《復逢佳話雨齋詩鈔》

　　其實，王蘭沚在登科中舉後的為官三年內，即經歷了影響其一生的林爽文事變，後來雖亂事遭到彌平，自己的短暫罷官後來也恢復官職，然而這樣的經驗，卻也讓王氏在短短五、六年間，就嚐到了官場生涯的變幻莫測，不過整體而言，他的人生尚算順遂，所以他還能再度復官，並且著作。

　　然而無論如何可以確定的是，他的任官經驗使他在小說創作上開始有了突出的表現，連續三年間即產生二部作品，跨通俗白話與文言筆記二種小說文體，姑且不說作品優劣，光是這一點，也可以讓我們稍稍看出這位作者創作的潛力了。

　　另外，值得一提的是，上面表格內文所整理自《無稽讕語》、《復逢佳話雨齋詩鈔》者，除了王氏生平之外，也提供了王蘭沚家庭一些粗淺資料，蓋

其家中兄弟姊妹至少五人，兄王春麓、王蒴園於《無稽讕語》中皆有題詞作序，而四弟秉鈞、幼弟澄宇名霽，則皆早歿，另有一妹不知其名，生子為其甥姚洙楷，字魯培，二人感情頗佳，可惜也早早夭亡，另外，王氏應至少有一子名鯤，曾入京供職。筆者整理簡略表格如下：

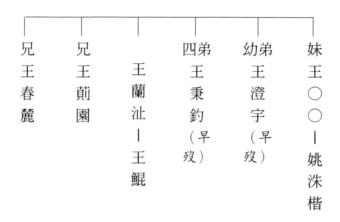

以上整理過去所研究王蘭沚的生平，掌握大致如是。

二、王蘭沚即王露

　　此一部份論述重點，是藉由林爽文事變的相關史料，對照《無稽讕語》所自述的林爽文事變參與經過，補充考證《無稽讕語》作者所署名蘭皋居士，即臺灣知縣王露。

　　其實，前面提到了過去王露生平資料的貧乏，生平記載主要皆根據《福建通志》、《清代官員履歷檔案全編》與《無稽讕語》，並且前二筆資料僅寥寥數字，所提者皆為王露一人，並未提及其著作上的另名王蘭沚、別號蘭皋居士，因此此處筆者利用《無稽讕語》中直接述及林爽文事變者，與臺灣史料記載王露者，作相關比對，以證王露確實是《無稽讕語》之作者王蘭沚本名。

　　王蘭沚（蘭皋居士）在《無稽讕語》書中，自述他任官臺灣期間，經歷了清代歷史上規模最大的一次民變——林爽文事變。史料記載的林爽文事變，起於乾隆五十一年（1786）十一月，歷時一年多，至乾隆五十三年（1788）三月林爽文、莊大田等相繼被捕才結束。經筆者查閱林爽文事變的相關史料，發現王蘭沚任官臺灣是為乾隆五十年（1785）始至乾隆五十三年（1788）止，

也幾乎是同樣一段時間，然而史料中卻無王蘭沚任官的任何記載，反倒有多筆臺灣知縣王露幫助平亂的紀錄。

而在王氏《無稽讕語》卷四〈臺陽妖鳥〉裡，王蘭沚敘述自己爲官臺灣府城，經歷林爽文事變的經過始末，相當詳細，尤其其中關於王氏的自白與經歷，幾乎完全符合史料上所記載臺灣知縣王露的資料。

下面，筆者將先從林爽文起義的始末切入，簡單介紹林爽文起義的實戰經過。接著再比對王露史料以及王蘭沚自述二者的疊合，補充考證其二人實爲同一人。

林爽文事變的導火線，是起於斗六地方楊媽世、楊光勛兄弟爭產集會械鬥所致，後來因爲戕殺官吏逃亡，牽連了大里杙的林爽文，促使其揭竿起義。

其實以地方風俗來看，民間械鬥是閩、粵地區常見的，理由不僅是因爲民風尚鬥，更由於這些地區地理環境不佳，地多丘陵而難以謀生，再加上沿海治安不良，時常遭到海盜、倭寇等侵犯。因此閩、粵地區的人民多有危機意識，長期以來，形成了以組織集會方式謀求自保的民間防禦力量，組成者多是同宗、同村，即使遇遭侵犯時也能互相幫忙，這是當地民間因生活需要所醞釀出來的生存方式。

基於這樣結會所形成的民間防禦基礎，鄉里遇事時則發揮了它的功效，每逢宗族間有宿仇不解、訟獄不平、大小侵凌等事，往往演變成不可收拾的民間械鬥〔註19〕。此風一起，若再加上官府藉人民互鬥名義欺瞞隱藏事實，並不與民曲直，導致黎民成怨而抗官拒捕，這也就更能想像了〔註20〕。

民間集會械鬥的習俗，也因臺灣移民人口多是閩、粵、漳、泉者，而跟著傳到了臺灣，使得早期的臺灣民間，成了社會暴力的溫床。而林爽文起義，正是以此民風爲基礎的〔註21〕。

〔註19〕 見姚瑩，〈覆方本府求言札子〉，賀長齡等編，《清經世文編》（上），卷23，北京：中華書局，1992年，頁576～579。

〔註20〕 見劉平，〈拜把結會、分類械鬥與林爽文起義〉，《史聯雜誌》，1999年11月，頁93～118。

〔註21〕 「林爽文，福建漳州平和縣人，乾隆三十八年（1773）隨父母來台，住居於彰化大里杙，平時以趕車度日爲生，素喜結交，曾充縣衙門捕役。乾隆四十八年（1783），平和縣人嚴踩藉賣布爲名，至臺灣傳授天地會。四十九年（1784）三月間，林爽文聽從入會。五十一年（1786）八月十五日，林爽文與平日意氣相投之林泮、王芬、何有志等人在大里杙結拜天地會，歃血約誓，有事相助，有難相救，武斷一方，官吏因之不敢過問。當時斗六門地方的楊光勛、

　　歷史上的林爽文事變戰役，可以分成四階段來論述，第一階段是乾隆五十一年（1786）十一月彰化大墩起事至是年年底。此一階段主要戰役包括林爽文攻下彰化、諸羅，鹽埕橋之役林軍卻敗退，以及南路莊大田響應攻陷鳳山，與北路會黨的響應等等。第二階段則從乾隆五十二年（1787）初至是年六月以前。此一階段水師提督黃仕簡、陸路提督任承恩抵達臺灣，柴大紀收復諸羅，而官方與林軍多有相互攻擊。第三階段則是乾隆五十二年（1787）六月後，林軍集中火力圍攻諸羅，諸羅一度陷入困戰，常青往救。第四階段則是乾隆五十二年（1787）十一月初一，福康安抵台，並解諸羅之圍，至隔年乾隆五十三年（1788）年初，林爽文、莊大田相繼被擒為止〔註22〕。

　　乾隆朝五十一年（1786）冬天，是年十一月二十七日，林爽文在彰化縣大墩莊起義，殺死前來鎮壓的知縣俞峻等官吏。二十八日攻佔彰化縣城，殺死臺灣知府孫景燧、攝縣事劉亨基等。而此時，莊大田在鳳山起義，林小文在台北起義，遙相應援。

　　十二月初一，臺灣鎮總兵柴大紀獲知大墩遭到襲擊。初二，即命令游擊蔡攀龍率領澎湖兵前來，又稟請閩浙總督常青派兵前來支援。是日酉時，柴大紀獲知彰化陷落，便命游擊李中揚率領四百人，千總蘇耀明、魏大鵬帥另二百人，前往諸羅。自己則準備率領三百人，和游擊林光玉的三百人，前往諸羅通往府城的要道鐵線橋（今台南新營西南）駐紮。初四，林爽文軍隊抵達諸羅，初五，柴大紀經臺灣道永福催促始出發前往諸羅，卻已來不及，初六，林軍即已攻陷諸羅。林爽文攻陷諸羅後，兵分兩路進攻府城北方、西方，十一日，林軍又向鹽埕橋進攻，被柴大紀擊敗。十二日，數萬名林軍再一次進攻鹽埕橋，臺灣知縣王露率領義民七、八百人前來助戰，擊退林軍。經過這一連串鹽埕橋的勝利，府城的民心才稍稍安定。而十二月十三日，莊大田在南方攻陷了鳳山。於是南北兩路會黨準備一同再次進軍府城。二十日，莊大田領兵至府城城外，到了是月三十日，林莊聯軍仍然對府城無可奈何。

　　而此年十二月時的臺灣北部，清軍又克復了彰化，北路竹塹也失而復得。

楊媽世弟兄，因分家起爭，各自招人入會，演變成劫犯殺弁之劇烈衝突，而逃入大里代，牽連林爽文等人。彰化縣官員差人查辦，衙役從中勒索，滋擾村莊，會黨中人遂起義抗官，邀林爽文起事。」見丁光玲，《清代臺灣義民研究》，台北：文史哲出版社，1994年，頁78、79。
〔註22〕此分期參考李天鳴，〈林爽文事件中的諸羅戰役〉，《故宮學術季刊》19卷1期，2001年，頁154～182。

當時府城西面濱海，北門外是柴大紀駐守鹽埕橋，南門外則是蔡攀龍守桶盤棧，僅大東門守備稍疏。乾隆五十二年（1787）正月初一黎明，林軍分眾攻鹽埕橋、擾桶盤棧，主軍力攻大東門。而臺灣道永福令臺灣知縣王露、外委王國志領義民千人往桶盤棧助陣，自率同知楊廷理守大東門。林軍終究沒能成功佔領府城。

乾隆五十二年（1787）正月初四，水師提督黃仕簡率領部分官兵和海壇鎮總兵郝狀猷部一千五百人，抵達鹿耳門。初六，陸路提督任承恩也抵達鹿仔港。二十二日，柴大紀收復諸羅。而任承恩因獲知林爽文逃回大里杙，便停止進攻改採防堵政策。由於水、陸二提督「委派將弁等零星打仗」，且「互相觀望，遷延時日」，高宗便將二人解任〔註23〕。此乾隆五十二年（1787）六月前第二階段，清軍與林軍於諸羅多起戰役交鋒，卻沒有明顯的勝利。

六月上旬，林軍開始圍困諸羅。林軍囤聚在水堀頭、老店（諸羅西南）、月眉莊（諸羅西北）、大崙（諸羅西南十餘里）、牛稠山、打貓等莊，切斷諸羅和府城的道路〔註24〕。諸羅四面的要地幾乎都已經被林軍佔據，只剩下鹽水港一路可以通往府城，林爽文又企圖佔據鹽水港〔註25〕。

而此時期北方淡水、南方府城等地相對平靜。鹿港到諸羅之間，沿途都有林軍屯聚。六月初十以後，府城的糧餉幾乎已經無法運往諸羅，文報也幾乎不通，至八月底諸羅城內幾乎已彈盡糧絕，至十月底柴大紀仍堅持死守，不將諸羅拱手讓與林軍。十一月初三，高宗為嘉獎諸羅義民一直協助官兵防守縣城，下令將諸羅縣改名為嘉義縣〔註26〕。足見第三階段的戰役主要集中在諸羅。

第四階段乃乾隆五十二年（1787）十一月初一，福康安率大軍登陸臺灣。不僅解了坐困已久的諸羅之圍，更節節戰勝，一舉掃蕩了林軍。乾隆五十三年（1788）正月初五，清軍俘獲林爽文，臺灣北路大致平定。二月五日，莊大田被俘，被押往府城處死〔註27〕。於是林爽文之亂正式宣告平定。

〔註23〕見《臺灣文獻史料叢刊》第 102 冊《欽定平定臺灣紀略》卷 8，臺灣：大通書局，頁 188～190。

〔註24〕見北京市天龍長城文化藝術公司編，《清代臺灣檔案史料全編》，北京：學苑出版社，1999 年，頁 1408、1409。

〔註25〕見《臺灣文獻史料叢刊》第 102 冊《欽定平定臺灣紀略》卷 24，臺灣：大通書局，頁 401。

〔註26〕見《臺灣文獻史料叢刊》第 64 冊《清高宗實錄選輯(下)》，臺灣：大通書局，頁 484。

〔註27〕見李天鳴，〈林爽文事件中的諸羅戰役〉，《故宮學術季刊》19 卷 1 期，2001

　　由於史料中，發現有多筆臺灣知縣王露參與林爽文事變平定的資料，在對於林爽文事變的經過略爲瞭解之後，以下試舉其中王露資料詳細，且最貼合王蘭沚《無稽讕語》書中自述的《鳳山縣採訪冊》，和王氏《無稽讕語》一書，以資比對。而另外他筆王露的零星史料，則以表格方式引爲旁證，以供參考。

　　且看清代光緒初年，鳳山縣鳳儀書院監院董事盧德嘉在《鳳山縣採訪冊》的一筆王露記錄：

　　初，諸羅被圍既久，軍餉斷絕，文報不通。柴大紀遣人僞作乞丐，密藏血書請糧，常青飭臺灣縣知縣王露辦解。王露曰：「流寇滿地，恐爲所劫，請先以其贗往，如其能入，則以眞者繼之。」遂當堂封甄石十輻，封緘甚固，又用牛車六輛，裝以草柴，上加穗秕，用蘆席覆蓋封固。其時有二人立二門外，遙遙窺覘。門役見其面生，疑爲奸細，執送王露。王露訊之，曰：「諸羅民人；緣城中糧絕，故來探聽。」王露呵門役曰：「爾何得妄執良民？」因呼二人至後堂，諭之曰：「諸羅絕糧，余稔知之，奈路梗，不易解送。今將僞者先之，賺其劫去，然後續解眞者，先後不過一、二日耳。速歸語城中，努力固守，毋以乏食爲憂。」二人叩謝而去。次日黎明，撥老弱役二名，齊批押解，諭之曰：「爾等先以僞銀米試之，倘被劫去，亦不爾責。如能解到，當有厚賞。」夫役唯唯去。至中途，見賊千餘人立高阜處，遙望而笑，不劫亦不追。夫役疾馳，逕抵諸羅。驗封開視，則朱提白粲，初非僞物，夫役俱訝然不解其故。蓋王露於中途潛易之耳。諸羅既有糧餉分資兵民，守禦益力。賊怒，屢犯郡城，南北賊眾，訛然復集。

　　是時，南路六莊義首武舉許廷耀風聞郡城圍急，乃出家資招募崙仔頂、鹽洲、中洲仔、菅林內、北勢頭、甄仔窯六莊義勇三千餘人，令莊湊統之，立大清旗號，擇九月二十七日（辛卯）祭纛啓行。二十九日到郡，遇賊於桶盤棧，大挫之，乘勢進，解郡圍。官兵望見救援，急啓小南門，出城掩擊，內外夾攻，賊大敗，深恨之，退回下淡水，謀攻六莊家屬，於十月初一日舉事。眾義民聞知，乘夜抽

年，頁 151～193。

兵回救。比至菅林內，東方已白，眾義民一夜無眠，又聞家屬已被屠戮淨盡，無心戀戰，途至甕仔窯海水溪邊，遇賊截殺，全軍十覆其九。時，乾隆五十二年十月初二日也。

圍既解，賊乃遍掠村莊，姦淫婦女，逃難者相望於路。及至郡，守城兵將慮有賊黨在內，拒不納。或以告臺灣縣王露，王露曰：「難民無依，不可不爲安輯。」乃親至城外，查明姓名、人數，造具名冊，令婦稚入城。若有親友者，即往依之；無可依者，於曠地搭草寮使居。按口日給米八合，小口給半。其丁壯男子，概不許入，酌於附近城外之法華寺、先農壇及南壇、北壇寬曠之處，分派安插。每名日給米八合、錢十文，各給軍械一件，遇有賊警，則幫同官兵、義民打仗；無事，則用以瞭望。每五日點名一次，漸聚漸眾，以數千計。或慮費冗，恐將來難於銷報。王露曰：「此種難民，招之則爲善類，散之則爲賊夥；官增一千義勇，賊即減去一千匪黨。是招一而得二也。何敢吝費？如不准銷，願甘賠累。」王露又於未經焚掠各村，設爲聯莊之法，使之彼此互相救援，亦古老「守望相助」之遺意也。由是，賊人雖眾，而城不能攻、莊無可掠，飢寒交迫，漸次解體。王露乘間聲稱：「京兵十萬，不日將至矣。」又分遣幹役密諭各賊頭目，及早投誠，毋待大兵到日，鯨鯢並戮。於是，李茂、謝檜等相繼乞降，匪黨十散其六七。

迨冬初，忽有道士寬衣博帶，直登府堂，題詩於壁，拂袖徑去。追之，無蹤。其詩云：「甲乙見丙丁，莃菲結成林，待得猴上土，草木盡凋零。」眾不解其旨，疑爲不祥。王露釋之曰：「甲乙爲兩重木，林字也；滋擾於丙午、丁未之歲。莃菲成林，謂群賊附從也。戊爲土，申爲猴，草指莊逆，木指林逆；明年歲在戊申，二犯必皆就擒也。」是冬，協辦大學士陝甘總督嘉勇侯福康安（以平臺功晉封公爵）領侍衛內大臣參贊海蘭察（後加封超勇公）、護軍統領領隊大臣舒亮、普爾普（以上四公，並建生祠於嘉義，圖畫紫光閣）、浙江提督許世亨、福建副將陞四川松潘鎮總兵穆克登阿（有克斗六門功）、江南狼山鎮總兵袁國璜（有克大里杙功）、四川副將張芝元、頭等侍衛穆塔爾（以上四員俱以平臺功，得紀勳圖像）等，奉旨統領二等侍衛春寗、三等侍衛薩克丹布、阿克星額、札那芬、薩寗阿、哲克

（有諸羅解圍功）、賽音庫、屯保、伯賓、朔雲保（以上四員，俱赴諸羅解圍）、克德額登額、定西霜、博綽諾翁、鄂爾海、巴彥泰、察漢、西津泰、伍德（以上八員，俱克復大里代、阿哈保、德宛泰、四川屯守備阿結尹常、阿札克塔爾、驍騎校伯哆里爾（以上六員，俱於乾隆五十三年正月初四日丁卯，同擒逆首林爽文於老衢崎地方）、前鋒參領薩崇阿、護軍參領萬廷、甘肅城守營參將吳宗茂、前鋒侍衛彥津保、四川屯番守備阿勇、千總塞莫里（以上六員，俱隨穆克登阿、春甯、薩克丹布、阿克星額、札那芬、薩甯等六員克斗六門）、旗營翼長巴圖魯侍衛六十七（先解諸羅圍，後又擒獲莊大田）、健銳營章京德成額、貴州撫標右營副將岱德、督標中營遊擊王宣（以上四員俱擒逆首莊大田者）、隨營效用知府錢受椿（乾隆五十三年六月間訪獲莊大田幼子莊天畏一名，械送內地）、候補知府德明額（福公令留鹿仔港供運餉）、甘肅蘭州道蘇凌阿（隨營督理糧餉等務）及一切大小將弁，俱隨嘉勇侯福公督兵抵臺。五閱月，而元凶就囚，餘孽悉殲，適符詩讖。是役也，起自丙午之十一月，至戊申三月，而大兵凱旋，臺灣平。〔註28〕

上述這一大段文字，共分四段，前三段配合之前所述的林爽文事變四階段，當屬於第三階段，也就是林爽文集中火力圍攻諸羅縣，諸羅陷入苦戰，直至福康安大軍至台為止。此階段時間是乾隆五十二年（1787）後半年。

　　由於諸羅被圍久困，時柴大紀困守諸羅，文報不通，故柴鎮密藏血書請

〔註28〕見清、盧德嘉，《鳳山縣採訪冊》，《臺灣方志》第73輯，台北：宗青圖書公司，頁406～409。
「按：本書（三冊522面313、200字）分十部（以天干區別），盧德嘉纂輯。德嘉，廩生。清光緒十八年臺灣倡修「通志」，鳳山縣於十二月設采訪局，由德嘉等多人任其事；但因徵采寥寥，久無所成。至次年十月，乃設立主稿之人，並委德嘉專其責成。詑二十年十二月，稿始成。臺灣省立臺北圖書館藏有此冊抄本，今據以整理排印。卷首載有「采訪案由」，詳列通志總局札諭及鳳山造送采訪冊情形。正文分七類：一曰地輿，分屬甲、乙、丙三部；二曰規制，屬丁部；三曰職官，屬戊部；四曰科目，屬己部；五曰列傳，屬庚部；六曰列女，屬辛部；七曰藝文，分屬壬、癸兩部。內容頗為詳贍，惜缺「物產」一類。其藝文類「兵事」一目所收詩文，極具史料價值。此處所錄即為此目所收。又按：此冊所指鳳山，其縣境較清初時已有變更，蓋光緒元年劃率芒溪以南添設恆春一縣矣；另詳第七五種「恆春縣志」篇。」以上轉引自《臺灣文獻提要叢刊》（上），臺灣：大通書局，頁37。

糧，情況危急。當時臺灣知縣王露急中生智，以假訊息告與前來探聽消息的林軍奸細，使得糧餉才得以運入諸羅。

接著的二、三段，首敘乾隆五十二年（1787）九月底、十月初，郡城危急，被義民許廷耀等解救〔註29〕，而王露開城收納難民，召難民爲義民等事蹟。

末段，即是林爽文事變的第四階段，也就是清廷大軍來台幫助平亂之際。內文敘及了平亂前的徵兆，有道士登府堂題詩，詩中隱喻林爽文之役將平，賦予平亂事跡以傳奇色彩。而解詩之隱喻者，即爲王露。

這一筆《鳳山縣採訪冊》的記載，是光緒年間盧德嘉所編，幾乎完全符合王蘭沚《無稽讕語》書中〈臺陽妖鳥〉的自述，以下試轉引其原文相關部分，以資比對：

> ……各省勁旅紛紛雲集，軍威漸振，然南兆賊匪，愈附愈多，益之以中路大武壟土寇，乘機嘯聚，途路梗塞，文報不通，嘉邑被圍既久，軍餉斷絕者，油粃以食，柴鎮遣人僞作乞丐，密藏血書請糧，常將軍餉，余辦解，余曰：「流寇滿地，恐爲所劫，請先以其贗往，如其能入，則以眞者繼之。」遂當堂封磚石十桶，封緘甚固，又用牛車大輛裝以草柴，上加糠粃，用芦蓆覆蓋封固，其時有二人立二門外，遙遙窺覦，門役見其面生，疑爲奸細執送余，余訓之曰：「嘉義民人緣城中糧絕，故來探聽。」余呵門役曰：「爾何得妄執良民。」因呼二人至後堂，諭之曰：「嘉城絕糧，余稔知之，奈路梗不易解送，今將爲者先之賺其劫去，然後續解眞者，先後不過一二日耳，速歸語城中，努力固守，毋以乏食爲憂。」二人叩謝而去，次日黎

〔註29〕見清、盧德嘉《鳳山縣採訪冊》列傳、義民一條：「許廷耀，邑之港西里廣安莊人，登癸卯武闈。乾隆五十一年，彰化奸民林爽文作亂，南路逆匪莊大田應之。……九月二十七日，許廷耀風聞賊圍郡城，急出家資招募崎仔頂、鹽洲、中洲仔、菅林內、北勢頭、肥仔櫼六莊義民勇三千餘人，立「大清」旗號，赴郡堵勦，賊大敗，深恨之，回攻六莊家屬，於十月初一日舉事。眾義民聞知，乘夜抽兵回救。比至菅林內，東方已白，眾義民一夜無眠，又聞家屬已被屠戮淨盡，飢寒交迫，無心戀戰，途至肥仔櫼淡水溪邊，遇賊截殺，全軍十覆其九。事平，知縣史公爲之彙案請旌，又蒙協辦大學士陝甘總督嘉勇侯福公入告，奉旨從優議敘，復御書「旌義」兩大字，表其功。乾隆五十三年各給箚付，今御書猶存，該莊民挨次流交，每逢十月初二日輒設香案，高懸壇上而朝拜之。」清、盧德嘉，《鳳山縣採訪冊》，《臺灣方志》第73輯，台北：宗青圖書公司，頁273、274。

明，撥老弱役二名費批押解，諭之曰：「爾等先以偽銀米試之，倘被劫去，亦不爾責，如能解到，當有厚賞。」夫役唯唯，去至中途，見賊千餘人于高阜處，遙望而笑，不劫亦不追，夫役疾趨，逕抵嘉邑，驗封開視，則朱提白粲，初非偽物，夫役俱訝，然不解其故，蓋余于中宵潛易之耳。

嘉城既有糧餉，分賚兵民，守禦益力，賊怒，屢犯郡城及嘉邑，皆被官兵義民協力卻退，乃遍掠村莊，姦淫婦女，逃難者相望于路，及城下，守城兵將慮有賊黨在內擔，不納，余曰：「難民無依，不可不爲安戢。」乃親至城外，查明姓名人數，造具名冊，令婦稚入城，若有親友者，即往依之，無可依者，于空地搭草寮使居，按口日給米八合，小口給半，其丁壯男子概不許入，酌于附近城外之法華寺先農壇，及南壇、北壇寬曠之處，分派安插，每名日給米八合、錢十文，各給軍械一件，遇有賊警，則幫同官兵義民打仗，無事則用以瞭望，每五日余親出點名一次，漸聚漸眾，以數千計，或慮費冗，恐將來難于銷報，余曰：「此種難民，招之則爲善類，散之則爲賊夥，官增一千義勇賊，即減去一千匪黨，是招一而得二也，何敢吝費？如不准銷，寧甘賠累，至其未經焚掠各村，則設爲聯莊之法，使之彼此互相救援，亦古者守望相助之遺意也。」此法附載篇末。由是賊人雖眾，而城不能攻，莊無可掠，飢寒交迫，漸次解體，余乘間，聲稱京兵十萬，不日將至矣，又分遣幹役，密諭各賊頭目及早投誠，毋待大兵到日，鯨鯢並戮，于是莊錫舍、李義、謝檜等相繼乞降，匪黨時散其六七。

迨冬勿（忽）突有道士寬衣搏帶，直登府堂，題詩于壁，拂袖逕去，道之無跡，其詩云：「甲乙見丙丁，茻菲結成林，待得候上土，草木盡凋零。」眾不解其旨，疑爲不祥，余曰：「甲乙爲兩重木，林字也，滋擾于丙午丁未之歲，茻菲成林，謂群賊附從也，戊爲上，申爲猴，草指莊，逆木指林逆，明年歲在戊申二犯，必皆就擒。」及冬，仲公中堂福參贊公海督兵抵臺，五閱月而元凶就困，餘孽悉平適符詩，識是役也，起自丙午之十一月，至戊申三月而夫兵凱旋，凡歷十有八月，余始終其事，初則染患背癰，繼爲馬蹄蹴傷，左足憤腐，經年須人而行，然崎嶇戎馬，旁午軍需，不敢告勞也，至是

　　諸務畢竣，贏憊已甚，乃引疾卸，……。〔註30〕

對照清光緒年間盧德嘉《鳳山縣採訪冊》與王蘭沚《無稽讕語》之後，明顯發現盧氏記載王露事蹟，與王氏自述己身之事蹟，幾近貼合。如所引《無稽讕語》前二段，指的也是乾隆五十二年（1787）後半年，事變發生的第三階段，柴鎮被圍困諸羅，王氏獻計運糧；以及王氏任官府城時，郡城圍解而收納難民，爲之安頓，並爲設聯莊之法等。而上所引末段，則記王蘭沚解詩，預知林爽文之役將平一事蹟。凡此種種，皆是直接證據，證明王蘭沚即盧氏書中所稱的臺灣知縣王露。

　　而除了這一筆史料是最爲直接的證據之外，以下筆者分階段論述，以表格呈現其他多筆二人實爲一人的旁證，以及王露其他的史料記載：

一、第一階段

王　露　史　料	王蘭沚《無稽讕語》自述〔註31〕
1. 王露，浙江仁和副貢，五十年任。〔註32〕	乾隆50年 乙巳歲，余調任赤崁，秋九涖任。
2. （乾隆五十一年）十二月庚子朔，賊陷淡水；護淡水同知臺灣知縣程峻自殺，竹塹巡檢張芝馨死之。……賊共推林爽文爲盟主，僞號「順天」，以彰化縣署爲盟府。……乙巳，賊陷諸羅縣，攝縣事董啓埏、原署知縣唐鑑、典史鍾燕超等皆死之。林爽文從彰化往攻諸羅，留守彰化之賊不過數百人，同僞官稽查出入而已。……府城先聞大墩及彰化之變，鎮道議令左營遊擊李中揚領兵三百人往援。中揚扶病至諸羅，亦死之。賊既得諸羅，爭掠財貨，驕滿自恣，視府城爲掌握間物，日聚黨飲酒演優；以故府城得預爲備．永福遣教授羅前蔭、海東掌教嘉應州舉人曾中立、幕友劉繩祖馳赴鳳山，招集粵義民赴府守禦。臺灣縣知縣王露病，不能視事。臺防同知楊廷理代理府事，率經歷羅倫等步行招坊市義民，	乾隆51年12月 柴乃橄楊游府，率兵五百先行，自率兵八百餘繼之，未至，而彰諸二邑，先後遁陷，退屯鐵線橋，離郡四十里，時將運餉赴軍前，無敢任其事者，余適患背癰甚劇，毅然請往，故有遍地皆流賊，諸公憚此行，欣然余請往，力疾趲趲行程之作，及至中途，柴鎮已退回鹽埕橋矣。 旁午軍需，不敢告勞也，至是諸務畢竣，贏憊已甚，乃引疾卸……。

〔註30〕見《無稽讕語》卷四〈臺陽妖鳥〉。
〔註31〕按：本節以下表格之右欄所舉，皆轉引自《無稽讕語》卷四〈臺陽妖鳥〉。
〔註32〕見《臺灣文獻史料叢刊》第84冊《福建通志臺灣府》，臺灣：大通書局，頁579。

三日中得八千人，復乘船至海口，得長年水手一千餘人，併調熟番一千人，鳩集工匠，整造器械，以備戰守。己酉，臺灣總兵柴大紀禦賊於鹽埕，賊遁去。〔註33〕識是役也，起自丙午之十一月，至戊申三月而夫兵凱旋，凡歷十有八月，余始終其事，初則染患背癰，繼爲馬蹄蹴傷，左足憒腐，經年須人而行，然崎嶇戎馬，	
3. 先是柴大紀自府城出屯鹽埕橋禦賊，又留兵千二百人，橄城守營參將宋鼎、鎮標遊擊左淵、守備王天植等領之，留守府城。臺灣道永福、同知楊廷理、知縣王露又勸民捐貲，募海口漁民膽勇者爲義民，與官兵協守。〔註34〕	乾隆51年12月 柴鎮已退回鹽埕橋矣，詢其故，曰：「鐵線橋前後左右俱附賊，惟鹽埕爲臺邑兆境，民心未攜，故守此，但賊多兵少，奈何？」余曰：「遠隔重洋，援兵豈能飛度，請回郡募義民相助。」及歸，則闔郡悉罷市，米舖不復舂穀，眾不得食，情勢洶洶，余發倉穀數百石，募夫碾碓，照市價發糶，城中遂安，郡向無城亦無池，惟立木兩層，中樹刺竹，日久漸圮，急召匠修建，置水缸于其下，以防火攻，又掘土爲塹，深廣八尺餘，旋聞郡中多有爲賊內應者，觀察命余捕之，余曰：「事之有無未可知，若逐戶梭括，轉致激變，不若渙之，使不得聚。」因諭令各街巷，凡兩箭地，即建一柵，削竹插其上，鋒銳如戟，中開兩門，輿馬過則啓，否則鍵之，傍開小門，僅可容一人，飭居民按日輪派二人，稽其出入，夜則懸燈于傍，余晝夜梭織巡察無少懈，又示禁夜行，惟日間始通往來，然東進即西出，毋許退遛，若有數人聚柵中徘徊不去者，執以送縣，械收諸獄，郡城肅然，繼而逆爽鼓眾數萬，直逼鹽埕，柴鎮告急，余舉義旗集眾，一時來歸者不下三千人，擇能事者爲旗首，各授印旗一面，計十有七旗，每旗統人一百至二百不等，人各受竹一桿長徑，丈上

〔註33〕見《臺灣文獻史料叢刊》第 84 冊《福建通志臺灣府》，臺灣：大通書局，頁 1005～1007。

〔註34〕見《臺灣文獻史料叢刊》第 16 冊《平臺紀事本末》，臺灣：大通書局，頁 9。

遠則發矢，近則交刃，或沮之曰：「驅市人以試鋒鏑，危道也。」余怒曰：「賊亦市人耳，豈素嫻擊刺者哉？」遂留七旗以守城垣，余躬率千五百人共十旗並班役八百餘名，力疾赴鹽埕助陣，告于眾曰：「爾等從余勦賊，慕義可嘉，然師行不可以無律，爾眾敬聽余約，行陣隊伍雖非所諳，但軍以金鼓為耳，旗幟為目，倘任意後先，不歸所統之旗者，有笞，聞鼓不進聞金不退者，馘其耳，經過村莊攘奪食物者杖，劫人錢財、淫人妻女者，戮以徇，臨陣之際，前徒奮往，後隊不繼者，斬前徒，或失利而後隊輒退縮者斬，逐北之時，賊故遺金銀于道，有敢爭拾致誤前進者斬，其有受傷者，余為之醫藥，甚或陣亡者，余為之殯葬，並卹其妻孥，若梟得賊首者受上賞，搶得火鎗火砲者次之，弓槭籐牌，又次之。」眾皆踴躍歡諾，各給印牌一方，書其姓名，鈐以縣印懸胸前，以便識認，即晚奮兵而出，群賊披靡而奔，余有詩紀其事曰：「星芒慘慘月色黑，賊眾埔攢盈萬億，殺聲動地三面來，士卒相視皆股栗，嚴戒鎗砲無妄施，一發當令殲百賊，時予坐對銀髯翁，兀然不動無懦色。鹽埕扼要郡咽喉，安危爭此一戰力，須臾砲發如雷鳴，轟天掣地無停聲。白刃相交挺相擊，山岳搖撼江河傾。群寇駭竄各獸散，奮臂疾呼催兵民，乘勝逐北經數里，鳴金收眾歸重營。偃旗息鼓暫安席，荒雞亂號東方白，憑高一望快心目，斷頭裂腹屍枕藉。營將舉手勞義勇，余亦□然獎兵役，兵民間有受微傷，不吝捐貲厚加澤。始快終矜哀起立，還徘徊作孽半，人事豈盡由天災，平時養癰既貽患。臨機末手少將才。遂令潰敗決裂竟至此，流禍延蔓周全台，嚮使撫綏安戢果有術，此種逆惡胡為來。」賊既退，余屯橋東，柴屯橋西，為掎角之勢，翌日，賊又至，又敗之，嗣是往返軍營

	數次，遇戰皆捷，蓋柴鎮善用，砲無虛發，及接戈之際，賊用短兵義民械長先及之，前賊殪則後者反奔，故我軍屢屢獲勝，且傷者絕少，賊勢不利，退保諸羅，余亦歸郡，賊乃密囑道府廳各役及民人無賴者云：「有能戕官以城獻者，即以所戕之官職授之。」觀察問而懼，余笑曰：「賊計殊惡，然好搓非聚至數千百，不能舉事，今城中戒嚴相欄如櫛比烏合，無由必不敢妄逞。」既乃聞淡水廳亦失守，余憤甚，禱于關聖廟，得籤云：「王鬼重生應發跡，萬人頭上逞英雄。」時臘月十三日也，余往軍營見柴鎮曰：「籤兆如此，擬于翌日躬率義民隨人人拔寨，前行收復所失地。」
4. 初，林爽文自鹽埕橋被傷，回大穆降，數日不出。至是鳳山失陷，遣人邀結莊大田圖攻府城。同知楊廷理、守備王天植聞信，領官兵、義民數百人往攻大穆降，以斷南路賊會合之路。癸亥（二十四日），至大灣土□夷與賊遇。賊分左右翼圍裹官兵、義民。維時賊眾蜂擁而至，官兵不能當。……于是南北賊眾會合，再圖攻援府城矣。府城西濱海，北門外則柴大紀守鹽埕橋，南門外則蔡攀龍守桶盤棧，惟東門備稍啓。賊遣人偵之，因謀分眾赴桶盤棧、鹽埕橋以綴南北官兵，而悉大眾攻東門。謀既定，己巳（三十日），值歲除，……（乾隆五十二年正月初一）黎明，先分賊眾攻鹽埕橋。又分眾擾桶盤棧。頃之，林爽文率大眾攻大東門。臺灣道永福令知縣王露、外委王國志領義民千人往桶盤棧助戰，而自率同知楊廷理守大東門。賊人直抵城下，……同知楊廷理率義民二十人從小東門出賊後攻之，遊擊鄭嵩、左淵亦領兵自小南門出攻其左。賊人出不意，急退。官兵、義民乘之，賊大敗。維時賊攻桶盤棧，鏖戰良久，遊擊鄭嵩乘勝領兵夾攻之，賊亦退走。〔註35〕	乾隆 52 年 1 月 1 日 次日辰後，又報南路鳳山縣爲逆匪莊大田攻陷，余曰：「鳳邑陷，賊必兆侵郡城，不可無備。」遂返署，署中親友僮僕半皆星散，余遣人密探賊情，回報莊賊謀于眾曰：「郡中兵少且弱，不足慮，所患者義民耳，今姑緩之以怠其意，俟歲除之夕，眾必散歸，度歲歡飲，猝攻之可以得志。」余乃召義民者，告以亦戒，勿飲勿睡，聞鑼聲必持械畢集，迨除夕五鼓，賊果至率眾出禦敗之，殲馘無算，嗣是賊逡巡不敢犯。

〔註35〕見《臺灣文獻史料叢刊》第 16 冊《平臺紀事本末》，臺灣：大通書局，頁 11、12。

上面的表格左欄所列，是王露在林爽文事變第一階段被史料記錄者。第一、二筆乃引自《福建通志臺灣府》，尤其第二筆敘述的是林役之初，賊軍陷淡水、彰化、諸羅等，勢如破竹，轉而對府城虎視眈眈，而柴大紀能禦賊於城外鹽埕橋，屢次敗賊始稍安定府城民心。此時，臺灣知縣王露因病而不能視事，請臺防同知楊廷理代理府事。對照之下，在右欄《無稽讕語》，除了述及林役之初的戰局，王蘭泩也自述其「初則染患背癰，繼為馬蹄蹴傷，左足憒腐，經年須人而行」。

而第三、四筆乃引自《平臺紀事本末》，第三筆提及王露在事變之初，留守府城，募義民與官兵協守；右欄《無稽讕語》則詳細記錄了王蘭泩如何募義民，與官兵協守府城退賊。第四筆時間是乾隆五十一年（1786）年底至五十二年（1787）年初，時林爽文雖先被擊退於鹽埕橋，卻仍意圖南北路會合來犯，當時「府城西濱海，北門外則柴大紀守鹽埕橋，南門外則蔡攀龍守桶盤棧，惟東門備稍啟」，故府城南、北、東皆面敵，於是「臺灣道永福令知縣王露、外委王國志領義民千人往桶盤棧助戰，而自率同知楊廷理守大東門」。

因此由上述史料和《無稽讕語》的比對，可以看到王蘭泩在林爽文事變之初，雖罹病仍堅守府城，協助退敵。

二、第二階段

王　露　史　料	王　蘭　泩　自　述
1.（乾隆五十一年末）初，總兵柴大紀聞彰化陷，知賊勢猖獗，不可遏，即奏請旨，命水陸提督發大兵渡海勦賊。……十二月乙巳（初六日），師次灣裡溪，聞諸羅失守，退屯鹽埕橋。獲賊間林馬，鞫之。言賊眾分二路：一自諸羅山下茄冬直抵府北，一自笨港挈漁船浮海南下攻府西。柴大紀誅林馬，梟之。密戒水師哨船巡緝海口，而自軍于鹽埕橋以備不虞。（乾隆五十二年正月）丙午（初七日）遲明，見漁船啣尾至，逼海西岸，急麾眾兵發子母銃擊之，沉船無算，乃逸去。……賊退屯大穆降。……賊眾守大穆降數日，時出擾我師，皆懲前失，不敢近逼營壘。……辛亥（十二日），賊大掠民間絮被，溼之，蒙牛車上，加皮盾，以犯我師。官兵擊之。賊殊死戰。自辰至午，相持不退。兵氣稍衰。	乾隆51年底 乾隆52年1月7日 乾隆52年1月12日 于眾曰：「郡中兵少且弱，不足慮，所患者義民耳，今姑緩之以怠其意，俟歲除之夕，眾必散歸，度歲歡飲，猝攻之可以得志。」余乃召義民者，告以亦戒，勿飲勿睡，聞鑼聲必持械畢集，迨除夕五鼓，賊果至率眾出禦敗之，殲馘無算，嗣是賊逡巡不敢犯。

臺灣縣知縣王露募城中義民八百人出城助戰，兵益振，更前決戰。賊稍卻。〔註36〕	
2.（乾隆五十二年）二月辛亥（十三日），頓師大湖二十有四日矣。臺灣道永福見黃仕簡，請下令促進兵。仕簡曰：「師老矣，輕進必有失，且令郝總兵回軍緩圖之。」永福曰：「師聞進尺，不聞退寸。今旋師，必爲賊人所窺，知官兵不可恃。請飭同知楊廷理、知縣王露發義民二千助戰。」仕簡從之。維時福寧遊擊延山亦領千總、把總、外委邱安國等十五員，兵千人至府城。仕簡檄令以五百人留府，而以五百人赴大湖。〔註37〕	乾隆52年2月13日 乾隆52年2月23日 明年丁未春正月，大兵東渡，柴總鎮奉調率兵三千，北收諸羅，建寧鎮，郝公奉調率兵三千，南收鳳邑，不兩旬柴鎮克復諸羅，而郝兵爲賊所阻，駐師于湖，踰月不得前，助之以義民數千，賊敗而竄，遂復鳳山，余曰：「兩邑既復，賊鋒大挫，乘勢進攻，可以盡殄噍類，無如南北各營遷延觀望。」余曰：「不速勦賊，將復聚蔓，難圖矣。」既而莊逆舉其黨莊錫舍，招番社女巫金娘爲軍師，謀攻鳳山，卜之吉，賊眾感于妖巫，訹然群集，鳳邑復破一軍，皆爲猿鶴，林逆聞之喜，亦集眾攻諸羅……
3. 二月二十有三日（辛酉），復鳳山。先是，總兵郝壯猷久困大湖，郡城防兵僅千人，請援莫應。適福寧鎮遊擊延山領兵一千人來郡，臺灣道永福、同知楊廷理、知縣王露撥所領義民一千五百人，請於提督黃，飭令遊擊延山率所領之兵，安平遊擊鄭嵩率兵二百人同往大湖協勦，遂復鳳山城。三月八日（丙子），鳳山復陷……。〔註38〕	

　　上面左欄三筆史料，是爲王露參與林役第二階段的記載，前二筆引自《平臺紀事本末》，第三筆引自《海濱大事記》。

　　在乾隆五十二年（1787）一月一日黎明，林軍攻府城不成之後，進入林爽文事變第二階段，仍有多起零星的交戰，林軍依舊時常侵擾郡城，而第一筆資料所載即是此時，王露於府城仍募義民助戰。

　　至於二、三筆資料，雖出處不同，當指同一件事，也就是當時海壇鎮總兵郝壯猷爲了拿回淪陷的鳳山，久困大湖，後經臺灣道永福、同知楊廷理、知縣王露撥所領義民一千五百人，請於提水師督黃仕簡，飭令遊擊楊延山、安平遊擊鄭嵩，率兵同往大湖協勦，才得以復鳳山城。比對參照右欄的王蘭泚自述，其中有云：「郝公奉調率兵三千，南收鳳邑，不兩旬柴鎮克復諸羅，而郝兵爲賊所阻，駐師大□，踰月不得前，助之以義民數千，賊敗而竄，遂復鳳山。」可見王蘭泚曾參與大湖、鳳山之役，符合左欄王露所載史料。

〔註36〕見《臺灣文獻史料叢刊》第16冊《平臺紀事本末》，臺灣：大通書局，頁7、8。
〔註37〕見《臺灣文獻史料叢刊》第16冊《平臺紀事本末》，臺灣：大通書局，頁20。
〔註38〕見《臺灣文獻史料叢刊》第213冊《海濱大事記》，臺灣：大通書局，頁55。

三、第三階段

王　露　史　料	王　蘭　泚　自　述
乾隆 52 年 10 月	嘉城既有糧餉，分賚兵民，守禦益力，賊怒，屢犯郡城及嘉邑，皆被官兵義民協力卻退，乃遍掠村莊，姦淫婦女，逃難者相望于路，及城下，守城兵將慮有賊黨在內擔，不納，余曰：「難民無依，不可不為安戢。」乃親至城外，查明姓名人數，造具名冊，令婦稚入城，若有親友者，即往依之，無可依者，于空地搭草寮使居，按口日給米八合，小口給半，其丁壯男子概不許入，酌于附近城外之法華寺先農壇，及南壇、北壇寬曠之處，分派安插，每名日給米八合、錢十文，各給軍械一件，遇有賊警，則幫同官兵義民打仗，無事則用以瞭望，每五日余親出點名一次，漸聚漸眾，以數千計，或慮費冗，恐將來難于銷報，余曰：「此種難民，招之則為善類，散之則為賊夥，官增一千義勇賊，即減去一千匪黨，是招一而得二也，何敢吝費？如不准銷，寧甘賠累，至其未經焚掠各村，則設為聯莊之法，使之彼此互相救援，亦古者守望相助之遺意也。」此法附載篇末。由是賊人雖眾，而城不能攻，莊無可掠，飢寒交迫，漸次解體，……。
1.（乾隆五十二年十月）十八日（辛巳），青常奏言：參贊恆瑞八月間帶兵往援諸羅，臣等本欲由陸路勦賊前往，但須過溪河數道，未能便捷；適值風色順利，是以改由海道較為迅速，實無避賊情事。現聞恆瑞在此數日內起兵進攻，諒必早與柴大紀、普吉保彼此知會。乃臣現接普吉保稟稱：「連日探知大崙、青埔等處屯聚賊匪，該處為往諸羅要路，隨親督官兵節次勦捕，冀通道路。無如烏合之眾，於覆巢處所散而復聚，不得不為防備。若輕移前進，恐有意外疏虞，不但於應援無益，且	乾隆 52 年 10 月 18 日

更張賊勢。況帶兵前來原為救援諸羅，今離諸羅二十餘里，斷無中途而止之理。總以極力設法，一有可乘之機，斷不敢稍有貽誤」等情。臣細思柴大紀保固城池，一心望援；而普吉保離諸羅二十餘里，則帶兵五千五百名之多，似更易於勦通；況聞恆瑞之兵已動。臣又專札嚴飭飛催普吉保，務須與柴大紀、恆瑞同心併力；不日福康安亦可到鹿仔港，兵勢更為壯盛，必能掃穴擒渠。臣於海口各要隘，分飭兵弁嚴密巡緝，毋使賊匪搶佔船隻，以致遠颺。並飭臺灣縣王露多備札諭，交熟練番情之諸羅生員劉宗榮轉交伊弟劉光志，密往大武壠內後山，給四番社通事土目收執，預防賊匪竄匿。〔註39〕	
2.（乾隆五十二年十一月）二十六日（己未），常青奏言：近日南路被脅人民聞知北路大兵痛殲賊匪，自當各求生路，漸次歸莊。今查十一月十七、十八、二十等日，尚有賊匪一、二千在府城小南門、大北門外騷擾，臣隨派侍衛雅爾疆阿、翼長官福等帶領弁兵，分投迎勦，鎗斃斃賊甚多；又各追趕五、六里，殺賊十餘名。看來，俱係脅從之徒，易於潰散。此時，賊黨勢孤，必將潛逃竄伏；臣現於府城沿山要隘處，加意堵禦。其沿海要口，已有李侍堯派到繒船官弁兵丁，在鹿耳門外往來巡邏，臣又派江寧將軍永慶、副都統博清額、總兵陸廷柱輪流前往稽查。並據臺灣道永福，多備小船，選派兵役率同廳縣佐雜，分路設立水卡；該道仍不時親往督拏。儻有賊匪竄至，定可立即擒獲，必不至有搶奪船隻逃入洋面之事。所辦似為周密。至於東港一口，現在有兵駐箚，俾商販糧食得以往來。其有避難歸莊者，仍飭地方官隨時撫恤。再查南路鳳山一帶，踞莊抗拒從賊已久之人，未免畏罪不前。臣現飭令臺灣道永福，凡遠近莊民，除前經該道給發腰牌各安生理外，再行按莊懇切曉諭，概許輸誠復業。如果通莊俱係良	乾隆 52 年 11 月 26 日

〔註39〕見《臺灣文獻史料叢刊》第 102 冊《欽定平定臺灣紀略》，臺灣：大通書局，頁 719、720。

民，以後或有賊黨入莊，即令該莊人眾立刻拏解，併蹤跡莊大田藏匿處所，共相擒獻，立予重賞。其查出負固不服之莊，計李侍堯調來內地兵一千名，亦將到營，臣臨時妥酌前往搜勦。至內山一帶，前已飭令臺灣縣知縣王露差人□札往諭番社，今再令該知縣仍遣熟諳番情之人，前赴各社諭令擒賊，許以獎賞，不致逆匪潛逸稽誅。奏入。〔註40〕	

此第三階段時間是乾隆五十二年（1787）後半年，史料上比對沒有二人實爲同一人的端倪，但由於是王露可見記錄，因此仍依照時間予以整理於上。

乾隆五十二年（1787）後半年，當時由於諸羅被圍久困，柴大紀困守諸羅，文報不通，故柴鎮密藏血書請糧，情況危急。這在前面的《鳳山縣採訪冊》、《無稽讕語》的直接證據中，已經清楚對照過了。當時是臺灣知縣王露急中生智，以假訊息告與前來探聽消息的林軍奸細，才使得糧餉得以運入諸羅。乾隆五十二年（1787）九月底、十月初，郡城又告危急，被義民許廷耀等解救始解圍，而王露當時以仁治民，開城收納難民，召難民爲義民這一事蹟，也發生在此第三階段。筆者右欄所列《無稽讕語》王蘭沚自述即是。

至於左欄二筆王露史料，皆引自《欽定平定臺灣紀略》常青奏言，雖不同筆，但實指同一件事，即王露於此階段負責與番社作官方往來，以求防堵林軍賊匪莊大田等竄入番社中躲藏。

四、第四階段

王　露　史　料	王蘭沚自述
1. （乾隆五十三年）二月初五日（戊戌），福康安、海蘭察、鄂輝同奏言：……莊大田等及有名頭目，佔據大武攏地方，爲負嵎死守之計。該處大山圍繞，溪深嶺峻，山僻路徑處處皆通。中有四十餘莊，如礁吧哖街、大湖莊、樂陶莊、后堀臘，皆係賊穴；而虞莊、加拔莊、赤山保等處，皆有賊人出沒。此時，進勦南路賊匪，必先搗大武攏賊巢，覆其根本。並將該處通往鳳山之路，飭令山豬毛義民在旗尾莊、番薯寮要隘堵截。一面令永慶帶領總兵陸廷柱、巴圖魯侍衛果爾敏色、副將官福等，就近由府城往攻水底寮，牽綴賊勢。大武攏西面，臣已派蔡攀龍帶兵駐箚灣裏溪；烏什哈	乾隆 53 年 2 月（此時林爽文已被擒獲，莊大田尚未）

〔註40〕見《臺灣文獻史料叢刊》第 102 冊《欽定平定臺灣紀略》，臺灣：大通書局，頁 781、782。

達駐箚哆囉嘓；梁朝桂駐箚茅港尾；鄭國卿駐箚白水溪一帶，進逼。其東面一帶內山生番，已諭令熟悉番情之貢生張維光、生員王宗榮、通事黃彥、黃三才、王和等，前往曉諭各社生番，協同堵勦。並令臺灣縣知縣王露差貢生張維光，密諭大武壠內之粵莊、番社，招集義勇，以爲內應。一俟各處佈置安協，即令烏什哈達帶兵一千名、內地同安義民一千名，由哆囉嘓前進；梁朝桂帶兵二千名，繞至阿里港一帶，迎頭堵截；臣等即統率大兵，分路進攻。大武壠一破，南路賊匪自成瓦解之勢。至北路各處村莊，民心甫定，乃須酌量留兵鎮撫地方，搜緝逸匪。〔註41〕	
2.（乾隆五十三年正月）十六日（己卯），常青奏言：臺灣府城北至嘉義縣一路，前經福康安派令普爾普帶領官兵自縣至府；復自府回縣；往來追捕，賊匪逃遁，道路已通。其府城以南，臣屢次搜勦，勢亦消散；所有敗退竄伏之賊，時或潛出，搶掠覓食。臣營盤雖存兵無多，茲值北路大兵迅掃賊巢，競思振奮，一聞探報賊蹤，立往迎擊，皆能爭先殺獲，賊眾登時奔潰。節准福康安來咨，賊巢業已蕩平，賊首尚未弋獲。臣再嚴飭文武員弁兵役，加緊巡查，不使稍有疏漏。惟查南路賊首莊大田，前聞匿跡大武壠山內；近又訪聞在南仔坑地方。查該處與水底寮一帶，係鳳山縣屬，皆有匪類藏匿，距東港頗近。臣前派副將丁朝雄等收復東港，以通糧路，帶兵一千二百餘名，僅可駐守。今李侍堯挑派內地各營兵一千，現已先到六百五十餘名。不日到齊，臣即酌撥六百名添赴東港；後到三百餘名，派守府城。合計丁朝雄原帶之兵，共有一千八百名，再令會同廣東、泉州等莊義民一、二千，相機前進，開通鳳山道路，就近設法擒拏莊大田並其賊目匪黨。又飭令鳳山縣知縣張升吉前往該處，將搜出之附合脅從人等，廣爲招撫，安插歸莊。並據臺灣縣知縣王露曉諭民莊，各舉紳耆聯絡附近莊眾，守望相助，遇賊拏解，仍蹤跡莊大田協擒解獻。奏入。〔註42〕	乾隆 53 年 1 月 16 日 乾隆 53 年 2 月 （莊大田 2 月 5 日被擒）

　　以上二筆王露資料引自《欽定平定臺灣紀略》，右欄王蘭泚自述皆不見與之對應者。而此二筆的時間在乾隆五十三年（1788）初，時福康安大軍已至臺灣，戰事逐漸取得勝利，臺灣知縣王露則幫助大軍圍捕賊逆，不但「差貢生張維光，密諭大武壠內之粵莊、番社，招集義勇，以爲內應」，更「曉諭民莊，各舉紳耆聯絡附近莊眾，守望相助，遇賊拏解，仍蹤跡莊大田協擒解獻」，大亂終告平定。

〔註41〕見《臺灣文獻史料叢刊》第 102 冊《欽定平定臺灣紀略》，臺灣：大通書局，頁 862、863。
〔註42〕見《臺灣文獻史料叢刊》第 102 冊《欽定平定臺灣紀略》，臺灣：大通書局，頁 823、824。

五、役平之後

王　露　史　料	王　蘭　泚　自　述
1.（乾隆五十三年）于是將軍福康安籌計善後事宜，謂致亂之源，不可不究也。乃劾福建按察使李永祺、臺灣道永福先治楊光勛之獄不能盡根株，罪宜除名；而永福又受屬官金，與柴大紀同官不舉其罪，罪加重焉。臺灣縣知縣王露、權嘉義縣知縣陳良翼亦以餽永福金坐革職。〔註43〕	乾隆53年5月 識是役也，起自丙午之十一月，至戊申三月而夫兵凱旋，凡歷十有八月，余始終其事，初則染患背癰，繼爲馬蹄蹴傷，左足憒腐，經年須人而行，然崎嶇戎馬，旁午軍需，不敢告勞也，至是諸務畢竣，羸憊
2.（乾隆五十三年五月）二十九日（庚寅），福康安、魁倫、徐嗣曾同奏言：……是柴大紀貪婪之罪，竟由永福徇縱而成，應與罪人同科。雖自賊匪滋事以後，守城尚有微勞，而核其功罪斷難相抵，應擬絞監候，即行派委妥員解送刑部，仍應抄沒家產，以爲徇隱玩誤者戒。所有餽送節禮各員，內張貞生一員，業經另案參革；其陳良翼、王露二員，雖守城各有勞績，官聲亦好，但違例供應，呈送陋規，均屬不合。應一併革職，查明該員等供應餽送數目，加倍罰出充公。〔註44〕	已甚，乃引疾卸，旋亦□誤內渡，當其時觸事感心，輒于馬上口占俚句積數十章，茲不備錄內，如〈鞫囚詩〉有云：「本屬郵農輩，無端被脅從，京矜吾有意，法律爾難容。」之句，卒賴大憲慈祥，允余謂凡屬脅從，皆得末減。

　　上面左欄二筆史料，是記載王氏革職的最新證據，關於此二筆史料的探討，將於下一小節有更清楚的釐清。

　　以比對結果而論，林役亂平之後，乾隆皇帝曾追究責任而懲處多人，在右欄王蘭泚自述裡，僅自云其「感時觸事」、「本屬郵農輩，無端被脅從京，矜吾有意，法律爾難容」等，稍稍看出王氏之觸犯律法；以及「卒賴大憲慈祥，允余謂凡屬脅從，皆得末減」，約略說明自己減罪的經過而已。相較之下，左欄王露的史料，顯然更有力地提供了王氏罷官的證據。然而兩相對應，仍可旁證王露即是王蘭泚。

　　以上所列一連串表格，是以史料所見王露資料爲對象，輔以王蘭泚《無稽讕語》書中的自敘經歷，分階段來一一作爲對照的，故其中所列時間，僅筆者取其二者疊合的大致時間作參考。然而，在透過此一表格引作旁證之後，

〔註43〕見《臺灣文獻史料叢刊》第16冊《平臺紀事本末》，臺灣：大通書局，頁67、68。

〔註44〕見《臺灣文獻史料叢刊》第102冊《平臺紀事本末》卷六十一，臺灣：大通書局，頁982。

二者史料重疊性之高，證實了王蘭沚即王露，這一點相信也就更加清楚了。

比照整理王氏相關史料與林爽文事變之關係，可以發現當時臺灣府所轄四縣（臺灣、諸羅、彰化、鳳山）一廳（淡水），除了臺灣一縣附廓於郡城，因而未被佔領之外，幾乎全部都曾經被林爽文起義軍所佔領〔註45〕。王氏亂時雖主要待在府城，但其身為台灣知縣，不僅協助義民守城、聯絡，更愛護百姓，頗能持守，在林爽文事變的平定上，有著一定的貢獻。

三、王蘭沚罷官緣由

此小節筆者嘗試將所發現王露史料，用以考察王氏被罷官的真正原因。

由於過去研究未曾掌握臺灣知縣王露的史料，對於其被罷黜的理由，僅見吳克岐《懺玉樓叢書提要》所言因「軍機誤事」一說：

> 蓋作者姓王，曾由科第作宰，以軍事失機罷官，逮復職退歸，年已六十餘。此書原名《紅樓續夢》，所謂小玉者，必影射有人，為作者之深仇，因以帷薄不修醜詆之，……夫以寶玉再世而為寶玉之子，蔑倫甚矣。十二齡童子即荒淫無度，詆之極矣，然又崇以封王拜相，何耶？可卿首導寶玉以淫，為榮寧兩府之罪魁，而今世反為奇女子，晴雯為婢女中之完人，而今世反為妓，淆亂黑白，莫此為甚。……或曰是書為福康安而作，其說近是。〔註46〕

紅學索隱派指出王蘭沚罷官是由於「軍事失機」，並進一步揣測了當時平定臺灣林爽文事變的將軍福康安，其與王蘭沚的官場恩怨。〔註47〕

其實，史料上記載的林爽文事變，是由民間地方械鬥演變而成國家大亂〔註48〕，最後甚至得出動大軍跨海彌平的，故對此乾隆皇帝在事後頗有檢討。在林爽文大亂平定之後，乾隆皇帝除了嘉賞平亂有功者，如福康安、海蘭察等人，也對於亂之所以起的禍亂根源——臺灣官宦的貪污姑息多有懲處。其

〔註45〕見實之，〈臺灣十八世紀的林爽文起義〉，《國文天地》，1990年4月，頁49～51。

〔註46〕轉引自一粟，《紅樓夢書錄》，上海：上海古籍出版社，1981年，頁99。

〔註47〕對於此觀點，吳盈靜也曾根據此而有所發揮。見吳盈靜，《清代臺灣紅學初探》，中央大學博士論文，2002年，頁87～93。

〔註48〕見劉平，〈拜把結會、分類械鬥與林爽文起義〉，《史聯雜誌》，1999年11月，頁93～118。

及劉平〈林爽文起義原因新論〉，《清史研究》，2000年2期，頁92～99。

中最著名的例子即是臺灣鎮總兵柴大紀的平亂有功封爵，最後卻仍難逃法死之例。〔註49〕

　　關於柴大紀獄一案，史料多有詳載，清廷官方資料上如福康安上奏乾隆皇帝的奏摺中，多指柴大紀在擔任臺灣鎮總兵之際，林爽文事變爆發之前，就已經腐敗至極、吏治不修，其貪贓枉法、爲官獲利的事實，是其難逃一死的主要原因。柴案於當時乃是轟動一時的大事，然過去亦有研究者傾向爲之翻案，以爲由於柴大紀功高驕矜，得罪了來台平亂的福康安，才導致了福康安欲至之死地的結果〔註50〕。當然，其研究中也詳細羅列了柴氏與福康安的過節，是因柴氏平定林爽文之亂有功，驕矜得寵卻目中無人，因此得罪福康

〔註49〕 見《清史稿臺灣資料集輯》所載柴大紀一條：「乾隆五十一年十一月，林爽文亂起，……大紀時以總兵守府城，賊分道來攻；大紀出駐鹽堤橋禦之。擊沉賊舟數十，馘千餘。五十二年春，水師提督黃仕簡、陸路提督任承恩先後赴援。大紀出攻諸羅，克之；即移軍守諸羅·旋以守府城功，賜花翎……。爽文攻諸羅，自二月至四月凡十至；大紀督游擊楊起麟、守備邱能成等出戰，殺賊數千。……大紀以忠義，率兵民誓堅守。上嘉大紀勞，賜荷包、奶餅，……鹽水港者，諸羅通府城糧道也；賊來攻，大紀力禦之。……命福康安爲將軍，仍令大紀參贊。……復令總兵蔡攀龍援諸羅，大紀出戰，迎入城共守·上移大紀水師提督，而以陸路提督授攀龍。十一月，加大紀太子少保。……因封爲一等義勇伯，世襲罔替；並命浙江巡撫琅玕予其家白金萬，促福康安赴援。十一月，福康安師至，嘉義圍解；大紀出迎，自以功高、拜爵賞，又在圍城中悾傯，不具橐鞬禮。福康安銜之，遂劾大紀詭詐，深染綠營習氣，不可倚任；上諭謂：「大紀駐守嘉義，賊百計攻圍，督率兵民力爲捍衛。朕諭以力不能支，不妨全師而出；大紀堅持定見，竭力固守，不忍以數萬生靈委之於賊。朕閱其疏，爲之墮淚！福康安乃不能以朕之心爲心乎？……大紀屢荷褒嘉，在福康安前禮節或有不謹，致爲所憎，直揭其短；福康安當體朕心，略短取長，方得公忠體國之道。」侍郎德成自浙江奉使還，受福康安指，訐大紀；上命福康安、李侍堯、徐嗣曾、琅玕按治。福康安臨致書軍機大臣，言：「大紀縱兵，激民爲變。其守嘉義，皆義民之力。大紀聞命，欲引兵以退；義民不令出城，乃罷。」事聞，上諭謂：「守諸羅一事，朕不忍以爲大紀罪。至其他聲名狼藉、縱兵激變諸狀，自當按治。」命奪大紀職，逮問。福康安尋以大紀縱弛貪黷、貽誤軍機議斬，送京師。上命軍機大臣覆讞，大紀訴冤苦，並言德成有意周內，迫嘉義民證其罪。下廷訊，大紀猶力辨。五十三年七月辛巳，命如福康安議，棄市；其子發伊犁爲奴。論曰……若柴大紀有功無罪，爲福康安所不容，高宗手詔，可謂曲折而詳盡矣；乃終不能貸其死。軍旅之際，捐肝腦、冒鋒刃，求尺寸之效；困於媢嫉，不成而死於敵，若成功矣而又死於法。嗚呼！可哀也已。」見《臺灣文獻史料叢刊》第76冊《清史稿臺灣資料集輯》，臺灣：大通書局，頁653～656。

〔註50〕 按：據吳淑媛說法即傾向於此。見吳淑媛，〈林爽文之亂與柴大紀之獄〉，《國家論壇》，1972年4月，頁15～17。

安的緣故。

此處姑且對柴大紀一案的背後真相，是否涉及複雜的政治因素，持保留態度。但其實透過柴案所揭露的清朝時期臺灣吏治腐敗，卻也讓我們一窺當時林爽文事變的時代面貌之一隅了。過去研究林爽文之亂所以起事的原因，就多有著「官逼民反」〔註51〕這樣的說法。

「官逼民反」可從林爽文事變的導火線及遠因來看，導火線一般都將之指向乾隆五十一年時，斗六門地方的楊光勳、楊媽世弟兄，因分家而演變至集會械鬥、劫犯殺弁事件。後來嫌犯逃入彰化大里杙，牽連了林爽文等人，甚至官吏在追捕兇嫌的過程，還「燒毀內新，茄莖角等莊，擒獲匪犯數名，立行杖斃」〔註52〕，手段之激烈，可說是林爽文起義的重要導火線。

而從遠因來詮釋所謂「官逼民反」，則牽涉到清代一朝臺灣吏治的敗壞風氣。其實早在清廷治台以來，吏治上的腐敗就已經是治理臺灣的最大隱憂了。劉妮玲即考究過清代臺灣吏治腐敗的理由，主要是清廷治台初期，多採取「防台重於治台」的手段，人事制度上導致臺灣官員普遍從內地委任，任期不僅短，而且不准其攜眷渡台；再加上事權上的不專，雖然臺灣道、鎮分別為臺灣文、武官員的最高職位，但此二員除了遙制於福建巡撫外，二者之間權力上更彼此侵擾，影響吏治；此外，清代官員的薄俸導致的收取「規費」之陋習，更使得臺灣吏治鋪上了層層相因的貪污網〔註53〕。凡此以上種種，都使得清代臺灣的吏治越趨敗壞。

審視前面所提及的柴大紀貪瀆案，也就是因為涉及了這樣收取規費的不法行為，而被乾隆問斬棄市的〔註54〕。雖然事情的引爆點皆是林爽文事變所牽扯而出，然而當時王蘭沚身為臺灣知縣，其著作《無稽讕語》書中〈臺陽妖鳥〉一則，也提及了其與柴大紀共守府城，協助平亂的艱苦過程。王氏處於當時的烽火戰事，又身為臺灣官宦，是否也在亂事彌平之後，被乾隆予以追究其為宦失職，難逃於法的罪責？此似乎不無可能。

〔註51〕 見莊吉發，〈清初天地會與林爽聞之役〉，《大陸雜誌》，1970 年 12 月，頁 11～32。
〔註52〕 見《宮中檔案乾隆朝奏摺》第 67 輯，乾隆 53 年 3 月 22 日，福康安、鄂輝奏摺，頁 596。
〔註53〕 見劉妮玲，《臺灣的社會動亂──林爽文事件》，台北：久大文化出版社，1989 年 4 月，頁 67～103。
〔註54〕 見《宮中檔案乾隆朝奏摺》第 68 輯，乾隆 53 年 4 月 18 日，福康安等奏摺，頁 1～7。

　　過去對於王蘭沚的慘遭罷官，所見資料極其有限，僅僅上述所提及的「軍事失機」而已〔註55〕，但是既然已有充分證據，證實了王露與王蘭沚實爲同一人，對於王氏的罷官眞相，臺灣史料中也就多出了一些珍貴紀錄，以提供事實眞相的釐清了。

　　王露在幫助平定林爽文事變後，史料記載其實主要是因王氏餽贈臺灣道永福金而被革職的。關於其革職原因，史料上前面曾云有二筆，一則見於《平臺紀事本末》：

> 于是將軍福康安籌計善後事宜，謂致亂之源，不可不究也。乃劾福建按察使李永祺、臺灣道永福先治楊光勳之獄，不能盡根株，罪宜除名；而永福又受屬官金，與柴大紀同官，不舉其罪，罪加重焉。
> 臺灣縣知縣王露、權嘉義縣知縣陳良翼亦以餽永福金坐革職。〔註56〕

另一則見於《欽定平定臺灣紀略》卷六十一：

> 是柴大紀貪婪之罪，竟由永福徇縱而成，應與罪人同科。雖自賊匪滋事以後，守城尚有微勞，而核其功罪斷難相抵，應擬絞監候，即行派委妥員解送刑部，仍應抄沒家產，以爲徇隱玩誤者戒。所有餽送節禮各員，內張貞生一員，業經另案參革；其陳良翼、王露二員，雖守城各有勞績，官聲亦好，但違例供應，呈送陋規，均屬不合。
> 應一併革職，查明該員等供應餽送數目，加倍罰出充公。〔註57〕

亂雖平定，但乾隆皇帝以爲一民變最終釀成大禍，最大的原因乃在於臺灣宦臺者貪贓枉法之故，因此亟欲懲處林爽文亂起之根由，委任福康安在台調查相關失職貪污者，一一查辦。

　　王氏的「餽永福金坐革職」、「違例供應，呈送陋規」，指的應當是同柴大紀一案相同貪瀆不法。筆者在前面已提到，清乾隆時期臺灣吏治的貪瀆現象極爲普遍，從上至下，有著層層相因的貪瀆網絡，所有官員都必須按例「呈送規費」，無人能例外。以當時臺灣的文、武最高官員，文者屬臺灣道永福，武者則屬臺灣鎮總兵柴大紀來看，王氏身爲臺灣知縣，爲文官而隸屬於臺灣道永福的管轄之下，會餽贈道永福以金，牽扯到此等貪污醜聞，也就不難想見了。

〔註55〕轉引自一粟，《紅樓夢書錄》，上海：上海古籍出版社，1981年，頁99。

〔註56〕見《臺灣文獻史料叢刊》第16冊《平臺紀事本末》，臺灣：大通書局，頁67、68。

〔註57〕見《臺灣文獻史料叢刊》第102冊《平臺紀事本末》卷六十一，臺灣：大通書局，頁982。

　　儘管對於眞相作者並未在《無稽讕語》書中多作澄清，但其因爲福康安之奏導致乾隆的定罪革職，則爲屬實。因此王蘭沚於乾隆五十三年，遭到了革職罷官的命運。故與其說王氏是軍機失誤遭到罷黜，不如云其牽扯上了福康安與柴大紀的官場鬥爭，又或者涉入了治理臺灣不法貪污之罪，更爲符合事實的眞相了。

> 識是役也，起自丙午之十一月，至戊申三月而夫兵凱旋，凡歷十有八月，余始終其事，初則染患背癰，繼爲馬蹄蹴傷，左足憤腐，經年須人而行，然崎嶇戎馬，旁午軍需，不敢告勞也，至是諸務畢竣，羸憊已甚，乃引疾卸，旋亦□誤內渡，當其時觸事感心，輒于馬上口占俚句積數十章，茲不備錄內，如〈鞫囚詩〉有云：「本屬郵農輩，無端被脅從，京矜吾有意，法律爾難容。」之句，幸賴大憲慈祥，允余謂凡屬脅從，皆得末減。〔註58〕

雖然王氏在《無稽讕語》書中沒有多談罷官始末，然而於上述這一段文字中，也或多或少可以掌握他自己對於牽扯此罪名的一些感觸。看來他曾經因此而入囚牢、被押送赴京，但也因爲「大憲」〔註59〕諒其是被脅從，所以最終才能逃脫死罪。

　　或許也因爲王氏終究是平亂有功者，且其在台官聲尚好，也並未實際上開罪福康安，再加上罪魁禍首柴大紀雖然爲事變、貪污之禍源，也已經遭到嚴厲處罰而被懲處棄市。於是，王氏在乾隆五十四年（1789）又復職，因公而被調赴省垣寓居二年，直到乾隆五十六年（1791）才辭官，定居浙江溫州。

第二節　王蘭沚著作

　　在上一節針對作者王蘭沚生平作了介紹與考證之後，此節將進入王蘭沚的小說作品作概括論述。王氏的著作除《復逢佳話雨齋詩鈔》外，屬小說有二，第一本《無稽讕語》是爲文言筆記小說，成書於乾隆五十九年（1794），第二本《綺樓重夢》是爲長篇通俗白話小說，時間較晚，成書於嘉慶二年（1797），二者皆是王露辭官歸隱溫州之後所著，其間相隔僅短短三年。以下，

〔註58〕見《無稽讕語》卷四〈臺陽妖鳥〉。
〔註59〕考：「大憲」乃清代地方官員對總督或巡撫的稱謂。此處指的可能是陝甘總督嘉勇侯福康安，或李侍堯易常青之閩浙總督位，由於資料有限，仍有待筆者進一步的考證。

筆者依二者成書的先後順序，作版本、內容、過去研究成果等方面的概述。

一、《無稽讕語》

《無稽讕語》，又名《無稽讕言》，是作者成於乾隆五十九年（1794）的一部文言筆記小說，全書共分五卷，共包含一百零五個故事，其中卷一有十四則，卷二有二十則，卷三有三十則，卷四有二十二則，卷五則有十九則故事。

所有故事題稱羅列如下：

卷一	龍眼侍御	噩夢	蠻觸搆兵	魂游	庾樓
	後庭博金	瑤池夢讌	彼穙村	森羅殿考試	道學先生
	林醜醜	虎女	金生射獵	妖術	
卷二	煙筒傳贊	科場顯報	女廟留賓	梅子留酸	蝦兵
	偷兒穴垣	孟子詩	癡兒答債	求鳳夢	詠春
	哈叭狗	小洛陽選婿	孽報	誤娶	醫詩文
	健婦	施氏	考婿	閩中俊尼	虎師
卷三	誤溺	春燈謎	男變女	夢驗	無常
	雷殛	蟻移家	鸚鵡	女醫	邵獸
	抱鬼	懲妒	醜婦驅狐	扶乩	卜者自驗
	打鬼	浮泛破承	女盜	鬼見怕	遣愁說
	雞姦	夏德海	道士論文	夜光	魂附虼體
	夢裡清歌	假鬼劫財	蠅妒	筆談	神杖
卷四	鼠取婦	投胎	畫山僧	狗盜	雞產人雛
	魏小姐	泥馬	女鬼談詩	大痴小痴	蜂妃
	鬼示死期	犬報	月夜聽詩	六郎	臺陽妖鳥
	學杜	蜉蝣	放生持齋	華童	狐蠱有緣
	行令逐客	狐讘			
卷五	梅花菴	髯道士	孽蛇	假彌子	螻蛄
	山魈	車夫驅狐	義牛	巨人交媾	公主墓
	魚怪	靈姑	乩詩	琴劍作別	拔強毛
	六姑娘	封仙	張麗華祠	財神誕期	

由上述題目清楚可見，其屬於傳奇志異的文言小說，性質為一部筆記，與其他清代筆記內容相類似。例如卷一目錄所列共十四題，人間天上，牛鬼蛇神，一一札記之。和清代許多筆記內容相比，此書內容屬地方風物、人情

〔註60〕，亦雜有淡粉清煙、神異志怪等。

此書版本，曾有清坊刻本、家刻本，共有五卷，成書於乾隆五十九年（1894），曾經於同、光年間被江蘇、浙江等省例列爲禁書〔註61〕。又有光緒二十九年（1903）石印本，是爲六卷，僞題《續夜雨秋燈錄》，其中卷六是抽取潘綸恩《道聽途說》拼湊而成〔註62〕。由於過去遭禁後，就極少人注意它，故今已難見藏本，一般圖書館內都找不到了。目前於北京城內藏有此書者有三家，一是北京大學圖書館，僅存一至二卷；二是中國藝術研究院戲曲研究所資料室所藏傅惜華原藏書，有二部；三是首都圖書館善本室有一部。而上海圖書館亦見藏本，清咸豐四年（1854）刻本〔註63〕。

由於本書已難見到，更遑論有以之爲研究、評論者了，今筆者幸賴陳益源老師指導，取得藏於中國藝術研究院戲曲研究所資料室之《無稽讕語》，加以句讀，缺漏處再參考北京大學圖書館所藏，予以校對，而得此書作爲碩士論文的研究對象。所見二者均爲刻本，均係五卷，中國藝術研究院戲曲研究所資料室所藏，一頁十行，一行十六字；北京大學圖書館所藏，一頁十一行，一行二十四字。至於詳細故事內容分類、分析，以及其間所展現的文學特色、藝術技巧，筆者都將於論文接下來的章節中有所討論。

二、《綺樓重夢》

王蘭沚的另一部著作《綺樓重夢》，是爲《紅樓夢》乾嘉時期一系列續書之一，成書時間爲嘉慶二年（1797），是繼《無稽讕語》三年之後的另一部長篇小說。

其實，續書的創作有其亙古的傳統，光是《紅樓夢》的續書，目前可見的、未見的統計資料，就高達九十八種，其中跨越的時間，從《紅樓夢》生產之初至今日民國，都還見得到有人爲之續作〔註64〕，足見人們喜愛《紅樓

〔註60〕見胡文彬，《冷眼看紅樓》，北京：中國書店，2001年，頁197～199。

〔註61〕見安平秋、章培恆主編，《中國歷代禁書目錄》，上海：上海文藝出版社，1992年，頁165。

〔註62〕見寧稼雨編，《中國文言小說總目提要》，濟南：齊魯書社，1996年，頁355、356。

〔註63〕見胡文彬，《冷眼看紅樓》，北京：中國書店，2001年，頁197～199。按：關於此所紀錄的藏本，除北京所藏三處爲胡文彬記錄之外，上海圖書館所藏乃查閱登錄資料而補。

〔註64〕見趙建忠，《紅樓夢續書研究》，天津：天津古籍出版社，1997年，頁19～36。

夢》的程度了。而這一本《綺樓重夢》，產生於嘉慶二年，它不僅時間與《紅樓夢》一書產生時間相距甚近，更是《紅樓夢》程刻本付梓後廣爲流傳影響下的第一批產物之一〔註65〕，被紅學研究者列入清代首批出現的《紅樓夢》續書當中，並且，《綺樓重夢》也因爲年代的關係，許多小說史也常將之列入續書討論介紹〔註66〕，因此以《紅樓夢》續書史的角度來論，《綺樓重夢》也非常重要，不可輕忽。

關於本書版本，筆者參考馮其庸等編《紅樓夢大辭典》、周汝昌等編《紅樓夢辭典》、一粟編《紅樓夢書錄》、江蘇省社科院文學研究所編《中國通俗小說總目題要》、孫楷第《中國通俗小說書目》、崔溶澈《清代紅學研究》、王清原等編《小說坊書錄》等等，以表格依序整理如下：

版　　本	年　代	內　　　　容
初刊本	嘉慶四年（1799）	原書未見，僅存書目
較早的版本書坊名不詳袖珍本	嘉慶四年（1799）	無扉頁 卷首有嘉慶四年七月十六日西冷蒒園漫士序 次目錄，題「西冷蘭皋居士戲編」，末回亦有「蘭皋居士擱筆」之字 正文每面八行，行十二字
瑞凝堂刊本	嘉慶十年乙丑（1805）	題爲「紅樓續夢緣」，目錄題「綺樓重夢」，第一回與第四十八回又稱「紅樓續夢」
東昌書業德重刊袖珍本	嘉慶十年乙丑（1805）	無刊刻堂號 有「序」，尾署「紅樓俗家重記，嘉慶乙丑孟夏之日，嶺南逸叟匏公書」 正文半頁十七行，行四十字，圖八頁
文會堂刊本	嘉慶二十一年丙子（1816）	目錄上題「蜃樓情夢」，序末改題「嘉慶乙丑孟夏重編」
一枝山房刻本	嘉慶二十一年（1816）	不詳

〔註65〕按：《紅樓夢》的程甲本刊行於乾隆五十六年（1791），王蘭沚《綺樓重夢》成書於嘉慶二年（1797），之間相隔不到十年，可見王氏此書是《紅樓夢》影響初期所遺留下的產物。

〔註66〕見林依璇，《無才可補天──紅樓夢續書研究》，台北：文津出版社，1999年，頁8。

上海書局石印本	光緒二十四年（1898）	不詳
上海集成圖書公司	宣統二年（1910）	名《驂游記》
上海廣益書局本	1914 年	不詳
受古書店本	1928 年	題爲「新紅樓夢」 圖四頁
瀋陽春風文藝出版社本	1985 年	不詳
北京大學出版社本	1990 年	據嘉慶十年乙丑瑞凝堂本作底本點校排印 卷首附出版說明、前言、點校說明
台北建宏出版社本	1995 年	卷首有蕭逸的「前言」 次爲「目錄」 全書共四〇六頁

　　《綺樓重夢》是爲清代人情世態小說，全書四十八回，爲《紅樓夢》續書，是後、續、重、復「四夢」之一。原名《紅樓續夢》，因坊刻已有《續紅樓》、《後紅樓》，遂改爲此名。也曾名《蜃樓情夢》、《驂游記》，足見其刊時書名較爲混亂。

　　此書嘉慶時即有數種刊本，嘉慶四年（1799）初刊後，嘉慶十年（1805）又有瑞凝堂本、東昌書業德重刊本，二十一年（1816）有文會堂本、一枝山房刻本，即使後來進入民國，民國三年（1914）有上海廣益書局本，民國十七年（1928）上海受古書店本又增圖，改書題爲《新紅樓夢》。可見此書歷年翻印之繁，雖于同治、光緒年間禁書書目中曾被禁〔註67〕，也未能阻止其流傳。

　　從過去有多種版本，可以發現此書曾風行一時，可惜由於其爲《紅樓夢》續書，加上內容多有荒誕淫亂之事，與《無稽讕語》一樣，在同治、光緒年間遭到禁毀的命運。不過，也因爲它是《紅樓夢》的續書，在近幾年來紅學研究逐漸轉向影響研究之後，續書又再紛紛地受到了重視。

　　此書第一回作者即自稱：

　　　　《紅樓夢》一書不知誰氏所作，其事則瑣屑家常，其文則俚俗小說，

　　　　其義則空諸一切，大略規彷吾家鳳洲先生所撰《金瓶梅》而較有含蓄，

〔註67〕見安平秋、章培恆主編，《中國歷代禁書目錄》，上海：上海文藝出版社，1992年，頁177。

不著痕跡，足饜觀者之目。丁巳夏，閒居無事，偶覽是書，因戲續之。襲其文而不襲其義，事亦少異焉。蓋原書由盛而衰，所欲多不遂，夢之妖者也；此則由衰而盛，所造無不適，夢之祥者也。循環倚伏，想當然耳。夫人生一大夢也，夢中有榮悴，有悲歡，有離合。及至鐘鳴漏盡，蓬然以覺，則惘惘焉同歸一夢而已。……世有愛聽夢囈者，請以《紅樓續夢》告之。〔註68〕

丁巳即是嘉慶二年（1797），作序的蒯園漫士是作者王露之兄，也曾在《無稽讕語》裡題序並題詩。

另外這一段前後也提示了兩個重點，前是作者敘述其對《紅樓夢》的觀感，類似《金瓶梅》而較含蓄；後則是作者說明創作此書《綺樓重夢》的寫作動機，意在「戲作」，並延續《紅樓夢》由盛而衰再「由衰而盛」，以符合天地循環的道理，其中也夾帶著自己身歷花甲之年，對「人生如夢」的一番體悟感慨。

羅列其回目如下：

第一回	警幻仙追述紅樓夢　月下老重結金鎖緣
第二回	連理同生　樗蒲淫賭
第三回	晴雯婢借屍還魂　鴛鴦姐投胎作女
第四回	蕩婦懷春調俊僕　孽兒被逐返家門
第五回	寧榮府二次抄家　珍璉兒三番聽審
第六回	獲重譴囚徒發配　感舊遊美婦聯詩
第七回	燕語鶯聲創興家塾　紅香綠艷齊起閨名
第八回	學中屬對舜華為魁　園裡吟詩優疊獨異
第九回	獲醜擒渠略施武藝　憐香惜玉曲效殷勤
第十回	梅碧簫病談前世　賈小鈺夢讀天書
第十一回	鎮東伯初平海寇　明心師新整庵規
第十二回	白雲山兼談命相　紅藥院閑講經書
第十三回	玉皇閣小兒角力　杏花村孤女完姻
第十四回	召神兵小鈺演法　試飛刀碧簫逞能
第十五回	十萬倭兵重作亂　九重恩旨特開科
第十六回	文武狀頭雙及第　雌雄元帥共興師

〔註68〕見清·蘭皋居士，《綺樓重夢》，台北：建宏出版，1995年，頁1、2。

第十七回	特典崇隆登壇受印　仁心愷惻掩骼施財
第十八回	蕩妖寇大顯神通　受皇恩榮膺寵錫
第十九回	閨內吟詩堂前問卜　環兒南竄淑貞北來
第二十回	聖恩浩蕩薄海同春　帥德汪洋災黎樂業
第二十一回	醫病符偶然戲謔　限體詩各自推敲
第二十二回	平海府大營甲第　凝香殿慎選賢媛
第二十三回	身居事外款款論題　情切局中皇皇待報
第二十四回	曉開蕊榜題名氏　日麗螭坳謁聖明
第二十五回	待年冊立居私邸　衣錦榮旋宴畫堂
第二十六回	分院宇點景鋪陳　派丫頭更名服役
第二十七回	甄小翠避妖來賈府　葉瓊蕤逃難入王園
第二十八回	逗春情淡如入學　膺赦詔蓉兒還鄉
第二十九回	彩箋結社　畫冊題詩
第三十回	會同年花園玩景　乘良夜雪閣開樽
第三十一回	賞春燈憑肩獻媚　竊香履度足調情
第三十二回	老尼領徒弟募化　倭王率妻子來朝
第三十三回	瓊蕤贈一股金釵　岫煙送兩丸丹藥
第三十四回	香雪祕傳妙術　傳燈別倡宗風
第三十五回	留香居重來佳客　中元節追薦情人
第三十六回	鍾情人幽懷沈結　無恥女使酒猖狂
第三十七回	三之神箭穿楊柳　一闋新詞締鳳鸞
第三十八回	翡翠帳中揉雪乳　鴛鴦被底擁香軀
第三十九回	花襲人因貧賣女　賈佩荃聯譜認兄
第四十回	交趾女子隨貢使來京　楊州道姑關生魂入腹
第四十一回	浸水芙蓉窺玉體　臨風楊柳度纖腰
第四十二回	四女將出征東粵　五學士被黜西清
第四十三回	五美同膺寵命　四艷各配才郎
第四十四回	巧姐初返外家　淡如錯招老婿
第四十五回	細雨孤燈回噩夢　清樽皎月感秋聲
第四十六回	婢女戲編茜字謎　美人爭譜竹枝詞
第四十七回	憐香成死別　惜玉感生離
第四十八回	圓大夢賈府成婚　閱新書或人問難

由回目的對聯來看，其對仗上有五至九字不等，不似《紅樓夢》回目工整，一聯皆為八字，可見二者創作態度的嚴謹度不同，相較之下，《紅樓夢》是較《綺樓重夢》更為精緻的。當然，此種創作態度也多少能與王蘭沚在《綺樓重夢》第一回所提到的「因戲續之」相呼應。

《綺樓重夢》，書接一百二十回之後，其內容大要分別敘述於下：

1. 第一段（1～6回）

此段是《綺樓重夢》與《紅樓夢》的接續點。交代賈府衰敗後，一方面賈環、薛蟠等人敗壞門風，再次引起抄家的恐慌，另一方面寶釵、香菱等人產下第二代，人丁開始興旺。

賈蘭試圖重新振興賈府，可惜賈璉、賈蓉等人依舊好賭成性，債臺高築，讓家運苟延殘喘的賈府雪上加霜。最後因為偷情被刑部處置，分配至邊塞充軍，賈府禍不單行再度抄家，卻也從此安寧無事。

《紅樓夢》女子為人母後，各生子女。寶釵之子名小鈺，是為寶玉投胎，名字特取金玉盟之意，代表賈府依然承認玉、釵的婚姻；黛玉降生為湘雲之女，名舜華；香菱之女不慎摔死，晴雯借屍還魂，作香菱之女名淡如；鴛鴦則投胎作賈蘭之女，其餘如寶琴、岫煙等，也各生女兒。孩童們在大觀園的嬉鬧聲音，成為賈府復興的一股力量。

2. 第二段（7～14回）

此段主要介紹第二代人物的性格與才情。幼童在大觀園家塾讀書，由邢岫煙督導眾童的課業。他們個個為神童，四、五歲即出口成章、通曉詩書。寶釵、岫煙出題測試大家，舜華反映為快，優疊次之。碧簫（寶琴女）則夢中受警幻仙子點化，萼綠華仙子傳授武藝，學習飛刀術；小鈺雖然文采頗佳，但不喜文愛息武。一日神仙傳授天書，在夢中學會舞槍使刀、呼風喚雨、召請天降神兵等法術。大觀園後代至此，允文允武。

3. 第三段（15～20回）

主要描寫碧簫、小鈺通過殿試，成為將帥，帶兵討伐倭國的經過。

山東海盜聯合倭國，大肆劫掠，朝廷無法應付。於是特開「奇才異能科」甄選將帥。小鈺此時已中第一名文解元，但仍鍾情武術，遂與碧簫同赴武場比試工夫。殿試過程中，小鈺精湛的箭術，被皇上選為第一，封為平倭大元帥；碧簫為第二，封為左副元帥；薛蟠族姪女薛藹如為第三，封為右副元帥。三人

隆重地接受受印、踐行等儀式後，率軍討伐倭國。敵我兩方，彼此運用法術、妖術、魔法交戰，最後朝廷勝利，旋回朝，使得賈府再次走向興盛之路。

　　另一面淡寫小鈺的輕浮性情。他時常藉機要求與碧簫、藹如親熱，凸顯小鈺對女子的貪色。

4. 第四段（20～26 回）

　　平倭勝利後，皇上爲太子選妃，於是下達考選王妃的旨意。一時間，王府閨秀踴躍報名，優曇、淡如等七位姊妹也報名參加，唯舜華與小鈺相愛不願應考，母親湘雲氣得發昏，大罵舜華不知把握飛黃騰達的時刻。考選前，舜華憑著才智幫重姊妹抓取冷僻題目複習，以充分應考。此番考試朝廷異常重視，特別由娘娘們監臨、收卷，入場查對年貌，卷子也仔細彌封，毫無作弊的可能，整個選妃考試，眞有如一場眞正的科舉考試。試卷上果然出現冷題，眾人急忙回家請舜華解題，舜華一一爲眾人解釋答案。回答過程中，她已猜出優曇能中選，淡如則嫉妒，不滿舜華的猜測。等待放榜的時間裡，王夫人焦躁得七上八下，詢問算命師也沒個結果，更使得大家心浮氣躁。最後放榜，果然是優曇第一、蔓殊第二，一家能同出兩位王妃，賈府的家運眞達到高峰。

5. 第五段（26～41 回）

　　後半部誇張描寫小鈺與女子間的漁色遊戲。三十三回前主要敘述小鈺與淡如、瓊蕤、小翠之間的閨房樂。瓊蕤是教書匠之女，逃難至賈府，請求小鈺收留，小翠是賈蘭妻的堂妹，被妖怪侵擾，來賈府依親避禍。王夫人不滿三人蠱惑小鈺，將瓊蕤、小翠打發出園，淡如則墮胎回薛家。眾人也越發討厭淡如，認爲她太過輕薄。小鈺經過這些事件，依然不改好色之心，只改變獵艷對象，把目標朝向府外的女子下手。三十三回後，小鈺獲得房中術技巧，更是大膽輕狂的享受閨房之樂，一派遊戲人間的景象。

6. 第六段（42～48 回）

　　故事最後以婚禮作結束。碧簫、藹如、纘玖、淑眞出征粵寇有功，皇上賜婚，將四女連同舜華，通配與小鈺作夫妻，無分嫡庶概封爲王妃。小鈺也爲其他姊妹說媒挑婿，於是彤霞嫁與北靖王之子爲側室；文鴛嫁與尤克敏，淡如被騙婚，嫁給老婿；茹經原與瑞香文定，可惜瑞香重病早亡，改娶配荃爲妻。小鈺望見眾姊妹出嫁離府，心中有些感慨，但因賈府準備婚禮熱鬧非凡，而且自己也與舜華成親，感慨之情隨之沖散，只見王府裡人來人往，張

燈結彩，賀聲不斷〔註69〕。

此書前半部雖亦嫌過分誇張，後半部則過份荒唐，小鈺與眾多女性發生性關係，比之西門慶有過之而無不及。故歷來對其評價多不高，裕瑞《棗窗閑筆》斥此書為「惡札」，「玷污紅樓」〔註70〕，恨水更感嘆其「蓋既效《金瓶梅》，復效《野叟曝言》矣，曹雪芹、高鶚地下有知，能不哭乎？」〔註74〕。

近幾年來，由於紅學研究的發展朝向續書，專家們開始注意到這位乾嘉時期鼎鼎有名的紅樓續書作者——王蘭沚，雖然並無針對《綺樓重夢》作專門的研究對象，然而以紅樓續書範疇進行的研究，則越趨增多，如博士論文有吳盈靜的《清代臺灣紅學初探》，碩士論文有林依璇的《無才可補天——紅樓夢續書研究》、趙建忠的《紅樓夢續書研究》，而單篇論文則有陳妮昂〈由「紅樓夢」及其續書探討賈寶玉之角色變遷〉、王佩琴〈紅樓夢續書研究〉、王旭川〈清代紅樓夢續書的三種模式〉、以及高玉海〈紅樓夢續書理論及裕瑞的批評〉等等，足見王氏此一作品逐漸獲得學者的重視。

續書作為一種文學現象，當然有它的文學脈絡可考，不過過去研究的角度多是宏觀的考察，從社會、文化的角度看待這群龐大的續書，顯少針對一書論述，這或許也是因為相較於《紅樓夢》，續書的確大多無法與其經典地位相媲美的緣故吧。而嘗試作文學角度的批評者，吳盈靜《清代臺灣紅學初探》從作者史傳角度切入，解讀海上紅學〔註72〕；林依璇《無才可補天——紅樓夢續書研究》從讀者角度切入，解讀續書中的文學現象〔註73〕；陳妮昂〈由「紅樓夢」及其續書探討賈寶玉之角色變遷〉〔註74〕、王佩琴〈紅樓夢續書研究〉〔註75〕，則分別從作者以及續書情節演變切入文本；王旭川〈清代紅樓夢續書的三種模式〉是以敘事學角度探討延續的情節選擇〔註76〕；至於高

〔註69〕見林依璇，《無才可補天——紅樓夢續書研究》，台北：文津出版社，1999年，頁249～252。

〔註70〕見劉葉秋等編，《中國古典小說大辭典》，河北：河北人民出版社，1998年，頁808。

〔註74〕見北平《北平晨報》，1931年5月17日。轉引自呂啓祥、林東海主編，《紅樓夢研究稀見資料彙編》上冊，北京：人民文學出版社，2001年，頁382。

〔註72〕見吳盈靜，《清代臺灣紅學初探》，中央大學博士論文，2002年，頁62～93。

〔註73〕見林依璇，《無才可補天——紅樓夢續書研究》，台北：文津出版社，1999年。

〔註74〕見陳妮昂，〈由「紅樓夢」及其續書探討賈寶玉之角色變遷〉，《國文天地》，1993年12月，頁33～41。

〔註75〕見王佩琴，〈紅樓夢續書研究〉，《紅樓夢學刊》，1993年3月，頁268～291。

〔註76〕見王旭川，〈清代紅樓夢續書的三種模式〉，《紅樓夢學刊》，2000年4月，頁

玉海〈紅樓夢續書理論及裕瑞的批評〉，整理了續書理論以及裕瑞的小說批評觀等等〔註77〕，這也都是近幾年的事。

　　然而，單看王蘭沚的這一部《綺樓重夢》，其實它有其特殊性與通俗性，且與作者的經歷、小說書寫、《紅樓夢》影響等大環境息息相關。因此雖本論文主在研究王蘭沚《無稽讕語》，亦不能不對其《綺樓重夢》過去的研究，有一些認識。

　　本章聚焦於王蘭沚作家及作品，第一節作者方面，分成三小部分。第一部份是宏觀介紹王氏生平資料，包括過去已整理的所有王氏紀錄，以及王氏一簡單的年譜製作；第二部份則是比對歷史所載王露多筆史料，及其和王蘭沚《無稽讕語》〈臺陽妖鳥〉中自述重疊者，對照出直接證據以及旁證，證實二人實為同一個人；至於第三部份，對於王氏之所以遭乾隆罷官革職的原因，由於有更進一步的史料發現，筆者嘗試補充、比較過去「軍事失機」的說法，更為詳細、完整的析論王氏革職的可能原因，當是牽涉到當時臺灣吏治的腐敗，或是官場鬥爭。

　　第二節則針對王露的著作《無稽讕言》、《綺樓重夢》作介紹，包括過去研究成果、版本、內容大要、文學風格等等。

　　《無稽讕言》與《綺樓重夢》皆為清代同治、光緒年間的禁書，二者形式雖略有不同，《無稽讕言》屬文言筆記小說，《綺樓重夢》則屬通俗章回小說。但是在閱讀完二書之後，其中皆可約略看出作者王氏筆鋒下，所呈現的幽默與大膽。

292～304。

〔註77〕見高玉海，〈紅樓夢續書理論及裕瑞的批評〉，《紅樓夢學刊》，2003 年 3 月，頁 320～332。

第三章　《無稽讕語》的承先啓後

　　一本文學著作的產生，必然有其複雜多元的時代因素與個人因素影響，本章主要著重於《無稽讕語》一書產生的時代環境的耙梳，以及其傳承於文學思想的淵源與對後世的影響。

第一節　《無稽讕語》的時代氛圍

　　關於時代氛圍，筆者擬從以下三方面進行討論，一是小說文學史的創作潮流，二是政治環境及其影響下的文人心態，三是社會經濟的具體影響。

　　首先，先從小說史宏觀來看。古典小說的發展經歷了初期魏晉的志怪、志人，唐傳奇的文人有意識創作小說，宋元說話的普遍流行帶動通俗文學話本、擬話本的興起，直至最末明清小說發達，創下了小說史上歷史性的高峰，可見小說創作是在文學史上逐漸邁向成熟的。《無稽讕語》正處於這樣一個輝煌顛峰的小說史環境，小說創作的名家輩出，它的出現顯然是文學上的應有現象。

　　綜觀過去古典小說史，歷來論述者主要有以語言文字分，有所謂通俗白話、文言筆記之別〔註1〕，另外的一種論述分類，則是以內容題材來看，像是志怪、人情、俠義公案、歷史演義等等。《無稽讕語》語言上屬於文言筆記小說，內容兼雜志怪、歷史軼事及傳奇筆記。一般說來，文言小說的演繹是早於通俗白話小說的，通俗小說可說是由於宋代市民文學興起，瓦舍勾欄、茶肆酒樓等公共說書場所繁榮之後，才有類似的白話小說廣爲流傳，因此文言小說的歷史淵源，可說是比通俗小說更早得多。到了有清一代，小說蓬勃著書的結果，我們看到了這類文言筆記小說大放異彩，魯迅也將這種文

〔註1〕見葉桂桐，《中國古代小說概論》，台北：文津出版社，1998年，頁42。

言小說的再發達現象，於其小說史上闢一篇「清之擬晉唐小說及其支流」專門論述〔註2〕，甚至論及了乾隆末、嘉慶初所產生最著名的《聊齋誌異》、《閱微草堂筆記》。而《無稽讕語》，正是和它們處在同樣的文學創作環境中，因此不難看到其書中文言小說傳承的影子。

再者從內容看，文言筆記小說內容紛雜是其越趨發展的結果，小說之本源起於民間，取材於民間者本就多見，而紀錄歷史軼聞者，志怪煙粉者，志人傳奇者更是魏晉、隋唐時期小說本有的內容，因此志怪與傳奇的合流現象，不僅僅出現在蒲松齡、紀昀的筆下，其蒐羅紛雜的小說內容，也是《無稽讕語》一書的基本現象，呈現了文言小說內容的兼容並蓄。

小說史縱的背景顯示了文學的傳承，橫的文學環境也促成了此一時期小說的發達。從明中期以來，帝王的提倡通俗文學，及著名文學家如李贄、王世貞等，不但公開提倡小說戲曲等通俗文學，更甚至投入小說創作的行列，都足以證明通俗文學是漸漸受到重視了〔註3〕。進入清代，滿清在文學上雖然運用高壓統治，文人反而前所未有的積極投入小說市場，一方面避禍，一方面牟利，故小說戲曲逐漸邁向成熟，不但有評點、理論的相繼出現，更產生了多部不朽的名作。魯迅所指：「清代底小說之種類及其變化，比明朝比較的多」〔註4〕，正標誌了清代為小說的光輝時代。受到小說文學史上的交錯影響，王蘭沚的《無稽讕語》，也可說正搭上了這樣文學創作的潮流列車。

第二，專制政權的統治下，政治態度也會明顯波及小說創作，最明顯的包括文人的創作心態趨向積極。

其實，元明清以來，小說戲曲漸漸發達，受到上、下階層人民的廣大喜愛，但是在上位者為了方便統治、控制人民思想，也時而有聞禁毀戲曲小說等事，這在清代，禁毀的現象更是達到高峰。上位者們認為，禁小說，可以防止階層反抗意識的深入人心，禁戲曲，則是杜絕了政治集會的可能機會，因此，從元代以來，在民間便常常禁毀小說戲曲，不過在宮廷卻無效用，常常小說戲曲成為帝王們消遣、教育的工具，「只准州官放火，不許百姓點燈」〔註5〕，或許這也就可以說明，為何小說戲曲禁令屢有頒行，卻依舊無法阻止

〔註2〕 見魯迅，《中國小說史論文集》，台北：里仁書局，1992年，頁187。
〔註3〕 見董國炎，《明清小說思潮》，山西：山西人民出版社，2004年，頁44～52。
〔註4〕 見魯迅，《中國小說史論文集》，台北：里仁書局，1992年，頁539。
〔註5〕 見王利器，《元明清三代禁毀小說戲曲史料》，台北：河洛圖書出版社，1980年，頁3～4。

它們蔓延開來的根本原因了。

　　明代後期帝王喜愛小說戲曲，就已見於歷史記載。明朝宦官劉若愚《酌中志》就記錄明神宗曾令宦官到書肆爲他購買小說、劇本〔註6〕，另外劉鑾《五石瓠》也記錄了「神宗好覽《水滸傳》」〔註7〕，明代後期小說的蓬勃，與此時帝王的放任態度、喜好通俗文藝等行動，當是脫不了干係的。

　　滿清以異族入主中國，在統一全國的過程中，一方面對各種反清勢力進行強烈鎮壓如文字獄，一方面也實行懷柔，不斷推動各種政策吸納知識份子，例如康熙後期，社會秩序趨向穩定之後，除了繼續推行科舉制度，更開設博學鴻詞科，以便於思想文化的統治〔註8〕。

　　在思想的箝制之下，漢族士子不能在政治上有所發揮、改革，不論是得志或不得志的士人們，莫不想要表現自己的創作慾望與文學才華，除了故有韻文文學像是詩、詞、曲，早已被充分開發之外，敘事通俗文學的小說，地位漸被文人、在上位者所提高，等於也因而提供了文人們創作的新園地，一個得以好好大展長才的文學領域，當然，這或許也可以解釋清代文人創作小說，不僅比他代多得多，更比他代小說作家敢於書上大膽署名的現象〔註9〕。更何況，這對於當朝的文人來說，還是能牟取高利潤的合法管道呢。

　　於是，一大批的清代文人，群起投入小說創作當中，不得志者透過作品抒發心中塊壘，如蒲松齡的《聊齋誌異》〔註10〕，或隱誨反清者如紅學學者的其中一派說法，或隱誨表現對現實社會愛憎如張潮的《虞初新志》〔註11〕；得志者藉以彰顯文才、獲取利益，如紀曉嵐的《閱微草堂筆記》及其他林林總總的用以營利的坊刻本小說，不論是文言、白話、章回等，皆有所見。觀察王清原等編纂的《小說書坊錄》，收輯明清一代的書坊與坊刊小說種類，明代共有一百三十四家書坊，小說二百四十種，清代則順治年間十一家書坊，小說四十八種，康熙年間三十一家，一百一十六種小說，雍正年間九家，小說四十種，乾隆年間九十三家，小說三百八十二種，嘉慶年間書坊九十八家，小說二百六十八種，道光年間一百二十一家，小說一百六十六種，咸豐年間

〔註6〕 見明・劉若愚，《酌中志》卷七，北京：中華書局，1985年，頁39～44。
〔註7〕 見明・劉鑾，《五石瓠》卷六，台北：藝文印書館，1972年，頁1。
〔註8〕 見張俊，《清代小說史》，杭州：浙江古籍出版社，1997年，頁101。
〔註9〕 見樊美鈞，《俗的濫觴》，鄭州：河南人民出版社，2000年，頁176。
〔註10〕 見吳志答，《中國文言小說史》，山東：齊魯書社，1994年，頁7。
〔註11〕 見張俊，《清代小說史》，杭州：浙江古籍出版社，1997年，頁102。

書坊三十六家，小說七十七種，同治年間書坊四十三家，小說一百三十種，光緒年間三百七十九家，小說一千六百七十一種，宣統年間八十五家書坊，小說二百一十九種，不知朝代者二百九十八家書坊等等，雖然此書收錄僅僅收錄通俗小說，尚不包括文言、筆記小說〔註12〕，但從數據就足以明白顯示，清代書坊以賣小說營利的澎湃情形了。當然無可否認的，文人牟利的心態越趨積極，和文本故事的積極創新是交互影響的，為了賣書賺錢，創作者的確更勇於創新故事、發現題材，小說的園地也就豐富起來了。

　　第三，是社會經濟的具體影響，這裡主要是從商品經濟的發達，以及讀者市場的擴大進行討論。

　　當時小說刊刻的繁榮狀況，前面已提過具體實例，葉德輝更以刻工價廉、手工業發達，說明了明清以來刻書興盛的原因：

> 蔡澄《雞窗叢話》云：「先輩云：元時人刻書極難，如某地某人有著作，則其地之紳士呈詞於學史，學史以為不可刻則已；如可，學史備文諮部，部議以為可則刊板行世，不可則止。」故元人著作之存於今者，皆可傳也。前明書皆可私刻，刻工極廉，聞前輩何東海云：「刻一部古注十三經，費僅百餘金。」故刻稿者紛紛矣。……按名時刻字工價有可攷者，《陸志》、《丁志》有明嘉靖甲寅閶沙謝鶯識嶺南張泰刻《豫章羅先生文集》，目錄後有「刻板捌拾參片，上下二帙，壹百陸拾壹葉，繡梓工貲貳拾肆兩」木記，以一版兩葉平均計算，每葉合工貲一錢伍分有奇，其價廉甚。至崇禎末年，江南刻工尚如此。徐康《前塵夢影錄》云：「毛氏廣招刻工，以十三經、十七史為主，其時銀串每兩不及七百文，三分銀刻七百字。」則每百字僅二十文矣。今湖南刻書，光緒初，元每百字寫刻木版工貲五六十文，中葉以後，漸增至八九十文，元體字小者百五十文，大者二百文，篆隸每字五文。至宣統初，已增至百三十文，以每葉五百字出入每錢銀直百六十文，計每葉合銀參錢畸零，視明末刻書已增一倍。〔註13〕

刻工價廉、手工業蓬勃是大量生產小說的必備條件，能量產必能降低成本，對營利目的的書坊業者來說是最好不過了，而明清以販賣小說營利的這種商

〔註12〕見王清原等編纂，《小說書坊錄》，北京：北京圖書館，2002年。

〔註13〕見葉德輝，《書林清話》卷七，台北：文史哲出版社，1973年，頁370～372。

業行爲，除了成本低廉以外，主要也是因應廣大的市場需求而來的。故嚴格說來，從明代中葉以後大量刊行小說以來，小說成爲商品經濟不可或缺的一環，其發達因素，與生產來源、市場銷售有一定的關係。

　　明代中期，社會經濟結構發生了變化，城市的增加、市鎮的勃興都使市民階層不斷壯大，他們對市井文化之一的小說需求量也就不斷擴大，使得原本以文化事業爲主的刻書業，也因爲商品化而向前邁進，導致書坊林立，小說、戲曲大量刊行，以滿足市民日益增長的精神需求。像是明代南京的周曰校、唐氏富春堂、世德堂，蘇州的龔少山、葉昆池、葉敬溪，杭州的容與堂，建陽的余氏三台館、鄭氏聯輝堂等等，都是以刻印小說、戲曲爲主的書坊，它們都爲發展市井文化做出具體貢獻〔註14〕。

　　市民階層擴大象徵著讀者市場的擴大，這等於是對獲利目的給了強烈保證，不論是文言或白話小說，都有人讀，且讀者同作者一樣並沒有明確的文言、白話界線，只要目的是爲娛樂即可買來閱讀，因此讀者群越來越趨眾多，促成了小說市場繁榮〔註15〕。

　　《無稽讕語》產生在小說、戲曲等通俗文學極其發達的清乾隆末年，政治社會上，可說是經過明末滿清入主中原的動盪，清初的高壓統治，而進入康、雍聖世。然而有明以來，不論是政治、社會、文學各方面，其實早都已蓄積了小說蓬勃發達的遠因、近因了，因此時代氛圍的多元影響下，包括小說文學的創作潮流到達高峰，政治環境對通俗文藝的推動與影響，文人積極的創作心態，再加上社會以小說作爲商品經濟的市場擴大、閱讀者日眾，都促成了多樣文言、白話小說的產生。

第二節　《無稽讕語》禁書背景考察

　　本節重點在釐清王蘭沚《無稽讕語》成爲禁書的可能原因。首先筆者簡介禁書源由，及清代禁毀小說戲曲的概況、理由，包括《無稽讕語》一書被禁毀的實際情形，再者，筆者嘗試進一步釐清《無稽讕語》一書被禁毀的可能原因。

〔註14〕見趙伯陶，《市井文化與市民心態》，漢口：湖北教育出版社，1996年，頁152
　　　　～153。
〔註15〕見李修生、趙義山主編，《中國分體文學史‧小說卷》，上海：上海古籍出版
　　　　社，2001年，頁95～96。

一、清小說禁毀情況

禁書，是指國家通過行政手段而禁止刊印、流布、閱讀的書籍，作為一種圍剿文化的野蠻歷史現象，禁書的行動可以上溯到秦始皇的焚書坑儒，然而，針對小說戲曲的禁毀而言，則始於通俗文化逐漸發達的元代，歷經明代再至清代高壓統治而到達高峰〔註 16〕。由於清代是異族入主中原，為了方便控制文化思想、壓抑民族意識，滿清採取高壓如文字獄、禁書等激烈手段，所禁之書內容龐雜，舉凡文集、詩集等等多有所見，不僅僅是小說戲曲通俗文類而已，因此，可以說「禁書」作為真正具有政治色彩的圖書學術語而流播天下，當是清以後的事。

關於清代小說戲曲的禁令，中央與地方都曾頒佈，中央法令於順治、康熙、雍正、乾隆、嘉慶、道光、咸豐、同治年間都曾頒發，試舉如下：

欽定吏部處分則例卷三十禮文詞：

「凡坊肆市賣一應小說淫詞水滸傳，俱嚴查禁絕，將板與書，一併進行銷毀。」

清魏晉錫纂修學政全書卷七書坊禁例：

「順治九年題准，坊間書賈，止許刊行理學政治有益文業諸書，其他瑣語淫詞，及一切濫刻窗芸社稿，通行嚴禁，違者以重究治。」

「康熙二年議准，嗣後如有私刻瑣語淫詞，有乖風化者，內而科道，外而督撫，訪實何書係何人編造，指明題參，交與該部議罪。」

按康熙年間，禁瑣語淫詞次數至多，若廿六年刑科給事中劉楷疏請除淫書（清琴川居士編皇清奏議卷廿二），四十年禁淫詞小說（清光緒延煦等編台規卷廿五），四十八年六月禁淫小說（大清聖祖仁皇帝實錄卷二百卅八），五十三年四月禁小說淫詞（大清聖祖皇帝實錄卷二百八十五）。

清光緒延煦等纂臺規卷廿五

「雍正二年又奏准，凡坊肆市賣一應淫辭小說，在內交與督察院等衙門，轉行所屬并嚴禁，務搜版書，行銷毀……」

儒林外史乾隆元年春二月閑齋志人序：

「水滸金瓶梅，誨盜誨淫，久干例禁。」……〔註 17〕

〔註 16〕見王彬，《禁書、文字獄》，北京：中華工人出版社，1992 年，頁 7。
〔註 17〕見吳哲夫，《清代禁毀書目研究》，台北：嘉新水泥公司文化基金會，1969 年，

另外，地方法令的頒佈，史料上顯示，地方當局在清代大規模查禁小說的活動，主要有三次。

第一次是道光十八年（1838）江蘇按察使裕謙主持的禁書，此次先由地方士人主動發起，以集資收購、公共督毀的辦法來禁毀淫書小說，後來不僅受到官府的支持，還大體上得到各書坊的配合，這一次禁毀的書目共一百十六種，其中除部分劇本與彈詞外，大多是各種小說，而王蘭沚的《綺樓重夢》與《無稽讕語》也在此書目之列〔註18〕。

第二次是道光二十四年（1844）浙江省城紳士張鑒等二十二人呈請「仿蘇省城案，設局于省城仙林寺，捐資收買板片書本，公同督毀」，浙江巡撫梁寶常並浙江學政、杭州知府、湖州知府同時發佈告示，宣布嚴禁淫詞小說，下令各書鋪將所藏淫書版片書本，於發佈告示五日內赴局繳銷，給價焚燬，也算聲勢浩大。而此次開列查禁書目共一百二十種，基本上仍是從蘇州那份書單中抄錄來的，只是刪去了在浙江較不流傳的六種，並增入新發現的十種而已，整體而言沒有多大改變，《綺樓重夢》與《無稽讕語》仍在書目之列。

第三次則是同治七年（1868）江蘇巡撫丁日昌的嚴禁淫詞小說。丁日昌大肆禁書的原因有二，一是想要端正太平天國造反後的風俗人心，一是衛道

頁 68～70。

〔註18〕 此次開列禁毀淫書書目如下：昭陽趣史、玉妃媚史、呼春稗史、風流艷史、妖狐媚史、春燈迷史、濃情快史、隋陽艷史、巫山艷史、繡榻野史、禪真逸史、禪真後史、幻情逸史、株林野史、浪史、夢納姻緣、巫夢緣、金石緣、燈月緣、一夕緣、五美緣、萬惡緣、雲雨緣、夢月緣、邪觀緣、聆癡符、桃花艷史、水滸、西廂、桃花影、梧桐影、鴛鴦影、隔簾花影、如意君傳、三妙傳、嬌紅傳、循環報（即肉蒲團）、貪歡報（即歡喜冤家）、紅樓夢、續紅樓夢、後紅樓夢、補紅樓夢、紅樓圓夢、紅樓復夢、綺樓重夢、金瓶梅、唱金瓶梅、續金瓶梅、艷異編、月月環、紫金環、天豹圖、天寶圖、前七國志、增補紅樓、紅樓補夢、絲滌黨、三笑姻緣、七美圖、八美圖（即百美圖）、杏花天、桃花艷、載花船、鬧花叢、燈草和尚、痴婆子、醉春風、怡情陣、倭袍、摘錦倭袍、兩交歡、一片情、同枕眠、同拜月、皮布袋、弁而釵、蜃樓志、錦上花、溫柔珠玉、八段錦、奇團圓、清風閘、蒲蘆岸、石點頭、今古奇觀（抽禁）、七義圖、花燈樂、碧玉塔、碧玉獅、掇生總要、檮杌閒評、反唐、文武元、鳳點頭、尋夢齡（即醒世奇書）、海底撈針、國色天香、拍案驚奇、十二樓、無稽讕語、雙珠鳳、摘錦雙珠鳳、綠牡丹、芙蓉洞（即玉蜻蜓）、乾坤套、錦繡衣、一夕話、解人頤、笑林廣記、豈有此理、更豈有此理、小說各種（福建板）、宜春香質、子不語（抽禁）。上述書目見余治，《得一錄》卷五；王利器，《元明清三代禁毀小說戲曲史料》，上海：上海古籍出版社，1981 年，頁 134～136。

人士的強力籲請，故就在這一年，甫升任江蘇巡撫的他，奏設局刊刻《牧令》之外，並「請旨飭下各直省嚴禁淫詞小說」，以端正風俗民心為名禁毀戲曲小說，而在得到上諭批准之後，隨即通飭蘇州、江寧兩藩司並各州縣〔註19〕。不過，這次所開禁書書目共二次，前一次共一百二十二種，除首二種《龍圖公案》、《品花寶鑒》為新增外，其餘書目又與浙江所開全同，足見其抄錄而來與現實不符，而後一次所開書目三十四種是據提調書局所秉開列，其中《空空幻》與前開《醒世奇書》為同一書，扣掉重出者再加上小說淫詞唱片目，可說這次規模最為龐大，共計二百六十六種〔註20〕。

　　以上三次地方大規模禁書，皆可以見到王蘭沚的《無稽讕語》和《綺樓重夢》，這主要是因為後二次的小說書目，其實都是從第一次道光十八年（1838）所開書目抄襲而來的，因此整體而言更動不大，不過由這份書單也可以看出，王蘭沚的書流行的範圍江蘇、浙江都有它的蹤跡，更可以多少看出讀者或書肆對於它的厚愛了，的確，有些書不禁不被注意，一禁反而造成讀書人相互告知，爭相購買，而成為暗中的暢銷書〔註21〕，或許這也就可以解釋即使《無稽讕語》屢次遭禁，卻仍在光緒年間有續書的偽作《續無稽讕語》出現，且更有其他偽作續書題為《續夜雨秋燈錄》，實際內容卻是《無稽讕語》的情形了。

　　清代小說遭到禁毀屢見不鮮，從中央到地方，有眾多的實證，王蘭沚的作品，也因為多次出現在地方小說書目的大舉查禁之中，特別引人注目。然而，清代的小說戲曲等通俗文化的壓抑與澎湃，本身就是一個極端矛盾的現象，故上位者雖然明令禁止，一禁再禁，人們依舊可以看到小說的流傳，尤其著名者如《水滸傳》、《紅樓夢》，它們都被禁過，也卻禁出了更多的讀者〔註22〕，越是禁，越是多人想看。

二、《無稽讕語》禁毀原因

　　本節筆者嘗試討論《無稽讕語》之所以遭禁的可能原因。

　　關於歷來小說被禁毀的罪名，歐陽健曾歸納主要有三：違礙、誨盜、誨淫，

〔註19〕見陳益源，《古典小說與情色文學》，台北：里仁書局，2001 年，頁 319～344。
〔註20〕見歐陽健，《古代小說禁書漫話》，瀋陽：遼寧教育出版社，2001 年，頁 26～34。
〔註21〕見劉心皇，〈禁書四條件〉，《大學雜誌》，1979 年 4 月，頁 12～13。
〔註22〕見卜貝，〈焚書與禁書〉，《歷史月刊》，1995 年 11 月，頁 98～99。

前二項罪名屬於政治性的，後一項罪名則屬道德性的。違礙即違背妨礙，所以是以清代統治者的標準來看，凡是違反滿清的階級意識、民族意識的小說，就會遭到禁止；而誨盜則是以整個封建統治階級的標準來看，凡是能啓發、鼓勵人民的反抗鬥爭的小說，即會遭到禁止；至於誨淫，則主要是從道德、風化的角度提出來的，凡是涉及「淫穢」內容的小說，就會遭到禁止〔註23〕。

那麼王蘭沚作品的兩部，皆遭到禁書書目的點名，又是什麼緣故呢？《綺樓重夢》作爲《紅樓夢》續書，它被禁應當是與《紅樓夢》有著直接關連。《紅樓夢》被禁，過去研究者認爲有三因素：一是因爲「誨淫」，其「大旨談情」，雖是意淫卻也是淫之甚者；二是有誣蔑滿人的嫌疑，因有人附會書中所寫是清世祖或納蘭性德，由於二人都是滿清貴族，因此而被禁不無可能；三則是有擾動兵戈之禍，這就是從封建社會的角度出發，認爲《紅樓夢》深入且客觀的展示了封建貴族的衰敗與沒落〔註24〕。第二點捕風捉影，或許尚不足以構成眞正被禁的原因，然而其一、三點當是符合上述所列「誨盜」、「誨淫」者，以內容看，「誨淫」當是指其大旨談情的實質；而扣合禁書背景來看，「誨盜」理當跟清廷爲控制人民思想有關。因此《紅樓夢》續書姑且不論實質內容爲何，基本上只要掛上其續書名字，都遭到禁書書目點名，《綺樓重夢》也不例外。

那麼《無稽讕語》的被禁，是不是與其作者是《紅樓夢》續書作者有直接的關係呢？因爲《紅樓夢》的廣泛流行而遭到上位者禁止，牽連了續書《綺樓重夢》，更一併牽連了此續書作者的另一部著作？又或者，其實《無稽讕語》屢次遭禁，另有其他更直接的原因？

我們不妨從《無稽讕語》的內容來分析看看，其短篇故事共一百零五則，其中根據筆者簡單分類，仙妖艷異類六十六則、軼事風俗類二十八則、詼諧滑稽類九則，比重以仙妖艷異類者佔最多。仙妖艷異者，顧名思義指的是內容涉及神仙、妖物、鬼怪等志怪題材者，再加一「艷」字則標示了內容所關涉的情色成分，然而，又若是不論其屬於何類，仔細翻閱另外二類內容，詼諧滑稽者亦有黃色笑話，軼事風俗者更是多涉及禁忌話題的歷史傳說、軼事，因此也無怪要成爲禁書書目所關注的對象，而加以禁止了。

況且，除了《無稽讕語》之外，由王蘭沚的《綺樓重夢》觀察，也可以

〔註23〕 見歐陽健，《古代小說禁書漫話》，瀋陽：遼寧教育出版社，2001年，頁35～52。
〔註24〕 見古亦冬，《禁書詳解・中國古代小說卷》，天津：天津社會科學院，1993年，頁110～111。

清楚發現王蘭沚刻畫情色筆鋒的大膽淺白，其續書裡寶玉的投胎再次成為主人翁的小鈺，跟其他前世相關女子已經不僅僅是《紅樓夢》裡「意淫」的關係，通通成了名副其實的「實淫」了，由此可以看出作者根本絲毫不避諱艷情內容的披露，甚至還帶著點遊戲的心態來作這樣的顛覆描寫，如此的作者創作取向極其明顯，同樣也呈現在《無稽讕語》之中，故就算《綺樓重夢》並非《紅樓夢》的續書，相信其本身不顧禁忌的描寫淫穢之事，也會因此被當作妨害風化、違背善良道德風俗的對象，而加以掃除、禁止的。

所以，「誨淫」當是《無稽讕語》首要被禁的根本原因，其多則故事本就涉及情色的禁忌題材，被嚴加禁止且屢次出現在禁毀小說書單中，也就理所當然了。

第三節　《無稽讕語》文學暨思想探源

此節主要在溯源，筆者擬從形式、內容二大類來論，源於志怪文學、傳奇小說、史傳文學、民間傳說者，即立足於形式方面的考察，源於情色文學、俳諧笑話、宗教觀念者，則立足於內容題材方面的考察，共列二大類七點，包含文學傳統暨思想傳統各方面，予以追溯《無稽讕語》所繼承各脈絡者。

一、文學形式溯源

文學形式上，《無稽讕語》屬於志怪傳奇小說，文字是文言筆記體，以下分別從志怪文學、傳奇小說、史傳文學、民間傳說等方面，進行溯源。

1. 源於志怪

志怪指的是內容記載有妖異神鬼者，魏晉時期，小說形成所謂志人、志怪二支，《無稽讕語》屬於志怪一支系統的傳承，仙妖鬼狐與奇聞軼事的詭譎怪異故事內容，幾乎佔據了全書的主要篇幅，故探源首要，便是探討其源於魏晉志怪小說的脈絡。

小說的起源，過去追溯有多種說法，包括源於神話說、史傳說、民間故事說、諸子說等等，然而志怪的溯源，當是與神話說及《莊子》、《列子》最有關係。神話說與志怪的關係，馬福清就曾云：「志怪小說的發源和形成，與原始宗教、巫術活動、圖騰崇拜以及遠古神話傳說有著直接的關係。特別是遠古的神話傳說，不僅可以說是志怪小說的直接源頭，而且就其本身來說也

明顯地表現著志怪的性質，也可以說其本身就是志怪之類。」〔註25〕

當神話裡的仙妖鬼狐成爲一種文學題材，儘管尚未邁入成熟的魏晉小說體制，也可以見到林林總總多樣的志怪內容呈現在他類文學當中，除了先秦時期如《山海經》之外，漢代桓譚《新論》有狗怪作祟故事、揚雄《蜀王本紀》有精怪化爲美女作人妻的故事、《括地圖》有人化爲虎的故事……〔註26〕，許多這類相似題材，不僅直至清代《聊齋誌異》故事中可以見到，《無稽讕語》之中也所見多有，像是〈虎女〉、〈哈叭狗〉、以及多篇精怪幻化的艷異女子，它們標誌著志怪題材在傳統中的傳承與發揚，由來已久。因此，從志怪內容的重複，或多或少也見到了王蘭沚作品中的志怪淵源了。

而魏晉志怪未成形以前，另一具有志怪特色的傳統文學，即先秦諸子中的《莊子》、《列子》，不但文獻上，《莊》首先出現「志怪」一詞〔註27〕，《列子》裡頭早就記錄了記述怪異故事的夷堅〔註28〕，《無稽讕語》裡的〈蠻觸搆兵〉更是模仿《莊子、則陽》的有力證據，內容同樣敘及蝸牛角上的兩小國蠻、觸相爭〔註29〕，另外〈小洛陽選婿〉中主人翁化蝶入花國選婿，也頗模仿了莊周夢蝶的幻化。

魏晉志怪小說未形成以前，志怪內容以非小說形式存在於傳統文學裡，《無稽讕語》裡的某些篇章，明顯可見其題材的重疊，這在前面二段已約略論及。到了魏晉志怪小說發展成熟，等於標舉了志怪特色在文學上的獨特成就，從此小說洪流裡，我們便不斷地看到志怪題材被出奇翻新，即使到了唐傳奇、宋元話本，都也還見得到以此爲內容發揮者。然而，若論小說史上第二次志怪傳統被發揚光大者，當屬於清前期文言筆記小說的再度發達了，除著名的《聊齋誌異》、《閱微草堂筆記》裡兼有志怪內涵以外，其他像佟世恩《耳書》、陸圻《冥報錄》、東軒主人《述異記》、王士禎《池北偶談》等等，也在小說史上以筆記形式達到志怪小說的另一次高峰〔註30〕，而其文言志怪的筆法與內容，正是志

<hr>

〔註25〕見馬福清，《明清鬼狐》，遼寧：遼寧大學出版社，1991年，頁5。

〔註26〕見吳九成，《聊齋美學》，廣州：廣東高等教育出版社，1998年，頁283。

〔註27〕《莊子、逍遙遊》：「齊諧者，志怪者也。諧之言曰：鵬之徒于南冥也，水擊三千里，扶搖而上者九萬里，去以六月息者也。」見錢穆，《莊子纂箋》，台北：東大圖書公司，1993年，頁1。

〔註28〕見嚴北溟、嚴捷譯注，《列子譯注》〈湯問〉，台北：文津出版社，1987年，頁116。

〔註29〕見錢穆，《莊子纂箋》，台北：東大圖書公司，1993年，頁213。

〔註30〕見苗壯，《筆記小說史》，杭州：浙江古籍出版社，1998年，頁352、353。

怪文學一脈相成而來的。

因爲巫術神話的信仰傳統，以及道家《莊子》、《列子》的文學傳統，都替魏晉志怪題材小說蔚爲大宗埋下了種子，因此志怪小說在魏晉一代才得以逐漸發展成熟。而往後發展，志怪文學以它各朝代的不同敘述方式，存在於小說當中，直至有清一代，文言小說蓬勃再興的年代，志怪又憑藉著文言筆記與傳奇手法的融合，於文人筆下大放異彩。

2. 源於傳奇

志怪標誌著魏晉小說的成熟而蔚爲一體，小說發展至唐代，一變成爲傳奇小說，李劍國曾嘗試耙梳二者的分野而說：「當志怪以變革性的美學因素，如人情化、興趣化、詩意化、情緒化這些美學標準來重新設計自己，並講究作品的精緻化、文章化時，它就變成了傳奇。」〔註 31〕傳奇從志怪而來，勢必傳奇文本中志怪題材仍常見到，然而其二者的根本差別，魏晉筆記仍傾向實錄，故文筆上志怪者簡潔，不似傳奇者精緻曲折〔註 32〕，再者，唐人乃有意而爲小說，本來作者加諸於作品的創作意識，就強過筆記體的記實原則，因此呈現在文本裡的敘述方式、藝術表現是不太相同的〔註 33〕。

雖然定義上可以區分傳奇與志怪的差別，不過實際上呈現的文學作品裡，二者卻是難分難捨、交互影響的，或許志怪筆記起源較早，那時文本尚見不到傳奇筆法的書寫方式，然而當小說發展延續到唐傳奇，傳奇小說仍有以志異爲內容的，例如段成式《酉陽雜俎》、牛僧儒《玄怪錄》……，志怪、傳奇交叉影響之下，以致於產生明末《剪燈新話》等志怪傳奇集，及清代魯迅所標榜的《聊齋》是「用傳奇法，而以志怪」的情形〔註 34〕，也就不能想見了，而類似這樣志怪、傳奇的融合現象，在《無稽讕語》裡也有所呈現。

撇開文學筆法而站在內容的角度，唐傳奇小說中可以見到和《無稽讕語》相似的相關篇章，如《柳崖外編》卷八〈俞俊〉、《河東記》中〈申屠澄〉、《原化記》中〈天寶選人〉、《集異記》的〈崔韜〉、《續玄怪錄》的〈薛偉〉，都記錄了人化爲虎的類似故事，《無稽讕語》的〈虎女〉亦是如此，故事情節或許

〔註 31〕見李劍國，《唐五代志怪傳奇敘錄》，天津：南開大學出版社，1993 年，頁 17。
〔註 32〕見石昌渝，《中國小說源流論》，北京：生活、讀書、新知三聯書店，1994 年，頁 213。
〔註 33〕見葉桂桐，《中國古代小說概論》，台北：文津出版社，1998 年，頁 42、43。
〔註 34〕見魯迅，《魯迅小說史論文集》，台北：里仁書局，1992 年，頁 188。

不同，但變形的模式有其軌跡可循。另外像是有動物開口說話故事的《東陽夜怪錄》，記錄了各類牲畜化爲人並藉詩隱喻身份〔註35〕，互相讚美或譏刺，這樣情節也和《無稽讕語》的〈金生射獵〉、〈彼穠村〉中牲畜、花妖化爲人與主人翁互動等物語故事有所類似，更何況此類情節設計，還或多或少有著作者顯示文才、詩才的目的。

傳奇與志怪雖分爲二類，標誌著不同時代的不同小說樣貌，然而它們並非是截然二分的，此處爲了論述的方便，筆者特將此二類分別敘述，企圖梳理《無稽讕語》志怪傳奇集，對此二文類的繼承與發揚。

3. 源於史傳

前面提到小說起源的各種說法，史傳說也是其中一種，並且可以說史書對於小說的影響，在長期演變與成熟上面，比起神話或子書顯然更爲深遠〔註36〕。關於小說與史書的關係，錢鍾書《管錐篇》曾指出：「《左傳》記言而實乃擬言、代言，謂是後世小說、院本中對話、賓白之椎輪草創，未過也。」〔註37〕這是從文學手法來看，的確小說代言體有傳承於史書之處，另外一方面，我國小說向來也常被稱做稗史、野史，這也提點了歷史與小說，常常僅是一線之隔，更遑論是以歷史爲題材的各類文言、白話小說名著了。

過去有學者針對古典小說與史傳文學的親和關係提出看法，指出三點相契合者：一是二者同樣具有「載道」的傳統，這單在《無稽讕語》的效用功能多有勸誡者，即可以應證，況且有些文言小說還于文末予以論贊，也可說是承襲了史傳文學寓褒貶於其中的特點了；二是結構上史傳文學有紀傳體與編年體，過去小說都曾借鑑這二種結構方式以應用，借鑑編年體者像是《三國演義》、《金瓶梅》、《紅樓夢》等等，凡依照時間順序者都有編年體的特質，借鑑紀傳體如《水滸傳》、《儒林外史》，而文言短篇小說裡以人物作爲主題者也頗類似紀傳體，像是《聊齋誌異》的〈嬰寧〉、〈陸判〉、〈王六郎〉……，《無稽讕語》多篇如〈林醜醜〉、〈六姑娘〉……也是如此，這樣以人物做爲故事標題與敘述重點的形式，在文言筆記當中頗爲常見，是承襲史書裡頭的紀傳

〔註35〕 見詹頌，〈乾嘉文言小說作者閱讀視野與作品故事來源〉，《蒲松齡研究》，2003年第1期，頁147～150。

〔註36〕 見楊義，《中國古典小說史論》，北京：中國社會科學出版社，1995年，頁15。

〔註37〕 見錢鍾書，《管錐篇》第一冊，台北：中華書局，1986年，頁166。

體而來的；三是敘事方式多採用第三人稱全知視角客觀敘述〔註 38〕，關於這一點，顯然筆記小說並不全然符合，因爲筆記裡頭有多篇皆是作者第一人稱觀點去敘述所見所聞的，《無稽讕語》裡敘事角度即是如此，不過，就全知觀點來看，我國古典小說的確多是這樣的角度，文言筆記小說在文末附上論贊以寓褒貶，正是全知視角的詮釋態度，這點《無稽讕語》倒是符合的。

小說起源於史傳文學，這從小說及史傳各方面予以對照比較，當是足以耙梳出一個脈絡證明了，並且，筆者更由二者的對照當中，嘗試將《無稽讕語》裡的某些繼承自史傳之特色，加以強調，企圖梳理其與史傳文學的若干關係。從小說源流論，的確史傳有它長期以來對小說的影響與促進小說的成熟，從《無稽讕語》爲立足點而論，也看出了其中傳承於史傳的影子，故筆者才擬以其源於史傳一點，作爲《無稽讕語》探源的一個重點。

再者，史傳文學其實是與儒家思想觀念相承接的，所以一字褒貶的「春秋筆法」，正是載道的正統儒家觀念之所傳承，儒家作爲一個我國倫理觀念的奠基，小說作爲一種載道的傳統觀反應文體，在小說文本裡本就可能出現這些根深蒂固的儒家道德觀，像是《無稽讕語》裡頭所表現者，有倡義的〈義牛〉、倡孝的〈虎女〉、倡夫婦之倫的〈懲妒〉、倡忠君的〈蠻觸搆兵〉等篇，都是一些具體的呈現，或許也可以從此角度來標誌其淵源於史傳文學。

4. 源於民間傳說

魯迅在談及中國小說的歷史變遷時，曾指出了小說起源於先民的休息：

> 我想，在文藝作品發生的次序中，恐怕是詩歌在先，小說在後的。
> 詩歌起於勞動和宗教。……至於小說，我以爲倒是起源於休息的。
> 人在勞動時，既用歌吟以自娛，借它忘卻勞苦了，則到休息時，亦
> 必要尋一種事情以消遣閒暇。這種事情，就是彼此談論故事，而這
> 談論故事，正就是小說的起源。〔註 39〕

由於休息時的娛樂消遣，所以口頭講述故事成爲小說形成的可能成因。而班固《漢書・藝文志》也云：「小說家者流，蓋出於稗官，街談巷語，道聽途說者之所造也。」〔註 40〕由此可知，小說源流的探討，源於民間的口耳相傳故

〔註 38〕見毛德富、節紹生、閻虹，《中國古典小說的人文精神與藝術風貌》，成都：巴蜀書社，2002 年，頁 5〜11。

〔註 39〕見魯迅，《魯迅小說史論文集》，台北：里仁書局，1992 年，頁 508。

〔註 40〕見《二十五史》第 4 冊，《漢書、藝文志》卷十，台北：藝文印書館，1958

事，是一種自遠古以來即有的看法。

以情理而論，民間傳說必然是人類敘事能力較爲發達時出現的，並且必須配合著生產力的提高擴大、人口的增加、交往的頻繁種種多元因素〔註41〕，這些「街談巷語」才能成爲一種口頭文學而傳播。

當文學從口頭進入文本，勢必經過文人之筆的改造，口頭文學成爲書面文學之後，其口頭傳說的樣貌便已不復見，故今日研究者欲探源小說起源於民間傳說，都只能夠從小說文本裡頭略窺遺跡而已。

就文言小說而論，其是小說發展初期的模式，蕭相愷在《中國文言小說家評傳》中，即是視文言小說爲一種由文人在民間傳說基礎上創作而成的，或者視文言小說在眞人眞事基礎上，再添加許多傳說內容而創作的〔註42〕。而就實際文本來看，唐傳奇也的確許多作品都註明是聽某某所講，宋代徐鉉的《稽神錄》材料來源也是聽人講說，以及洪邁《夷堅志》材料多收集於民間〔註43〕，至清代文言小說達到高峰的標的——蒲松齡的《聊齋誌異》內容，也多有所註明其聽講源由〔註44〕，包括王蘭沚的《無稽讕語》，其某些篇章像〈無常〉、〈扶乩〉、〈虎師〉等，不但取材於民間傳說，更有著民俗信仰的紀錄，因此從民間傳說切入來探究《無稽讕語》源流，不但可以遠溯至小說形成之初，更可以沿著民間口頭文學遺漏在小說文本的軌跡，多多少少窺見其此一源頭。

另外還可以思考的是，口頭文學以多樣化的形式存在於民間，儘管它也進入文本，但其口頭表演的娛樂性之高，教育性之高，在接觸廣泛不識文字的民眾上，仍然有它存在的必要性與必然性，因此隋唐佛教的俗講、變文，至宋代說話藝術發達，都可以看作是口傳文學的一種展演方式，若以此論，口頭與書面文學是用不同的表現手法在不斷激盪的，也難怪小說文本裡隨處可見其記錄故事或傳說源於民間了。

年，頁 899。

〔註41〕見杜貴晨，《傳統文化與古典小說》，保定：河北大學出版社，2001 年，頁 106。

〔註42〕見蕭相愷，〈《中國文言小說家評傳》前言：文化的‧民間的‧傳說的——中國文言小說的本質特徵——兼論文言小說觀念的歷史演進〉，《明清小說研究》2003 年第 1 期，頁 19。

〔註43〕關於洪邁《夷堅志》與民間故事的關係，學者韓南甚至有專文字以比較。見韓南，《中國短篇小說》，台北：國立編譯館，1997 年，頁 243。

〔註44〕見朱振武，〈論《聊齋志異》創作題材的三個源頭〉，《蒲松齡研究》1999 年第 4 期，頁 27。

二、文學內容溯源

　　文學內容上，《無稽讕語》以詼諧、情色著稱，配合志怪人物題材，豐富了小說文本，以下分別從情色文學、俳諧笑話、宗教觀念等方面，進行溯源。

1. 情色題材探源

　　情色文學指的是以「性」作為書寫題材的文學，性行為作為一種生理現象，早在有人類的時候就已經存在，後來「性」呈現於文學當中，作為一種文化現象，則較早有《詩經》裡對男女野合的描寫，張衡《同聲歌》對男女新婚時的鋪排〔註 45〕，及後來唐人短篇小說，所開始要求一種在性問題上尋求開心的色情文學，如著名艷情小說《遊仙窟》等，雖然唐時作品於今日已大部分失傳〔註 46〕，但直至明清兩代，由於其兩代的多元時代環境因素，情色文學反而透過小說形式，在文學上達到了前所未有的高峰，故今日講到性文學，明清兩代的艷情小說首當其衝，成了性文學的絕佳代表文類〔註 47〕。

　　明萬曆至清雍正時期一百多年，色情小說相當發達，有文言、白話、長篇、中篇、短篇等，明時最著名的就是笑笑生《金瓶梅》的問世，標舉了寫實主義的性文學高潮，澎湃發展的結果，至清代終於帝王開始禁毀淫詞小說〔註 48〕，這在本章第二節已專門論述過了，不過仍舊抵擋不了這波情色文學的洪流，越是禁越有人讀、有人出版。

　　關於明清二代艷情小說之所以發達，過去曾有學者考察其原因。

　　晚明萬曆到崇禎年間，屬於明代色情小說的氾濫期，除了《金瓶梅》，現存可見的作品有《如意君傳》、《繡榻野史》、《昭陽趣史》、《浪史》、《玉閨紅》、《別有香》、《龍陽逸史》、《弁而釵》、《宜春香質》、《一片情》、《歡喜冤家》、《僧尼孽海》、《痴婆子傳》、《素娥篇》等近二十種〔註 49〕，此情色風潮如此蔓延，過去學者研究原因有，一是生產關係發生變化所引發的宋明理學僵化思潮，講究天理與人欲的對立，終於將當代思潮推向極端，於是由禁欲

〔註 45〕見康正果，《重審風月鑑——性與中國古典文學》，台北：麥田出版社，1996年，頁 17～28。

〔註 46〕見高羅佩，《中國古代房內考——中國古代的性與社會》，李零、郭曉惠等譯，上海：上海人民出版社，1990 年，頁 241。

〔註 47〕見劉達臨，《中國性史圖鑑》，長春：時代文藝出版社，2003 年，頁 290。

〔註 48〕見陳益源，《古典小說與情色文學》，台北：里仁書局，2001 年，頁 402、403。

〔註 49〕此處羅列艷情小說書目，見陳慶浩、王秋桂主編，《思無邪匯寶》，臺北：臺灣大英百科公司，1995 年。

走向縱欲；一是通俗小說本身的商品化，那些著意性行爲的描寫，讓商賈在迎合低下讀者趣味以營利的情況下，導致艷情小說充斥小說市場〔註50〕；再加上小說創作熱潮於有明一代興起；以及晚明時期娼妓之風十分盛行等等因素〔註51〕，因此明中期以後，情色小說迅速氾濫。

而清代前期承襲晚明艷情小說的氾濫，持續發燒，張俊於其《清代小說史》也曾提到此現象，並討論清初時情色小說氾濫的具體原因，共有五點，一是社會思潮的影響，也就是上一段提到的對宋明理學的反動，二是文學思想的影響，即承襲晚明「以淫戒淫，勸人息欲」的情色小說創作思想，三是書賈射利的影響，這也就是上一段所提到的小說商品化的結果，四是作家創作心態的影響，因爲作者津津樂道風流韻事，表達自我的庸俗生活與低下審美情趣，以及五是讀者的閱讀心理因素，喜歡求刺激、好奇等種種閱讀心理，也直接影響了艷情小說的創作〔註52〕。

因此由上述明清二代艷情小說氾濫予以整理，可以發現明清兩代情色小說創作的氾濫，是一種大環境的交雜衝擊，有時代影響、文化影響、作者讀者影響的多元理由造就。

王蘭沚《無稽讕語》，產生於清初乾隆時期，與明清艷情小說的氾濫情形有所承接，裡頭大篇幅的性行爲、性器官描寫，包括人與異類、人與人的性交，甚至還包含了男色斷袖之風的書寫，這些或有勸誡或在宣淫的篇章，導致屢次清代禁書名單上它都被點名，這點在上一節關於其禁書背景的考察已經論及了。所以從時代環境以及情色文學史的脈絡，都可以看到《無稽讕語》的文學淵源。

接著，筆者擬從《無稽讕語》本身，勾勒其源於艷情小說的軌跡，此處從作者、小說功能效用、內容的大量性描寫切入。

作者王蘭沚的小說著作，第二章已經介紹過有二部，先是乾隆五十九年（1794）文言小說《無稽讕語》產生，隔三年後又創作一部長篇章回小說《綺樓重夢》，是爲《紅樓夢》續書。雖然其二者體例有別，但其寫淫傾向則取徑一致，作者王蘭沚於《綺樓重夢》即明白點到《金瓶梅》者：

〔註50〕見向楷，《世情小說史》，杭州：浙江古籍出版社，1998年，頁185、186。
〔註51〕見孫琴安，《中國性文學史》下冊，台北：桂冠圖書公司，1995年，頁269、270。
〔註52〕見張俊，《清代小說史》，杭州：浙江古籍出版社，1997年，頁169、170。

> 《紅樓夢》一書不知誰氏所作，其是則瑣屑家常，其文則俚俗小說，
> 其義則空諸一切，大略規彷吾家鳳洲先生所撰《金瓶梅》而較有含
> 蓄，不甚著跡，足饜觀者之目。丁巳夏，閒居無事，偶覽是書，因
> 戲續之。襲其文而不襲其義，事亦少異焉。〔註53〕

王氏將意淫的《紅樓夢》主人翁與各角色關係，全在續書裡改成實淫，從其
第一回連接《紅樓夢》與《金瓶梅》二者即可發現，其眼光以為二者皆淫，
不過是含蓄外放之別而已。然而作者是有意以實淫為之的，故足見其對於「性」
方面的寫實審美取向，另外由此段文字也可以發現，王氏早讀過《金瓶梅》
一書，其閱讀經驗也成為其創作的發源，可證的確是與情色文學關係深厚的。

再者，論及小說功能效用，艷情小說的功能本就有多樣表現，一是止淫
戒色的勸誡功能，一是宣淫的俚俗娛樂功能，而也有消極層面上為抒發文人
作者的性幻想，或自覺不自覺投射一己的階級處境與慾望流動的〔註54〕。表
現在《無稽讕語》裡，情色文本也展現了這積極、消極兩面功能，這在論文
第四章將會有全面性的討論，此處僅點出其勸色戒淫的功能、宣淫俚俗的娛
樂功能，及消極功能以滿足作者性幻想者，在在都與艷情的書寫內容相關，
因此從文本功能切入，也可以看到《無稽讕語》承接情色文學的一個面向。

而就篇章內容的大量女性、男性性器官描寫，人與非人、男人與男人、
男人與女人等性行為敘述的鉅細靡遺，還有諧趣滑稽類型故事中不乏葷笑話
者，在在也都從實際文本中，看到了《無稽讕語》裡頭繼承情色文學而來的
真實樣貌，尤其像是明代艷情小說《宜春香質》情節裡男男淫風敘寫，和《無
稽讕語》〈林醜醜〉一篇的某種程度情節疊合，都可以視作《無稽》一書傳承
於情色文學的真實樣貌。

《宜春香質》是明代同性戀小說，共有風、花、雪、月四集，每集分敘
一個故事，其中月集故事與〈林醜醜〉一篇，在情節上相似程度頗高。月集
男主人翁為溫陵才子鈕俊，字子俏，生得醜陋不堪。幸遇三界提情教主風流
廣化天尊、煙花主盟弘愛真君、男情教主別情奇愛真君等為其改頭換面，遂
成絕色男子，入宜男國，中狀元，選為昭儀，供王淫樂，又立為皇后。如宜
男池求嗣，有女子為其塞陰開陽，與其交合。後歷被盜污，入聖陰國，遭盡

〔註53〕見清‧蘭皋居士，《綺樓重夢》，台北：建宏出版社，1995年，頁1。
〔註54〕見劉慎元，《明清艷情小說的繼承、呈現與影響》，嘉義：南華大學文學所碩
　　　　士論文，2002年，頁93。

磨難。最終遇佛，爲其去除六玉、淘濯七情，割了孽根，送入烈火輪中。鈕俊大叫一聲，卻是一夢，遂棄家修道〔註55〕。相較之下的〈林醜醜〉，故事內容是敘述書生林秀生得醜，人皆厭之。一日休息時，怨氣衝上雲霄，玉帝知其怨恨之，使之至森羅殿換臉，卻又因過美而誤入南熏國爲后，受寵愛卻遇難遭盜所姦，後苦求恢復雖如願，醒了以爲是夢，卻已成不男不女身。

從以上二段的故事大概介紹，就可以發現它們二者極高的相似度了，同樣是有才書生，緣貌醜而怨天，因而得到換臉的機會，成爲一美男子，卻誤入女子國而成后，受盡女子爭寵與被淫姦的命運，才悔不當初，求上天讓其恢復原貌。至於二故事的相異，除了作品篇幅的差異以外，《無稽讕語》〈林醜醜〉顯然文字較鄙俗，且較無佛教思想的介入，而結局顯得詭譎，主人翁成了不男不女身，面貌卻依舊醜陋；不似《宜春香質》，表達喜用一闋詞開頭或者以明心機，文字顯得雅些，並且多了許多佛教概念如奈何天等世界觀、果報輪迴等報應觀，而結局由幻而實，主角終頓悟修行，這也顯然較有積極的勸世功能。

故以上筆者從作者、小說功能效用、內容的大量性描寫，以及《宜春香質》情節裡和《無稽讕語》〈林醜醜〉一篇的高度疊合切入，嘗試探源《無稽讕語》所淵源於情色文學者，的確，文本裡頭的大量「性」描寫，是作者有意而爲之的創作取向，而作者創作取向的選擇，又是與艷情文學史息息相關的，仔細耙梳之後，多少可以捕捉出其和艷情文學各個層面的相關脈絡了。

2. 俳諧題材探源

諧趣滑稽，是一種逗趣戲謔的動作、語言、行爲、故事，在我國其淵源可溯源至先秦俳優藝人對人主的談笑諷諫，像齊國淳于髡、漢代東方朔、枚皋，是宮廷弄臣也常以談笑來進行諷諫，到了漢朝，給事中邯鄲淳所撰的《笑林》，將笑話蒐集成書，魯迅說它與《世說》一體，更是後來俳諧文字的權輿〔註56〕。

魏晉六朝，滑稽諧趣開始和小說有了干係，有了所謂的「俳優小說」，把一些「淺俗委巷之語」〔註57〕、「外間世事可笑樂者」〔註58〕、「人間細事」

〔註55〕見明・醉西湖心月主人，《宜春香質》，侯忠義主編，《明代小說輯刊》第二輯，成都：巴蜀書社，1995年，頁720～755。
〔註56〕見魯迅，《中國小說史論文集》，台北：里仁書局，1992年，頁55。
〔註57〕見《二十五史》第15冊，《魏書》卷九一〈蔣少游傳〉，台北：藝文印書館，1958年，頁978、979。
〔註58〕見《二十五史》第20冊，《北史》卷四三〈李崇傳〉所附〈李諧傳〉子李若，

〔註59〕等，編爲滑稽戲謔的故事、笑話，以供人主朝臣娛樂。其後唐代、後來宋元話本，也隨著小說發展的成熟與多元，對於戲謔滑稽的故事、題材有所繼承和創新〔註60〕。

以小說角度來看，寧稼雨曾把諧謔小說分爲三種類型，一是文言笑話，占了諧謔小說的絕大部分，二是具有小說意味的俳諧文，三是具有寓言性質，富有智慧精神和幽默意味的小說故事。不過其於文章中也指出，諧謔小說與其他小說的界線，常常是不太清楚的〔註61〕。而《無稽讕語》裡頭的諧趣滑稽故事類型，所見的就是前二種像笑話、俳諧文類。

我國傳統文學裡或多或少在各代都見得到笑話集出現，然而至明中葉時，笑話創作達到高峰，當時不僅作品眾多，也產生了幾位笑話大家，如江盈科、趙南星、馮夢龍等〔註62〕，直至清代笑話創作才漸趨落沒〔註63〕。因此《無稽讕語》裡頭這類諧趣滑稽作品的發燒，是沿襲著明代諧謔風氣而來的。

整理了俳諧題材的遠流與近流後，那麼《無稽讕語》文本裡的諧趣滑稽風格，又是如何展現的呢？檢視《無稽讕語》書中的諧趣滑稽故事，共計十三則，笑話占十一則，俳諧文有二則，可以說是其傳承於諧謔小說與笑話的直接證據。而另外可以關注的是，其他非諧趣滑稽類型故事，卻也包含諧謔幽默的元素因子，其中有以作者發言的〈春燈謎〉第二則，以葷謎語製造了諧謔的效果；其中也有以情節的俚俗設計或性玩笑，以達到戲謔，像是〈蠅妒〉、〈魂附虱體〉、〈鬼見怕〉；其中也有以人物本身烘托出戲謔效果的，像是〈醜婦驅狐〉等，因此可以發現不管是不是屬於文言笑話或俳諧文類，即使其他小說類型裡，也出現了很多戲謔詼諧的人物、情節、對話，可以說詼諧的筆觸同情色筆觸一樣，都是屬於作者王露的書寫風格特色。

以上筆者從俳諧傳統的淵源，以及明代笑話的興盛，梳理了傳統文學裡

台北：藝文印書館，1958 年，頁 717。

〔註59〕見《二十五史》第 19 冊，《南史》卷六五〈始興王傳〉，台北：藝文印書館，1958 年，頁 734。

〔註60〕見葉桂桐，《中國古代小說概論》，台北：文津出版社，1998 年，頁 107、108。

〔註61〕見寧稼雨，〈文言小說界限與分類之我見〉，《明清小說研究》1998 年第 4 期，頁 181。

〔註62〕見陳文新，《文言小說審美發展史》，武漢：武漢大學出版社，2002 年，頁 517。

〔註63〕見顧青、劉東葵，《冷眼笑看人間世：古代寓言笑話》，台北：萬卷樓，1999 年，頁 7～8。

諧趣滑稽一類的來源脈絡，並且進一步點出《無稽讕語》裡頭的諧趣特質與實際例子，作爲探源俳諧題材的重點。

3. 宗教觀念探源

《無稽讕語》中所展現的宗教世界，其實是很龐雜的，有佛教、道教、更有民間的巫術傳統雜揉其中，然而佛教、道教的相互影響，以及對於中國傳統文化的衝擊與融合，許多不同面向的思想信仰，在在都交織並融入傳統信仰，造就我國文化的博大精深，此處，筆者擬以分論的方式來敘述各教與小說的淵源，再來則企圖從《無稽讕語》捕捉其源於各類宗教的樣貌。

首先談佛教，佛教是一個外來宗教，起源於印度，約略在西漢末年傳入中國，逐漸興盛之後，也在中國歷代曾遭逢帝王禁止，唐時達到信仰的高峰。佛教的傳播方式，除了口頭講經，就是佛經故事的閱讀了，其對於中國文學的影響是多元的，尤其翻譯佛經裡的幻化世界，以及其中所包含的印度民間故事，都啓迪了中國志怪小說、禪詩、變文等各種中國特殊文學創作。

佛教與文學交互影響，過去已有專文研究，就文學佛教化來看，小說這一文類從六朝以來，經歷唐傳奇、宋元話本、明清長篇章回、短篇文言，佛教各類思想都已滲透進入文本裡頭了，題材上像是靈驗、業報、因果輪迴等，技巧上像是空間思維的拓展、人物角色的性別變化等，都不同層面的影響小說文學的佛教化，實際文本上像是六朝劉義慶《宣驗記》、王琰《冥祥記》、顏之推《冤魂志》，唐傳奇牛僧孺《玄怪錄》、蔣防〈霍小玉傳〉，宋元話本及《三言》、《二拍》，著名長篇章回如《金瓶梅》、《水滸傳》、《紅樓夢》等等，都在題材或者技巧上，從佛教裡頭有所模仿〔註 64〕。當一個宗教成爲人民生活的一部份，文學作爲一個反映眞實人生的有機體，的確處處可見佛教對於小說的介入與滲透了。

《無稽讕語》裡展現的佛教思想，思想題材上有：一、因果報應及轉世輪迴觀念，通常是用以勸誡，例如勸善的〈森羅殿考試〉、勸人戒色的〈科場顯報〉、〈投胎〉，也有用在較沒勸誡功能的篇章如〈畫山僧〉；二、放生持齋觀念，其中一篇篇目即以〈放生持齋〉爲題、〈金生射獵〉也有勸人放生觀念；三、誦經念佛的宣揚，如〈山魈〉裡其中一個山魈因爲參佛誦經而成佛。

而在藝術技巧上傳承於佛教的，主要是空間思維的延展，地獄形象、異

〔註 64〕見周慶華，《佛教與文學的系譜》，台北：里仁書局，1999 年，頁 143～153。

類世界形象的多姿多彩，多從佛教經典而有所借鑑；還有人物形象的富於變化，像是鬼類的夜叉源於佛教〔註65〕，後來出現在多種志怪小說之中，例如《無稽讕語》裡亦有〈女醫〉、〈鬼見怕〉等。

接著談道教，道教出現在東漢末，成長於魏晉南北朝，繁榮於唐代，由於唐末五代的紛亂，促使道教在教義上發生重大變化，漸漸向儒家、佛教靠攏，形成三教合流，而新興道派也紛然并起，在教義、教制及禮儀上也有所變革；宋、遼、金、元四代，是道教活躍發展的最後一段，元代中葉再至明清，又漸趨衰落，終究淪為下一層民間的宗教組織，與傳統的巫覡等方術合流〔註66〕。

明代諸多皇帝相當尊重道教，有些皇帝偶有幾位道士寵臣，也有廣設齋醮、篤信方術的情形〔註67〕，不過由於道教內部在教義上了無新意，漸漸教義就越趨通俗，道士不再能深居空山道觀，而必須走入社會，在民眾需求如祛病禳災、祈雨止旱、養生送死、安宅相墓、占卜降乩等方面迎合人民的需要〔註68〕，這樣一來，道教也就與傳統的方術更加緊密的結合了〔註69〕。

由於道教歷史的發展，早與佛教、民間巫術難分難捨，故這裡只從《無稽讕語》裡呈現道教的蛛絲馬跡來探源，首先是人物上如道士的形象，像是擁有神力、幻術者如〈妖術〉、〈髯道士〉、〈封仙〉，或藉道士以勸人的〈道士論文〉，都將道士作為文本的主要人物，另外還有像財神、土地公、關帝等道教神明出現於書中，以上都是屬於人物方面與道教有淵源者。

另外，需注意的是，在上述道教與民間方術結合上，《無稽讕語》書中也見到了類似占卜、扶乩、相墓等題材的書寫，這在下面論及巫術時，再整理舉例以證明。

最末，宗教觀念探源推溯至佛教、道教，尚還需談到巫術及民間方術。巫術的起源是非常早的，它幾乎與神話脫不了干係，承繼至民間以後，仍然

〔註65〕「夜叉」一詞是源自印度，為梵文 Yaksa 的音譯，是印度神話中的一種小神，佛教故事中也常提到，《長阿含經》、《大方等大集經》、《起世經》、《大智度論》、《立世阿毘曇論》、《大唐西域記》……都有紀錄，根據《大智度論》，夜叉種類有三：（1）地夜叉，只能在地上行走（2）虛空夜叉，具大力且行走如風（3）天夜叉，能在天空飛行。見佛光大辭典編修委員會編，《佛光大辭典》，高雄：佛光出版社，1988年，頁3130、3131。

〔註66〕見任繼愈等，《中國道教史》，台北：桂冠出版社，1991年。

〔註67〕見任繼愈等，《中國道教史》，台北：桂冠出版社，1991年，頁633～652。

〔註68〕見任繼愈等，《中國道教史》，台北：桂冠出版社，1991年，頁679～682。

〔註69〕見葛兆光，《道教與中國文化》，台北：東華書局，1989年，頁322～367。

用與其他宗教合流的方式，持續影響下層人民。顏清洋的《蒲松齡的宗教世界》一書，談及《聊齋誌異》的巫術，就列出了好幾大點：占卜、占夢、體相、巫蠱、跳神、扶乩、走無常、星命術等八樣〔註70〕，其中占卜、扶乩、走無常等，在王蘭沚《無稽讕語》當中也曾出現，如篇章中〈卜者自驗〉、〈靈姑〉皆談到預知及占卜，〈扶乩〉、〈乩詩〉中談到扶乩的民間方術，〈無常〉二則所敘即是走無常等等，它們或是作者王蘭沚記載民俗信仰的實錄，或者是奇聞軼事、仙妖鬼狐類型故事的題材發揮，總之，巫術傳統不僅仍在民間佔有極大的信仰群，更透過文人的觀察眼光，反映在當代的小說之中。

　　另外，還有靈魂觀也是宗教觀念的一種，它存在於各類信仰裡，成爲中國傳統文化的一部份，已經難以區分屬於哪一宗教的觀念了。簡單而言，靈魂觀包含兩個主要概念：「萬物有靈」、「靈魂不滅」，因此有所謂物魂、人魂，物魂包括了植物、動物、器物三者，人魂即俗稱的鬼，像這類靈魂概念，尤其充斥在志怪小說裡頭，成爲志怪的重要題材，也包括了志怪傳奇集《無稽讕語》了，物魂者如〈琴劍作別〉、〈筆談〉以器物有魂作題，以及〈夜光〉、〈蜂妃〉、〈蜉蝣〉、〈彼穠村〉等篇分別有動物魂、植物魂，作爲妖怪異類與人互動的主體，此外像仙妖鬼狐類型故事中的鬼，更是以人魂觀念爲材發揮的，〈魂附虱體〉、〈魂遊〉、〈抱鬼〉等等皆是實例，因此此處探源宗教普遍呈現的靈魂觀念，特地另闢一段專論，作爲《無稽讕語》思想源於宗教的一點重要概念。

　　這一部分探源《無稽讕語》的宗教觀念，耙梳出三條主要脈絡佛教、道教、傳統巫術，然而從前面的分別論述也可以發現，它們其實在起源之後就互相影響彼此，後來甚至難分難解，不同宗教也有相同儀式或者觀念了，因此，這裡筆者雖分開來論述，實際上需釐清的是，文本中所呈現的各教思想並非如此截然劃分的，當然，這也與中國傳統吸納各類宗教並融合的民族胸懷有關，故呈現於文本當中的宗教概念，不但是社會時代的反照，更是兼容並蓄的一種傳統文化精神反映了。

第四節　《無稽讕語》對《綺樓重夢》之影響

　　此一節從作者的角度出發，由於作者王蘭沚前後有二部小說作品，先是

〔註70〕見顏清洋，《蒲松齡的宗教世界》，台北：新化圖書有限公司，1996年，頁177～198。

乾隆五十九年（1794）文言筆記小說，屬於志怪傳奇集的《無稽讕語》，後是嘉慶二年（1797）的白話通俗小說《綺樓重夢》，是爲《紅樓夢》續書，儘管二者創作時間僅隔三年，然而以文體而論，二部小說相差甚遠，不只文言短篇與白話長篇之別相差頗大，志怪內容與接續於《紅樓夢》故事的條件限制，在情節內容上似乎也彼此無關，故這裡所採的立場，並非是從文學體制的傳統來反應《無稽讕語》對《綺樓重夢》的影響，而是從同一位創作者出發，試圖去把梳出一些作者創作時的共同理念，以及所顯現出來的相似題材、風格與特色。又因爲二部作品相距的創作時間僅約三年，因此也可以推論的是，先產生者必然對於後產生者會有所影響。故基於以上二個基點，筆者嘗試來討論《無稽讕語》對於《綺樓重夢》的影響，主要將比較重點著重在風格與題材內容上。

一、風　格

首先，在風格的部分，《無稽讕語》與《綺樓重夢》有以下二點相似處值得注意，一是諧謔俚俗的幽默創作態度，一是誇張不實、天馬行空的藝術手法。

1. 諧謔俚俗的幽默創作態度

《無稽讕語》雖爲志怪傳奇集，其中也不乏笑話類等諧趣滑稽的創作題材，而於諧趣滑稽類型故事之外，其他的志怪故事也頗多蘊含諧趣俚俗的幽默創作手法，這裡筆者梳理出《綺樓重夢》與之相似者，此點所論的「諧謔俚俗的幽默」，表現在和《無稽讕語》頗爲相像的地方，有例如像是在「性」上面開點玩笑，或者俚俗不雅題材如糞、溺上作點文章，又或者葷笑話等笑話類的明顯繼承等等，都可以瞧出一點《無稽讕語》對《綺樓重夢》影響的一點端倪。

《綺樓重夢》第一回，作者即明言此書是「因戲續之」，點出的就是他的諧謔創作態度，爲了好玩、遊戲而創作，大大地打翻了《紅樓夢》的淒美浪漫基調。過去研究《紅樓夢》續書者林依璇就曾指出，「插科打諢」的「遊戲之筆」，正是王露續書特有的變異風格〔註71〕，而在《綺樓重夢》裡寶釵也曾以《笑林廣記》揶揄眾家生女，不但點出作者必定閱讀了笑話類書籍以助創

〔註71〕 見林依璇，《無才可補天──紅樓夢續書研究》，台北：文津出版社，1999年，頁 147～151。

作，更點出這一諧趣的書寫方式：

> 大家同著正往裡走，寶釵一路只是笑。李紈便問：「你笑什麼？」寶
> 釵道：「我笑的是眾姊妹都有了行業，還只是這樣愁窮。」眾人道：
> 「我們哪裡有什麼行業？」寶釵道：「我瞧見《笑林廣記》上載一首
> 詩，說是：『弄瓦前年慶五朝，今年弄瓦又承招。弄來弄去無非瓦，
> 令正原來是瓦窯。』如今各位都開了一座窯，怕不是行業？」……
> 〔註72〕

而在性題材上面的諧謔表現，《綺樓重夢》裡頭可見的有：葷笑話一類、夾雜
「性」的笑謔戲寫、形容牲畜交歡的寫實場面、醜女卻性飢渴的誇張描寫。

笑話一類，《無稽讕語》中十三則諧趣滑稽類型故事即屬之，葷笑話占了
四則，然而《綺樓重夢》裡頭的葷笑話，多出現在主人翁賈小鈺（即賈寶玉
轉世）與其他女眷飲酒吃飯的嬉鬧場合：

> 小鈺就和友紅豁拳，友紅輸了，又喝了兩大杯。該是小鈺講笑話，
> 小鈺道：「有個人作親了一夜，要休那女人，女家不依，告到當官。
> 這官是兩榜出身的通人，問新郎道：『我瞧你女人是好好的，為什麼
> 要休他？』新郎道：『他的陰戶偏著長在半邊的，怕將來不能生子，
> 因此不要他。』那官兒就拍桌叫道：『不錯，不錯，這有舊案的。《大
> 學》上說道：『是則偏之為害，而家之所以不齊也。』」……文鴛說
> 「我不會講笑話，常聽見晴月丫頭很喜歡講，叫他代講了罷。」晴
> 月見姑娘委他，不敢推辭，便說道：「我原籍浙江湖州，這湖州河裡
> 都種水菱，名叫菱塘。那菱塘裡面最怕長了龜蛇，攪得水渾了，菱
> 就不旺。有個鄉裡人種菱的，一日進城來望親戚。親戚問他令堂可
> 好，鄉裡人不懂通文，只認了問菱塘，回說：『有什麼好，聚了許多
> 烏龜，吵鬧不清，如今是稀垃圾的了。』」〔註73〕

上面這一段三十回「會同年花園玩景，乘良夜雪閣開樽」，雪閣開樽一場面就
嬉鬧了許多葷笑話，不僅僅以上所舉而已。在三十八回，又有另一段是淡如
行令講了葷笑話：

> 該淡如行令，淡如說：「個人伸出指來，從我數起，數著的說個笑話，
> 笑的喝酒。」恰好數著淡如。淡如道：「有個人，呆笨不過的。作了

〔註72〕見清·蘭皋居士，《綺樓重夢》，台北：建宏出版社，1995年，頁46。
〔註73〕見清·蘭皋居士，《綺樓重夢》，台北：建宏出版社，1995年，頁250、251。

親第一夜，見新娘脫了褲子，底下露出那話兒來。新郎瞧了一瞧，慌
忙趕到隔壁王皮匠家裡，說道：『我今兒取了個女人到家，臉面也好
好的，誰知小肚子底下，兩腿中間開了個窟窿，恐怕腸子要漏出來。
這怎麼處？』皮匠說：『不妨，我拿條麻線替他縫住了，就不會漏。
你在我家裡看守房屋，我去縫好了就來。』皮匠假意拿個針拿條麻線，
走進新房，和那新娘大幹了一回。回到家來說：『縫停當了。』新郎
著實謝了一番，回到房裡，把新人的東西細細一瞧，跌跌腳道：『這
眞叫人心難脫！那王皮匠滿口許我用麻線縫的，誰知是護囊局，只拿
些漿子糊糊就算了。』」眾人都笑了，合席通喝一杯。〔註74〕

其實，《綺樓重夢》夾雜「性」方面的嬉笑諷刺，描寫頗多，如第十三回描寫
「玉皇閣小兒角力」，寫到賈小鈺打擂臺對上一個黑婦人：

小鈺正要解了衣上去，又見一個黑胖婦人，……走到柵邊，也不開口，
把柵門一扳，就扳倒了一扇。上了梯，便使個秋蛇入洞勢，凶凶的搶
入前來。道士見來勢勇猛，忙退了幾步，擺個雙手推門勢，照他兩個
奶頭上迎過去。婦人將身一側，就是一個泰山壓頂勢，雙手往他肩上
撲將下來。道士順著勢使個牛斸角的勢兒，兩拳護著腦袋，直望他小
肚子碰去。婦人慌忙退後，已是著了一下，生了氣，把左手往上一格，
右手就往他褲襠裡撩去，名爲「一把撩陰」。〔註75〕

上面這一段描繪比武場面，運用開女人陰戶的一種低俗玩笑，製造諧謔效果，
笑謔外尚無諷刺，而另外一段二十八回描寫小鈺與多女子雜交被撞見，眾姊
妹出言揶揄，這時的戲謔筆觸寫來就深具尖酸諷刺味了：

彤霞仰著頭看了這「怡紅院」三字的匾，笑道：「鈺二爺這匾額該換
了。」……彤霞道：「該換寫『逋逃藪』。」碧簫道：「也有執贄門牆
的，不盡是逋逃的，不很概括。不如簡簡潔潔題著『穢墟』兩字的
好。」……靄如道：「古王者記言記動，全仗著傳信的史筆。我就權
充左右史，記個『癸丑冬十月，淡、翠、瓊及小鈺戲於密室，改怡
紅曰穢墟。』」彤霞道：「史貴簡當，這筆法太繁冗了。我記個『三
美具，乃改齋名。』」妙香說：「史貴實錄，改齋名不過一句空話，
不是實事，不如記個『三艷集於怡紅，小鈺從而攘之。』」彤霞道：

〔註74〕見清・蘭皋居士，《綺樓重夢》，台北：建宏出版社，1995年，頁317、318。
〔註75〕見清・蘭皋居士，《綺樓重夢》，台北：建宏出版社，1995年，頁101。

「這『攘』字虧你想的，眞所謂物自來而取之也。」舜華向來從不
肯嘴頭刻薄的，這會子聽高興了，便笑道：「我來記了罷：『冬，鈺
犲粲者於房。』」淑貞讚道：「這才是老筆，簡而能賅，況且這『犲』
字深得《春秋筆法》。」〔註76〕

後面接著甚至還有眾家姊妹作詩作文予以諷刺，這裡就不一一舉出了。把玩
笑開到「性」上頭的，製造俚俗的幽默風格，尚有形容牲畜交歡的寫實場面、
醜女卻性飢渴的誇張描寫等。

動物交歡進入小說，造成一種鄙俗趣味，在十七回、三十三回、四十三回
都曾出現此類題材，而像第四十回有交阯女子隨貢使來京，以武力與小鈺過招，
她生得像「猩猩狒狒」一般，卻巴著小鈺，其對於美男的飢渴嘴臉，倒頗似《無
稽讕語》裡頭〈醜婦驅狐〉的醜婦。並且，這一回提到的這交阯女子，再與小
鈺酒醉拉扯過程當中，曾被小鈺丫頭宮梅塞一李子進入她的陰戶：

小鈺笑笑，待要放他，宮梅說：「慢些，慢些！」忙把一個李子塞進
他的陰戶去。正在拍手大笑，誰知他會鼓氣的，把陰戶一呼一吸，
這李子向彈丸離弓的一般飛將起來，恰好打著了宮梅的嘴唇，濺了
滿臉漿水。眾人笑得打跌。〔註77〕

這鄙俗畫面頗似《無稽讕語》〈金生射獵〉者，獵人金生與化為人之各牲畜的
情色嬉鬧：

……生舉骰未擲，四姐合掌祝曰六，及擲下，果得六，大姊微哂曰：
「請君入甕。」生欺其無具，毅然自裸下衣，俯臥床上，大姊立而倚
其背，笑曰：「此名乾雞姦。」四姊取盤中青梅五枚，悄從大姊臀間，
探手而入，以一梅塞生後竅中，曰：「此名一舉成名。」又進其一曰：
「雙龍攪海。」又進一梅曰：「三仙入洞。」生疾呼求免曰：「余係童
身，實未經慣，幸無虐謔。」四姊曰：「若不慣誰是老龍陽，可容張
果老白驢沖突耶？」大姊以身障之，眾亦代為勸解，四姊捨梅笑曰：
「惜乎未竟，若再進名四季平安，再進則五子登科也。」生起蹲身地
下，作如廁狀，三梅突出旋轉于地，章大姑拍掌呼曰：「此眞所謂三
元及第也。」胡大嫂握骰笑顧，……。〔註78〕

〔註76〕見清・蘭皋居士，《綺樓重夢》，台北：建宏出版社，1995 年，頁 228、229。
〔註77〕見清・蘭皋居士，《綺樓重夢》，台北：建宏出版社，1995 年，頁 338。
〔註78〕見王蘭沚，《無稽讕語》卷一〈金生射獵〉。

上述多則例子，是在「性」上面開點小玩笑，包括戲謔描寫女人性器官、性愛交歡場面等，寫實中帶著俗趣，正是《無稽讕語》與《綺樓重夢》此幽默風格的疊合，而在這一點上，二書的揶揄、調笑性事所呈現出來的諧謔，正是作者獨愛的書寫題材與方式。而另外，俚俗不雅的題材如糞、溺上作文章，也是作者王露所欲藉以發揮其諧謔俚俗的審美觀的，《無稽讕語》書中類似這類不雅的題材像是〈邵呆〉中被戲稱作「邵馬桶」，〈誤溺〉、〈偷兒穴垣〉裡的女鬼與寡婦，皆用溺作報復，而在《綺樓重夢》裡第二十五回，有一段寫淡如撒溺，也自然而俚俗：

> ……淡如說：「這樣幽雅假山跟前，何不打個地遍遍兒，很有趣。」
> 一面說一面掀開裙子，在假山洞口竹子根前拉了一泡溺。〔註79〕

以及第二十六回為丫環們取名字，小鈺別出心裁的玩笑，也頗俚俗逗趣：

> ……瑞香道：「風字用來不好聽些？」小鈺笑道：「好聽嗎？急驚風、
> 慢驚風、豬頭風、羊顛風，還有個產後驚風，只別叫爭風就是。」
> 〔註80〕

不論是寫笑話、寫情色、寫鄙俗，《無稽讕語》卻實在幽默諧謔的書寫風格上，對《綺樓重夢》有所傳繼與影響，且此一風格正是作者獨特的創作態度。

2. 誇張荒謬、天馬行空的藝術手法

《無稽讕語》的「無稽」之談，指的正是不實、誇張、荒謬，其本是文言志怪小說，既然志的是「怪」，本就會有情節、人物、內容「異於常」者，當怪成為怪，必要的便是有著不實的內容，甚至得誇張、荒謬地去強調了。這也是過去研究《綺樓重夢》者，提到的另一點王蘭沚書寫藝術手法〔註81〕。

緊抓著這條志怪的脈絡，可以發現《綺樓重夢》中許多天馬行空的想像，頗與志怪類者相關，像是三界互通模式、人物有神有妖，性方面人獸交的描寫，與性行為能力的誇張，都是荒謬、誇飾的藝術手法。以下細論之。

《無稽讕語》裡的三界互通，是志怪常見的一種模式，透過虛實交錯的時空變換，將主人翁與其他異類世界連結起來，其中篇章與妖類互通的，有與牲畜動物異類連結者，如〈蟻移家〉、〈鼠娶婦〉、〈金生射獵〉等，有與植

〔註79〕見清・蘭皋居士，《綺樓重夢》，台北：建宏出版社，1995 年，頁 208。
〔註80〕見清・蘭皋居士，《綺樓重夢》，台北：建宏出版社，1995 年，頁 215。
〔註81〕見林依璇，《無才可補天——紅樓夢續書研究》，台北：文津出版社，1999 年，頁 151～153。

物異類連結者，如〈彼穠村〉的花妖、〈小洛陽選婿〉入花國、〈梅子留酸〉等，與鬼類互通者如〈女廟留賓〉、〈鬼見怕〉、〈女鬼談詩〉等，有與仙界互通者像〈財神誕期〉、〈神杖〉、〈林醜醜〉等，凡分入仙妖鬼狐類型故事者，都涉及了異界互通的模式，而且常常一通就是天、地、人、妖交雜通感，不單單僅出現二界互通而已。

相較於《綺樓重夢》，三界互通的模式，人神互通、人妖互通、人鬼互通也都出現於其中。人神互通則主要表現在寶、黛轉世前與月老、警幻仙子、福祿壽三星的對話，以及第十回「賈小鈺夢讀天書」，導致後來平東倭的大請天兵神將絕技；人妖互通則以第二十七回「甄小翠避妖來賈府」，小翠被豬妖所纏，小鈺除妖等情節；人鬼互通則如和小鈺有染的瓊蕤，因事發被趕回家而病重身亡，在第四十回被揚州道姑請魂與小鈺對話：

> 正在說笑，忽聽見臍眼裡叫聲：「二爺，我來了。感謝二爺種恩典，但是賞的金銀衣飾通被我父母留下了，只買了一口材、一塊小小墳地，隨身著的都是些半舊衣裙。幸喜二爺多情多恩，上年中元節裡又替我虔心追薦，仗了佛力，聞說今年五月六間便好投生去了。只是受恩深重，後會無期，怎能得報效二爺呢！」說罷哀哀痛哭。小鈺也掉下淚來，問：「你將來投生，生在怎麼樣的人家？」答道：「這個不知道，那裡自己作得主來的。」……〔註82〕

三界互通，導致人物的多元，妖、鬼、人、神齊聚一堂，也是沿襲志怪而來的特色。因為題材「異於常者」，也就顯現出其荒謬的描寫手法了。

而另外，王氏描寫性事的誇張離譜，也是《無稽讕語》對《綺樓重夢》的影響之一，像是人獸交出現在志怪《無稽讕語》裡〈哈叭狗〉，也出現在《綺樓重夢》裡小翠遇豬妖一段，其繪聲繪影的形容妖怪性虐待人，不僅誇張荒謬，更頗有《金瓶梅》者寫實淫風味道。而《綺樓重夢》其他描寫性方面的回目，也有頗為誇張荒誕者，如房中術、陰門陣的描寫，不論在題材或刻劃上都頗為荒誕不羈，房中術的誇張描寫，主要焦點是在賈小鈺性功力突飛猛進上，而陰門陣的描繪是出現在對仗東倭上頭：

> 那邊倭帥倒也有些賊智，聞了敗信，並不慌張，說道：「這是左道妖術，只須用個魘汙法就制住了。」便叫取那婦女經水並產婦的惡血，宰些黑狗血，還恐不夠，把些老年醜陋的婦人，用尖刀戳進陰門，

〔註82〕見清·蘭皋居士，《綺樓重夢》，台北：建宏出版社，1995年，頁340。

　　　　流些血出來，再把那各處的陰溝臭水攪和了，裝滿在十多隻大缸裡。

　　　　另用毛竹截作噴筒，選六百個兵丁，漏夜習會了。〔註83〕

其實，這類誇張荒誕的描寫，充斥在《綺樓重夢》一書，不只其大廢筆墨的荒淫畫面，寫得誇張，連戰爭、封侯、女人上戰場、神妖互通等各種怪異場面，作者王氏都極盡描繪之能事，口沫橫飛，這樣極度誇張所造成的拉扯，某種程度也符合了上面一點其作者的幽默創作態度，然而也因為他毫不收斂的描摹，更替文本增添了一種奇幻荒謬之風，這在和志怪傳奇集的《無稽讕語》上，就頗有著異曲同工之妙。

二、題　材

　　比較完風格上《無稽讕語》對《綺樓重夢》的影響，再來比較題材內容方面，筆者觀察出以下幾點：性的窺密、揭露與滿足；地方風俗民情的紀錄；作者經驗成為創作題材；作者思想的繼承。

1. 性的窺密、揭露與滿足

　　「性」本就是《無稽讕語》的書寫重點，學者占驍勇就曾指出其書是過份地描寫性幻想、喜歡玩弄與性有關的文字遊戲〔註84〕，然而在《綺樓重夢》裡頭，性題材也大量出現，這也是過去紅學學者對此續書頗多批判之處，如清代裕瑞曾說：

　　　　《綺樓重夢》，一部村書而已。若非不自傍紅樓門戶，尚可從小說中

　　　　《肉蒲團》、《燈草和尚》等書之末。〔註85〕

站在《紅樓夢》的角度，續書之流因為與原書思想趣味大相逕庭，《綺樓重夢》被貶入情色小說等流，正是其內文性揭露導致的負面評價。

　　不過逐步細究，《綺樓重夢》在性描寫的模仿上，除了其開宗明義就提到的《金瓶梅》，應該也與《無稽讕語》脫不了干係，尤其其偷窺女子性器官、對女人身體的好奇與揭露，進而滿了足作者、讀者的性幻想，這點重複之處還頗多。

　　《綺樓重夢》裡偷窺女性洗澡、解溺、行經，都詳細描摹了女人的性器

〔註83〕見清‧蘭皋居士，《綺樓重夢》，台北：建宏出版社，1995年，頁142、143。

〔註84〕見占驍勇，《清代志怪傳奇小說集研究》，武漢：華中科技大學，2003年，頁139。

〔註85〕見清、裕瑞，《棗窗閒筆》。此轉引自高玉海，〈"紅樓夢續書"理論及裕瑞的批評〉，《紅樓夢學刊》，2003年03月，頁328。

官，以及透過主人翁小鈺，滿足了讀者、作者的偷窺心理，以下舉其描寫小鈺假借醫病窺視藹如行經與性器：

> 藹如聽了不作聲，碧簫就輕輕抱他躺在炕上，把銀紅紗裙揭開，只見綠紗褲上已是浸得鮮紅，便輕輕解開褲帶，褪將下來。……小鈺笑嘻嘻的道：「我不動手，只是要辨那經的血，必得掰開了腿細細瞧的。」碧簫當真把他兩腿往上一掀，掰將開來，小鈺看個不亦樂乎，……。〔註86〕

這樣的偷窺心態，與《無稽讕語》裡好幾篇主人翁夢幻化飛蟲觀女人私處，頗相呼應，例如〈投胎〉、〈魂負虱體〉。

性題材的描摹、窺視，呈現了作者相同的創作傾向，由上可證。

2. 地方風俗民情的紀錄

作者王蘭沚一生主要活動地帶都在南方閩、浙一帶，《無稽讕語》裡面歷史風俗類型故事，就多篇是以作者自述的方式呈現自身經歷，並記錄地方風尚民情，而《綺樓重夢》裡也或多或少有此方面的反應，例如閩方言的使用、民間方術的描繪、民間土法醫療的紀錄、以及習俗風尚的敘述。

閩方言的使用，由於《無稽讕語》是文言小說，自然見不到這樣的語言，不過《綺樓重夢》裡用的是通俗白話，見到的可就多了，像是「轉來」、「所在」、「豁拳」等都常常運用。

不過民間方術、土法醫療的地方風俗民情記錄，《無稽讕語》對《綺樓重夢》可說在題材上有著清晰可見的影響。

民間方術的紀錄，《無稽讕語》裡有〈扶乩〉、〈乩詩〉、〈靈姑〉等夾雜神鬼的篇章，提到的就是一種與民間方術結合的請神、請鬼儀式，而《綺樓重夢》也將這樣的題材給寫進了小說之中，扶乩者如第八回有約略提到，以作為學中屬對的引子，而第四十回「揚州道姑關生魂入腹」，則不僅關生魂、亦請死魂，也似〈乩詩〉裡提到作者扶乩經驗，招來外甥姚洙楷已死之魂，又頗似〈靈姑〉第三則，女子因前世淫人致死，導致今生鬼魂報仇入腹：

> 松江華亭縣巫氏女，……忽一日獨坐閨闥中，見紅絨一縷飛騰而來，突從鼻觀直入腹際，正在疑訝間，旋聞臍中小語曰：「我某氏女也，爾前生為士人身，百計挑引，遂成苟合，及父母覺而絕之，

〔註86〕見清‧蘭皋居士，《綺樓重夢》，台北：建宏出版社，1995年，頁166、167。

而醜聲已洋溢外播，莫肯論婚，以致抑鬱深閨，賫恨夭逝，今不遠千里來雪舊憾耳。」女人駭奔告父母，父謂曰：「夙世冤愆，宜若可恕，請爲君延僧禮懺，得消釋否？」臍中應曰：「不能，然歡喜冤家，我亦不索渠命，但令暴醜數年，使不得匹家耦足矣。」問：「如何暴醜？」答曰：「我爲靈姑，判人吉凶，爾女須袒衣對答，即暴醜也。」父不許，臍中怒曰：「然則將抽其腸、彄其心矣。」……〔註87〕

比較一下《綺樓重夢》的關亡魂相似段落：

小鈺委他到上房門外，悄悄帶他進園裡來，在怡紅廂房，要關瓊蕤的亡魂。……正在說笑，忽聽見臍眼裡叫聲：「二爺，我來了。感謝二爺種恩典，但是賞的金銀衣飾通被我父母留下了，只買了一口材、一塊小小墳地，隨身著的都是些半舊衣裙。幸喜二爺多情多恩，上年中元節裡又替我虔心追薦，仗了佛力，聞說今年五月六間便好投生去了。只是受恩深重，後會無期，怎能得報效二爺呢！」說罷哀哀痛哭。〔註88〕

描寫道姑關魂是不是也頗像上一段的〈靈姑〉呢？

另外，土法醫療在《綺樓重夢》也被當作寫作題材，第三十八回妙香燙傷，小鈺用童便治療，並以身子貼身子保暖，像極了《無稽讕語》的〈女醫〉、〈髯道士〉的醫治方式：

道者慨然來，既入房，使設一榻于牖下，令盡解其襦褲，抬屍裸臥于榻，僅留一小鬟在室，餘概遣出扃兩重門，勿許窺探，袖中出玉尺一枝，金針數枚，遍量其肢體，投之以針，既畢，則覆其軀，量而針之，亦如前狀，仍仰之，以指彈其腹，剝剝有聲，復以雙手揉之，腹中大響，乃自脫其上下衣，抱女坐溺桶上，以胸腹緊貼其腰背，女大小便齊下，旋取溫水代爲洗淨，不覺目動聲嘶，漸有活意，又置諸榻，騰身俯腹上，以舌抵其口中，以胸貼胸，以臍貼臍，兩手抱持而搖撼之，聲戰戰若交媾，少選，女污流淫淫，遍體皆濡，道士以絹巾拭之，呼曰：「愈矣。」〔註89〕

〔註87〕見王蘭沚，《無稽讕語》卷五〈靈姑〉。
〔註88〕見清・蘭皋居士，《綺樓重夢》，台北：建宏出版社，1995年，頁339、340。
〔註89〕見王蘭沚，《無稽讕語》卷五〈髯道士〉。

除了民間方術、土法醫療等方面，《綺樓重夢》有所傳承之外，像是其他上元節猜燈謎、中元節盂蘭盆法會、中秋賞月等我國傳統習俗與信仰，《綺樓重夢》與《無稽讕語》中也都看得見，在在都屬於地方風俗的寫實記錄。

3. 作者經驗成為創作題材

前面一點已經提到，《無稽讕語》裡有許多作者身世的實錄，《綺樓重夢》裡頭與其相關者，是扶乩的真實經驗，這在上一點已經論及，以及戰爭的實務經驗描寫入文本中。

《綺樓重夢》裡有二段屬於戰爭書寫的，一是征東倭、一是征東粵，一是海寇、一是南蠻，恰恰符合作者王蘭沚出生成長於閩、浙，並曾擔任福建福寧府壽寧縣、赤崁等地知縣的經歷，不但粵省地點鄰近閩南，倭寇侵犯更是臨海省市才可能有的遭遇，何況作者親身經歷的林爽文事變，也是海、陸合戰，頗為激烈，故雖然戰爭場面增加了三界互通以助仗的虛幻描寫，然而若非作者本身經歷，有著兵荒馬亂的親身實歷，這樣的場面也很難憑空虛構出來。

> 小鈺一面奏捷，一面差人探聽賊帥下落，知他逃往青州府城內，在那裡挖掘地窖，安設鍋竈裡邊放著油缸、大蠟燭，又把民房拆去了許多，剩餘的都拆低了，瓦上塗了油灰蓋緊，以防風吹石打。那些受傷兵將，通撥到登州府安絭調理。那登州城內，也照樣拆屋挖窖，又修造了許多戰船，待十分危急的時候，便好逃回本國。小鈺聽了，便命兵伕忙忙掩埋民人，即日就要往青州攻城。
>
> 誰知這些死屍惡氣變為瘟疫，人夫兵丁多有病的，沿纏開來，太監、宮女也就病了許多。……小鈺只得奏聞聖上，暫且緩兵。……自四月初間疫起，到五月內，日甚一日。那些太醫不但方藥無效，連自己也病了四十多個。……〔註90〕

上面這一段，更是守城、攻城的一景描繪，並且還敘述了瘟疫的發生，頗為真實，這些城防戰，可以對照筆者第二章整裡的林爽文事變，王蘭沚亦有守赤崁府城的經驗，攻守城牆對他來說並不陌生，而戰爭會帶來的各種意外如瘟疫，雖然林變並未描寫，也想是真正臨戰的真實狀況，因此王蘭沚也因為親身經驗，將戰爭的各種面貌皆寫入了《綺樓重夢》裡。

〔註90〕見清・蘭皋居士，《綺樓重夢》，台北：建宏出版社，1995年，頁144。

而後來倭亂終於平定，小鈺尙駐守青州時，這一段上奏描寫也頗爲眞實：

> 且說小鈺見了恩旨，十分感激，便寫了摺子謝恩。又奏「現在搶回倭賊劫去的銀約有四千萬兩，米也有八九百萬，足夠安撫歸流之用。但在東人員不敷差遣，求詔諭吏部速照向時文武員缺，趕緊銓選，並另挑大小官三四百員，分發來東，以便分頭委用」；又揍「倭寇騷擾已久，各省奸民乘機搶劫，所在俱有。地方官不能剿撫，又不敢奏聞，致添睿慮。如今劇賊盡殲，小醜自然畏懼，但仇怨已多，鄉里斷難存身，只得逃竄外省。正宜趁此恩赦之際，免究既往，善爲安插。現在東省竟有別省亡命之徒冒稱回籍其實並非東民。臣佯爲不知，一體安撫，實非失察，緣此種匪徒，若無業可安，勢必又滋事故，免不得大加殺戮。第念倭賊之變，死亡動以千萬計，倘再加斨喪，非培養國脈之道。要求皇上明降諭旨，以安反側。……」〔註91〕

這段安撫流民的舉動，頗似王蘭沚在《無稽讕語》〈臺陽妖鳥〉的敘述：

> 嘉城既有糧餉，分賚兵民，守禦益力，賊怒，屢犯郡城及嘉邑，皆被官兵義民協力卻退，乃遍掠村莊，姦淫婦女，逃難者相望于路，及城下，守城兵將慮有賊黨在內擔，不納，余曰：「難民無依，不可不爲安戢。」乃親至城外，查明姓名人數，造具名冊，令婦稚入城，若有親友者，即往依之，無可依者，于空地搭草寮使居，按口日給米八合，小口給半，其丁壯男子概不許入，酌于附近城外之法華寺先農壇，及南壇、北壇寬曠之處，分派安插，每名日給米八合、錢十文，各給軍械一件，遇有賊警，則幫同官兵義民打仗，無事則用以瞭望，每五日余親出點名一次，漸聚漸眾，以數千計，或慮費冗，恐將來難于銷報，余曰：「此種難民，招之則爲善類，散之則爲賊夥，官增一千義勇賊，即減去一千匪黨，是招一而得二也，何敢吝費？如不准銷，寧甘賠累，至其未經焚掠各村，則設爲聯莊之法，使之彼此互相救援，亦古者守望相助之遺意也。」〔註92〕

小鈺在《綺樓重夢》裡的安民仁心，正是《無稽讕語》王蘭沚形象的縮影，只是眞正的作者並未接受皇帝的恩寵，因此或許也可以說，《綺樓重夢》是假

〔註91〕見清・蘭皋居士，《綺樓重夢》，台北：建宏出版社，1995 年，，頁 160、161。

〔註92〕見王蘭沚，《無稽讕語》卷四〈臺陽妖鳥〉。

小鈺身份以實現仕途願望〔註93〕，而二人對於將領的仁厚愛民要求，則是一致的，不但二部作品中同時呈現了戰爭的寫實場景，也呈現了作者對於宦者的要求與自我期許。

由於作者王氏的身世經驗歷經林爽文事變，以及居官福建、臺灣，對於海寇、東粵的描寫想非憑空想像而來，有著某種程度作者所接觸環境背景的影響，而其仕宦的經歷與期許，也成爲二書中書寫描摹的重點之一。

4. 作者思想的繼承

《無稽讕語》的許多傳統思想繼承給《綺樓重夢》者，有宗教觀念如佛、道教的因果輪迴、善惡報應、投胎轉世，如儒家觀念以天下爲己任，都展現於《綺樓重夢》和《無稽讕語》之中。

首先論述宗教觀念，輪迴轉世在《綺樓重夢》第一回就有提到，因此寶、黛及其他十二金釵，已亡的幾乎都是投胎轉世，與寶玉再續前緣。而善惡因果報應，則舉以下花襲人女兒遭報應，形體不全爲例：

> ……誰知摸了一摸，竟是沒有前竅的，便叫拿火來。娟娟把蠟燭一照，只有後面一個窟窿，比別人的略開闊些，前面是光光的。……到了第二天早晨，傳將開去，連上房通知道了。傳燈在西庵聞知這事，便說：「這事母親造下的孽，才有這惡報。當年襲人姐在太太跟前聲了許多閒話，害黛姑娘氣病死了。如今生這樣形體不全的女兒，叫人三三兩兩的笑話。」〔註94〕

宗教觀念主要皆在勸善，筆者於第四章討論故事類別與功能，即言明《無稽讕語》積極功能者主在勸善，故多借用因果報應、輪迴轉世等宗教觀念做爲基底，以鋪陳故事，寓勸誡於娛樂文本當中，這是王氏二部著作源於傳統思想的一個脈絡。

而《綺樓重夢》主角小鈺，懷著以天下爲己任的精神，除敵爲國，即是源於儒家，也就是凡中國傳統文人就會有的報國理想，雖然，賈小鈺在全書中飛黃騰達的荒謬，令人有作者做著發達夢之嫌，但是其報國意志還是不應全盤否認，才符合傳統文士之心理，也因此難怪主角小鈺在《綺樓重夢》裡

〔註93〕 王旭川就曾指出：《綺樓重夢》是在表達作者情場、官場是是如意的白日夢。
見王旭川，〈清代《紅樓夢》續書的三种模式 〉，《紅樓夢學刊》2000 年 4 月，頁 293。

〔註94〕 見清·蘭皋居士，《綺樓重夢》，台北：建宏出版社，1995 年，頁 326。

總受到皇帝的喜愛了。而相比之下,《無稽讕語》以天下爲己任的精神,可以從其文本的功能出發來解讀,畢竟其書中勸誡世人、教育世人的篇章還頗多。因此由以上比較二部書可以發現,即使是在作者王蘭沚時常發聲的《無稽讕語》之中,較常見到明明白白爲天下效力的傳統文人勸世語言,然而在《綺樓重夢》裡面,許多效忠國家出兵平寇的畫面,無非也是一種文人儒者對盡忠國家、社會的期許想像。

本節以上各點,依照王蘭沚作品成書的先後,企圖以先者《無稽讕語》,來對照其對於後者《綺樓重夢》的影響,比對層面含括了風格與內容題材,風格包括了:諧謔俚俗的幽默創作態度,誇張不實、天馬行空的藝術手法;內容題材則整理觀察出有以下四點:性的窺密、揭露與滿足,地方風俗民情的紀錄,作者經驗成爲創作題材,作者思想的繼承。而由於此節比較基點,是站在《無稽讕語》對於《綺樓重夢》的影響而論述的,所以注重的多是相似與傳承之處,反而沒有去強調其二書的相異點、後者對於前者的突破,以及《綺樓重夢》作爲《紅樓夢》續書的理路承襲了,這是這裡必須補充說明的。

第五節　論《無稽讕語續編》是僞作

此節也是討論《無稽讕語》對於後世之影響,將焦點聚集在其續編本,即近來又發現的另外罕見藏本《無稽讕語續編》,此書與《無稽讕語》同屬於志怪傳奇集,乃鄭振鐸舊藏,現藏於中國國家圖書館北海分館,爲清刻本線裝書,刊刻時間是在清光緒丙申年,即光緒二十二年(1896),刊於杏林山莊,共一卷,內含二十七則故事。

由於名爲「續編」,讓人聯想此書與王氏《無稽讕語》的關係,甚而懷疑其或者可能是王蘭沚所作另一書,然而,從以下筆者將進行的考證比對,可以清楚知道續編本當是僞作,非王蘭沚作品,這是本節所要論述的第一個重點。再者,也由於《無稽讕語續編》的發現,可以說讓我們清楚明白,想必當時《無稽讕語》肯定風行一時,才有人以其續編本的名義,再行刊刻,如果沒有人要讀,有怎麼會有人願意去僞作呢?因此從續編本的發現,儘管它不是王蘭沚作品,而是僞作,也讓我們從僞作的產生,去見證了一本書對於當代市場所產生的具體影響,故筆者將討論《無稽讕語續編》放在本章最末,從考證、比較來探討《無稽讕語》之啓後,以驗證《無稽讕語》的實際影響力。

首先，要進行的是考證此《無稽讕語續編》是僞作。筆者嘗試從其書序、內容、技巧等方面，分別討論此一《無稽讕語續編》的內容，並將重點注重於其與《無稽讕語》一書的比較，證實此二書的關係，以及此續編本當是僞作，非王氏著作。

一、關於《無稽讕語續編》

《無稽讕語續編》刊於光緒二十二年（1896），杏林山莊梓行，現發現中國國家圖書館藏有鄭振鐸的舊藏本，其上並無詳錄作者姓名，僅一卷，內含二十七則故事，事涉仙妖鬼狐、奇人軼事，篇目多以人名爲名，並於篇末多則附有「外史氏曰」史傳筆法，予以評論或勸誡。

其實，此續編本的作者序文，曾經提到故事取材來源及其內容性質：

> 余每近事相聞，遠不出百年，近止在數載，襞積於中，日新月盛，習氣所溺，欲罷不能，乃投筆爲文以紀之，其事皆可喜、可悲、可驚、可怪者，所惜筆路荒蕪，詞源淺狹，無蒐目傾耳之論，以發揮之耳，既成，又自以爲涉於語怪，近於誨淫，藏之書笥，不欲傳出，客聞而求觀者眾，不能卻之，則又自解曰：「《詩》、《書》、《易》、《春秋》，皆聖賢之所述作，以爲萬世大經大法者也，然而《易》言龍戰于野，《書》載雉雊于鼎，《國風》取淫奔之詩，《春秋》紀亂賊之事，是又不可執一論也，今余此編雖于世教民彝，莫之或補，勸善懲惡，哀窮悼屈，其亦庶乎言者無罪，聞者足以戒之一義云爾。」客以余言有理，故書之卷首。〔註95〕

作者提點內容是「可喜、可悲、可驚、可怪」者，又「涉於語怪，近於誨淫」，但也自解其功能或可「勸善懲惡」、「聞者足以戒」，的確符合文言筆記小說在清代的勸誡風格。

以下附上其各篇篇目與內文大意：

故事名稱	內　容　大　意	外史氏曰
清主先生	傅清主是一醫者，曾醫（1）撫軍太夫人相思病（2）婦因夫氣鼓（3）一少年裝病卻眞斷腸（4）爲一妖狐受蠱者救之（5）食包子無以嘗，揮翰得數倍金（6）使者與一僧千金得先生字（7）預言子壽毛將亡。	○

〔註95〕見清・佚名，《無稽讕語續編》，光緒二十二年（1896）刊本。

醉　劉	劉姓者好飲善醉，以擊鐘鼓為責，二仙人攜之遊楊州，以色、財、武誘之不受誘，獨好酒鄉。後與鄉人百日酒，百日復生，又偕母乘青鸞飛去。	○
蔡　判	蔡予嘉花神，被邀為生人判事，先見前妻，又復見判書中有太夫人，且因太翁誤判而險被訴枉命。	○
夢　徵	（1）某公夢與神對詩，後悉驗（2）解元崔鳳夢老者給詩，預言得功名在草橋（3）亦有鬼神開玩笑，誤預言蒲州張相公中舉。	×
薛　素	漁舟女子薛素遇梁生二次，舟上長談，終無緣再見。	○
李俠客	李俠客為公子殺寵伶夫婦之首而逝。	○
馮　郎	馮郎為皮匠子，後選為公主駙馬，受教而夫婦恩愛。	○
李都司	李都司善以物斷言，以四實例證之皆驗。	○
李文美	教喻某路遇風雪寄宿廟中，廟有一棺李文美，因客恭禮而守護之，某亦甚感焉。	○
城隍食狗肉	賊城隍因喜食狗肉而受賄，冤枉姐後被關帝及亡父訓，還以清白，城隍被村眾追趕逃至中途而止。	○
兩孝子	（1）武孝廉尋父棺，神明顯靈助之尋得（2）高清至孝，每逢母怕雷鳴即守母側，亡後仍如故。	×
城步令	城步令某與幕友周先生至署，後因色被鬼迷而自縊，於周夢中曰其願足矣。	○
顧武陵	顧武陵善工詞賦書畫，與鄰袁翁女因黃衣女狐交換所作之曲，後成婚而袁女亡，鬼母生子，顧生又遭陰判女愛慕借袁女屍身，後袁女魂得黃衣狐女身而還陽，乃知狐女為報恩而來。	○
王　甲	王甲受僱在廟看屍，邀屍飲酒而屍起，王乙門外窺之亦驚，前返後奔逃，返廟則一切如故。	×
非　煙	非煙本煙花女子欲從良，願委身下嫁王郎，候之三年終如願以償，且以孝敬謀略幫夫。	○
宋釋之	宋釋之受剃頭人石呵卿獨賞，助之學成助張勇建功，後歸家宴客，與石訶卿同騎虎去。	×
身　本	身本善畫龍，生平只畫五龍，其中一龍被清江隨身攜帶，與長安高手某一較而去，某若有所失。	×
蕊　珠	熊生與人打賭而夜宿鬼宅，見一女子蕊珠拔頭簪花，逃至大廳又見眾人拔頭腹語，熊生大驚而倒，及明乃甦。	×
尸　怪	某豪客宿有屍宅，夜半屍醒外出，客將屍棺塞滿巨石，又跌入水中，天明屍乃抱樹而僵。	×

春藥鬼	劉醫子爲書吏之女驅鬼，後雖驅成而臍間結痂，鬼語其兩世冤屈，皆劉醫所害，故報其子，後子遂亡。	○
狐媒	狐爲黃女與石青牽媒，因其曾經被石父所救，故假冒黃女與青好合，間接促成姻緣。	○
劍俠	王商與趙生同行，趙生與某少年共宿而欲輕狎之，少年乃劍俠剃趙眉王鬚，以金贈王，趙生尋病死。	×
施有乾	施有乾性善好放生，後墮水被水中貴人救並賜如意珠，得成富貴而還之。	×
秋霞	某令子與劉李二生爲好友，後令子被女鬼秋霞所惑，劉李二生救之焚屍。	×
邵寶森	邵寶森寓梁園，遇女鬼，勸之不聽，女鬼離去，邵生病卒於京。	×
杜順	杜順因過去曾救一狐，後老年守城，狐女拜爲義父，甚孝順之，至杜歸家始別。	×
鄭保安	鄭保安墮山中與鳩有夙緣，後因與封姓虎化身者爲禍而歸家，姑丈告始知前因，後經商致富。	○

其中涉及仙妖鬼狐者有十九則，另八則或爲奇俠、或爲奇人，雖不涉及異類，也以奇事突出。而列表標示有史傳評論者，佔十五則。

二、從王蘭沚生卒年考

《無稽讕語》爲王蘭沚乾隆五十九年（1794）作，參照其書《無稽讕語》、《綺樓重夢》，以及記載其事跡的《福建通志》、《清代官員履歷檔案全編》，考王氏生平，其當生於乾隆十年（1745），乾隆四十五年（1780）北闈中式，四十八年（1783）官任福建壽寧縣知縣，五十年（1785）調任赤崁，逢臺灣林爽文事變始終其事，五十四年（1789）赴省垣，五十六年（1791）解組歸田，寓溫州。嘉慶十四年（1809）尚在，卒年不詳。

《無稽讕語續編》作者不詳，不過書前有其自序，自言其寫於「光緒壬辰歲六月朔日」，即光緒十八年（1892）。以王蘭沚生卒年時間相對照，嘉慶十四年（1809）他已經年屆六十五歲，卻距《無稽讕語續編》作者自序的光緒十八年（1892），尚有八十三年之多，可見此當不可能是王氏所序，此書作者該是另有其人。又或者是爲當下出版此書時，出版書商另以他人序作補之，未嘗不無可能。故以下筆者嘗試從文本方面，再比較其與王氏作品《無稽讕語》的歧異，證實此續編不可能是爲王氏作品。

三、從思想內容比較

這裡主要要討論的是《無稽讕語》與《無稽讕語續編》作者序文、取材的差異、以及功能的差異。

1. 作者序文

《無稽讕語》序文如下：

> 余自解組歸田，杜門卻軌，今兩舊兩並鮮往還。時屆夏，五斗室中炎熇特甚，無計自排解，爰追憶向年朋儕晤聚，雜以歡笑。其各述所聞見事，有恢詭不經者；有足資大噱者，率隨筆錄之，藉遣永日積月，得如干條，名之曰《無稽讕語》。或疑爲淳于之隱語，宋玉之微辭，東方之滑稽，則大不然。夫譏彈既易以傷時，詼諧亦鄰於虐謔，聞者未必知戒，語者不能無罪，吾方深鑒其失，而躬自蹈之乎？客有嗜痂者請梓之，余曰：「無稽近誕，讕語多褻，何可舉以示人？」客曰：「不然，以誕爲嫌，則《列仙》《述異》之書均可廢；以褻爲戒，則《秘辛》《控鶴》之記概看刪。況乎豕立神降見於傳，搆精敏歃著於經，語稱宋朝之美，孟述子都之姣，未之或諱，而君何泥焉？」余乃笑而付諸剞劂氏，時甲寅仲夏之月，蘭皋居士自序。〔註96〕

「淳于之隱語，宋玉之微辭，東方之滑稽」，王蘭沚深知自己《無稽讕語》有隱含意義、有諧謔效果，但他也深知這樣的效果是主觀的，未必能達到其所欲表達的深層意涵，而後文又提及「《列仙》、《述異》之書」，「《秘辛》、《控鶴》之記」，正是提示了其著作偏向志怪內容，然而王露也自知「無稽近誕，讕語多褻」，因此其著書的傾向是符合其自序的說明的。

再來對照前述所引過的《無稽讕語續編》序文，續編的佚名作者寫其內容，其事皆「可喜、可悲、可驚、可怪者」，又云其「涉於語怪，近於誨淫」，其實上面這幾句形容詞，也頗符合《無稽讕語》所欲表達的深層意涵，然而接下來後文所敘述，則舉了六經爲例，說明即使列爲經書地位，六經內容亦非單純勸誠，也有語怪、淫穢的成分，不過身爲經世之文章的作者，還是有他要成就的育民責任：「今余此編雖于世教民彝，莫之或補，勸善懲惡，哀窮悼屈，其亦庶乎言者無罪，聞者足以戒之一義云爾」，故這位佚名作者顯然是更以天下爲己任的。

〔註96〕見王蘭沚，《無稽讕語》，卷一序文。

比較二段，在提及作品的表象內涵以及深層內涵上，二位作者有著同樣的創作取向，也就是表象內涵皆強調作品的題材有著淫語穢事以及怪力亂神，深層內涵則是都提醒了作者著作的功能與意義，絕對不僅僅是爲了書寫而已。然而，稍有不同的是，《無稽讕語》的作者較消極，是爲被規勸者，顯得對於作品出版泰然自若，不似《無稽讕語續編》作者，不但對於出版其書態度積極，且對於其作品所能夠達到的文本功能，予以高度期望，期待其能教化人心。或許這樣的分析，要用以佐證二部作品的所出作者是否相同，尚過於疏淺，然而也可以稍微點到了作者寫作的心態，是略有不同的。

2. 題材、篇目差異

關於取材，從前面所列的《無稽讕語》故事內容，發現志怪者多，但也有兼雜諧趣滑稽、歷史風俗等類故事，相較之下，《無稽讕語續編》故事取材就單純許多，其中二十七則故事全是志怪類。另外，從篇目看可以發現二書的明顯不同，試看《無稽讕語》故事篇目如下：

卷一	龍眼侍御	噩夢	蠻觸搆兵	魂游	庚樓
	後庭博金	瑤池夢讖	彼穢村	森羅殿考試	道學先生
	林醜醜	虎女	金生射獵	妖術	
卷二	煙筒傳贊	科場顯報	女廟留賓	梅子留酸	蝦兵
	偷兒穴垣	孟子詩	癡兒答債	求鳳夢	
	哈叭狗	小洛陽選婿	孽報	誤娶	醫詩文
	健婦	施氏	考婿	閩中俊尼	虎師
卷三	誤溺	春燈謎	男變女	夢驗	無常
	雷殛	蟻移家	鸚鵡	女醫	邵獸
	抱鬼	懲妒	醜婦驅狐	扶乩	卜者自驗
	打鬼	浮泛破承	女盜	鬼見怕	遣愁說
	雞姦	夏德海	道士論文	夜光	魂附虱體
	夢裡清歌	假鬼劫財	蠅妒	筆談	神杖
卷四	鼠取婦	投胎	畫山僧	狗盜	雞產人雛
	魏小姐	泥馬	女鬼談詩	大痴小痴	蜂妃
	鬼示死期	犬報	月夜聽詩	六郎	臺陽妖鳥
	學杜	蜉蝣	放生持齋	華童	狐蠱有緣
	行令逐客	狐讔			

卷五	梅花菴	髯道士	孽蛇	假彌子	螻蛄
	山魈	車夫驅狐	義牛	巨人交媾	公主墓
	魚怪	靈姑	乩詩	琴劍作別	拔強毛
	六姑娘	封仙	張麗華祠	財神誕期	

篇目有以故事大意爲標題者，涉及異類世界者如虬、蟲、禽、畜等，皆於標題顯而易見，但參照上表《無稽讕語續編》篇目，則明顯都是以人物爲標題，或爲人名、妖名、鬼名，又或爲故事主人翁之名。

3. 文本功能的差異

這一部份討論的功能，從三個角度切入：勸誡功能、顯才功能、艷異功能。

王氏的《無稽讕語》，以仙妖鬼狐、奇人軼事等志怪內容而言，其功能主在勸誡，這在清朝當代文言筆記小說，是清晰可見的現象，關於此點，《無稽讕語續編》亦頗爲符合。然而王氏作品由於題材類型的較爲多樣，其功能目的亦多樣化，除了主流的勸善懲惡以外，歷史風俗的相關記載，也可以說某種程度保存了歷史眞實與民情記錄，像是〈臺陽妖鳥〉涉及王蘭沚生平的林爽文事變，其中記錄整件事變經過的始末，雜以身歷其境的作者自述，有著還原歷史眞相的功能在；又像是〈虎師〉保存了閩浙地區捕虎技師的風俗記錄。另外，又諧趣滑稽等笑話類，以及作者的遊戲之作如〈煙筒傳贊〉等等，也某種程度表現了王氏的幽默感，如其序言所云的「亦莊亦諧」，以及卷首姚仙芝題詞所云「尋常事入非想」，指出的皆是王氏作品的突發奇想，天馬行空又俚俗有趣的特色。這類的功能勸誡味道不強，反倒多是爲了搏君一笑而已。然而以此而論，《無稽讕語續編》由於少了這二類題材的發揮，功能也就明顯不多元，僅在勸誡而已了。

另外值得注意的一點是，王氏《無稽讕語》有多篇作品僅爲顯才而已，例如〈詠春〉、〈月夜聽詩〉、〈女鬼談詩〉、〈春燈謎〉，爲顯作者的詩才、文才而作，另外也有些故事文末附有親戚的詩、文作品，除了保存紀念也是顯才。因此可以見到《無稽讕語》與它作者的關連性頗強，有著作者個人的文才展現，相比之下的《無稽讕語續編》，就見不到這樣獨特的書寫效果了〔註97〕。

────────────

〔註97〕陳平原也曾指出「詩騷」傳統對於小說的重大影響：由於中國自古以來就是以詩文取士，小說家沒有一個不是能詩善賦的，故用其才情轉而爲小說時，有意無意間也總會顯露他的詩才。見陳平原，《中國小說敘事模式的轉變》，

　　王氏作品其中描寫艷異情節者也多，這成了王氏著作遭禁的主要原因，因爲誨淫。學者占驍勇就曾指出《無稽讕語》文本中，多篇涉及性幻想者，例如情節中有幻化成蟲窺女人隱私者〔註98〕，有誤入異類世界艷遇者等等，都在細節處、性方面上大玩特玩文字遊戲，而談到艷異內容的差異所呈現的文本功能，基本而言，《無稽讕語續編》雖「語涉誨淫」，並不在淫穢處作遊戲，儘管故事文本內容有所涉及，也會多於故事篇末見到其所欲勸誡的主旨，戒色、戒淫者也多被點明，然而《無稽讕語》中，除了戒淫這個主要的功能效用以外，更多篇是純粹的描寫性事，尤其仙妖鬼狐類型故事最多，而未必故事結局有懲戒效果，頂多是記錄故事主人翁由實入虛又由虛入實，終證實爲一夢而已，這樣的艷異內容，可以說純粹爲了寫性而寫性，並未帶有懲戒的意味。因此從戒淫的功能來比較，《無稽讕語續編》的艷異內容，懲戒效果是更強、更嚴肅的，不似《無稽讕語》多篇僅僅是爲了滿足性幻想而已。

四、從藝術技巧比較

　　其實，要分辨二部作品是否出自同一人之手，最明顯易見的地方，就是其藝術技巧以及文字風格的差異了。因此這裡主要討論的是藝術形式上的不同之處，針對《無稽讕語》、《無稽讕語續編》的敘事位置、情節設計、艷異描寫、人物描寫、行文風格等等差異，分別進行比較分析。

1. 敘事角度

　　這裡須先理解的是，我國古典小說以文言與白話爲兩大傳統，白話的敘事角度，依賴於作者的說書人自擬口吻，故相較於文言小說更有著自覺的敘述，想像著聽眾的存在，並且再加上白話後來發展成長篇章回者多，大篇幅的故事內容，導致其在視角上也就偏向採取全知視角，視角位置也更具流動性〔註99〕。

　　然而即使此處著眼於文言一支作討論，志怪、傳奇在敘事視角的運用上也有所差異。傳奇敘事通常偏向採用全知視角，主要是因爲文言傳統脈絡的傳承，不但涉及史傳文體的細膩化，因而沿襲了歷史敘事的全知視野之外，

北京：北京大學出版社，2003 年，頁 211。
〔註98〕見占驍勇，《清代志怪傳奇小說集研究》，武漢：華中科技大學，2003 年，頁 139。
〔註99〕見楊義，《中國敘事學》，北京：北京人民出版社，1997 年，頁 216。

志怪小說反而通常採取限知視野，用限制了的觀點來詮釋怪異，這主要是因為志怪小說陳述時，不能讓讀者一眼就讀出其「怪」處的緣故〔註100〕。

調和於限知、全知視角二者之間，屬於志怪傳奇集的文言筆記小說《無稽讕語》，其筆觸志怪而不史，仙妖鬼狐及奇聞軼事類型故事的志怪內容，傾向限知視角的論述，且有些篇章以第一人稱作為敘事位置，顯然也是偏重於限知，不似《無稽讕語續編》，在文末附上史傳評論之外，更於行文上較為嚴謹保守，勸誡的功能性更強。顯然二書立足點雖然相同，卻又明顯有所偏重，續編本當是更屬全知視角的詮釋的。

再者，敘事觀點尚包括了敘事人稱的運用，而此也連帶牽動著敘事時間的差異〔註101〕。因為若是敘事人稱站在第一人稱上，對過去事件作回顧的話，就明顯的會有倒敘、補敘的情形。以《無稽讕語》來說，由於其中有不算少的作者親身經歷，且筆記性質較為濃厚，因此它的敘事人稱多是作者自述，為第一人稱立足，以敘事時間來看多了許多變化性，特別是針對那些歷史風俗類的故事而言。而恰巧這也是《無稽讕語續編》較為缺乏的故事型態。由於《無稽讕語續編》的故事內容，並沒有以作者為觀察者的論述，其文本中的人稱基點多是第三人稱，將較為代表作者的論贊形式放在故事末端，功能目的與內文切割開來談，所以，幾乎可以說是見不到續編本中作者的影子的。

而也因為「余」的出現，《無稽讕語》的時間有多篇屬於回顧性的倒敘，像是涉及作者經驗的幾則故事：〈科場顯報〉、〈詠春〉、〈虎師〉、〈春燈謎〉、〈夢驗〉、〈夏德海〉、〈臺陽妖鳥〉、〈乩詩〉等，不但透露的作者資料以供研究考證，也明顯的呈現了作者敘述文本時的時間，當是採用倒敘、補敘的方式。然而這也是《無稽讕語續編》中所看不到的。

以下筆者舉其最明顯的〈臺陽妖鳥〉一例以證：

> 乙巳歲，余調任赤崁，秋九蒞任，……未幾有淡水生番之變，越明年丙午夏，又有諸羅斗六門戕官之案，余當附首邑籌辦兵差，日不暇給，迨秋中方迄事，……明年丁未。……是役也，起自丙午之十一月，至戊申三月而大兵凱旋，凡歷十有八月，余始終其事。〔註102〕

〔註100〕見楊義，《中國敘事學》，北京：北京人民出版社，1997年，頁214。

〔註101〕敘事文本有所謂敘事時間及故事時間，故事時間指的是故事發生的自然時間狀態，敘事時間則是作者經過對故事的加工改造，所提供給我們的文本秩序。見羅鋼，《敘事學導論》，雲南：雲南人民出版社，1994年，頁132。

〔註102〕見王蘭沚，《無稽讕語》卷四，〈臺陽妖鳥〉。

文中作者運用第一人稱，詳細記錄了林爽文事變經過，用的就是倒敘時間，而其在故事最末敘述完整起事件經過後，更補敘了自己的罹病，以及險些獲罪而致開脫：

> （余）初則染患背癰，繼為馬蹄蹴傷，左足憤腐，經年須人而行，然崎嶇戎馬，旁午軍需，不敢告勞也，至是諸務畢竣，羸憊已甚，乃引疾卸，旋亦□誤內渡，當其時觸事感心，輒于馬上口占俚句積數十章，茲不備錄內，如〈鞫囚詩〉有云：「本屬郵農輩，無端被脅從，京矜吾有意，法律爾難容。」之句，卒賴大憲慈祥，允余謂凡屬脅從，皆得末減。又如〈捕奸細詩三〉：「一路攜家被難民，淚如縻綆哭吞聲，近來將令搜奸細，切莫輕生近大營。」蓋兵將株守軍營，愧無所事，遇見逃難民人輒云：「奸細囚繫獻功。」余不避嫌怨，訊釋多人，故有是作，他如為便，誰階屬餘，殃及萬民，緣知肉食謀難遠，轉以輿尸恨獨深。」又如「報答國恩則誓死，豈容進退兩逡巡」等句，皆有所慨而云也。〔註103〕

敘事時間隨著敘事人稱作調整，《無稽讕語》以第一人稱的筆記形式，或多或少貫串文本當中。

2.情節設計

　　這裡所要討論的，是針對仙妖鬼狐類以及奇聞軼事類二者，《無稽讕語續編》中與《無稽讕語》所共有的類型故事，進行情節的分析比較。其實單就數量而言，《無稽讕語》由於篇幅多，所呈現的情節多元性本就能被預期，但是這裡僅指出一點，即仙妖鬼狐類的情節架構，只要是進入異世界者，都是由實入虛再由虛入實，而虛、實之間的轉替點，有以入夢者、或迷路者、或幻化異物者，而這樣的情節設計，在《無稽讕語》書中實在多見。然而續編本則見不到這樣的特色，僅〈施有乾〉墮水入異世界，〈鄭保安〉墮山中入異世界二則而已，也無特殊的情節結構。

3. 艷異描寫

　　這裡提出二書的具體描寫為例，先說明《無稽讕語》，它應該是較為露骨而粗俗的，有多篇實為性幻想之作，像是〈魂附虱體〉：

> 楊某，商人子也，父母既歿，日遊花柳街中，家慚落，夏夜與妻同

〔註103〕見王蘭沚，《無稽讕語》卷四，〈臺陽妖鳥〉。

床裸臥，見一虱行蓆上，忽覺神魂自顖門出，依附虱體蠕蠕而行，歷途甚遙，俄遇高山鑿鑿皆白石，鼓勇而上，直登其巔，見茂林蓊鬱，松檜森森如偃，蓋入林休憩，片時口渴甚，出林外覓飲，前至大河，河堤土盡赤，水淺涸不及岸，乃緣堤而下，涉河中掬水而飲，味極腥臊，不得已強啜之，果腹而返，經山後逢一虛谷，幽邃深窅，莫測其底，正徘徊間，谷中出氣如狂風，悠揚作畫角聲，駭怖失足，顛仆岩下，大聲以號，恍然若夢覺，連呼異事，妻詢其故，具答之，妻笑曰：「頃覺陰中似有虱嚙，癢不可耐，繼洩一屁，或者君所遊歷即其地耳。」〔註104〕

這裡透過魂魄附在虱蟲上，進而進入女性生殖器，可以說是對女性身體的性幻想，用極其露白的方式呈現。

　　另外，單就淫穢內容的描寫，《無稽讕語》也多許多，而涉及「性」的黃色笑話、人獸交等等，更是有別於一般書寫文言小說的題材，突兀性強，描寫極盡，特重俚俗。這在文言小說的類別上，其實是很特別的現象，畢竟他的書寫者主要是傳統文人，閱讀者也多是傳統文人，不似白話小說一般於淫穢的艷異描寫上，早在明代《金瓶梅》一書達到高峰，因此這樣鄙俗的性趣味刻畫，是很深刻的。其實，在王蘭沚的另一本紅樓續書《綺樓重夢》中，性事穢亂的書寫也是多見的，它將原本《紅樓夢》中主人翁賈寶玉跟其他女子的意淫關係，以及性描寫的委曲，全都化成了以下一代投胎轉世的賈小鈺的真實淫亂，因此我們可以說這是王蘭沚本有的一種書寫傾向，遊戲文字於性事之間。

　　而更突出的一點特色，是《無稽讕語》書中的性別錯置，例如〈林醜醜〉、〈男變女〉等篇，明顯有性別角色的遊戲換置，也多涉及了情色艷異的內容，其實，涉及「性」的文本，歷來志怪就見到許多關於性別變換者，或者女化男、或者男化女、或者一人兼有雌雄同體〔註105〕，像這樣涉及性別的生理上的轉換，可以說是作者王露的遊戲設計，其來有自，然而也因而從此傳統中透露了作者的一種反叛，對於傳統性別角色的反叛，又或者說是對於性別角色進行的另類反省，反省男女二者在生理上或者傳統社會上的強勢弱勢。

〔註104〕見王蘭沚，《無稽讕語》卷三，〈魂附虱體〉。
〔註105〕見劉苑如，《六朝志怪的常異論述與小說美學》，台北：中研院文哲所，2002年，頁39。

然而比較《無稽讕語續編》，其艷異描寫的部分較傾向保守，頗有《聊齋誌異》之風格，試看〈狐媒〉一篇：

> 黃有少女，尤眷愛青，時與飲食什物，雖無他事，而兩心相慕悅，非一朝一夕之故矣，有宋受者，年與青等，爲人亦狡獪穎秀，日與青同供書房役使，夜則直宿齋中，時際夏月，受宿廊下，青宿軒內，因苦熱牖窗不閉，一夢初覺，映著月光，見一女立于側，大驚，女以手撫之小語曰：「莫怕，我來矣。」聲似黃女，審睄不訛，化驚爲喜，急起問曰：「深夜何事到此？」女笑曰：「憐子鰥寂，來相伴耳。」言已褪衣升榻，啓衾而入，肌體膩潔，香氣馥馥，奪魄鎖魂，□夜綢繆，五更始去，青冥想其樂，如醉如夢，恍惚之況，猶□山之鎖陽臺也，次日入內，周女方□粧，青目之微笑，女亦笑迎之……。
> 〔註106〕

書寫情色僅僅幾句道盡，不細膩摹寫，也不著意於工筆，完全不似《無稽讕語》大辣辣書寫，以此爲樂，曲盡俚俗艷異之能事。而以篇幅而論，二十七則故事中幾乎沒有多少艷異內容，足見其書寫重點意不在此。

4. 人物描寫

依佛斯特理論，人物有所謂扁平、圓形人物，大抵而言，扁平人物性格較單一沒有變化，圓形人物則從故事開始至結尾，會活潑潑地配合情節作改變，然而未必扁平人物就一定比圓形人物佳，不過通常短篇小說由於篇幅不長，比較可能出現扁型人物〔註107〕。因此以文言短篇小說來看，不管《無稽讕語》或《無稽讕語續編》，都以扁平人物爲多，甚至人物僅僅只是其小說勸誡功能下的產物，並無眞正性格可言。

但是簡單而言，《無稽讕語續編》是比較《無稽讕語》的人物更具有人性的，心理描寫也稍強，這或許是因爲故事功能與題材之不同，所引發的不同人物刻畫重點的緣故。因此《無稽讕語續編》鬼狐仙妖之類都頗多具有人性，端看其中一篇〈李文美〉即可見：

> 靜海縣教諭某，遼陽人，已選赴任，過山海關，一騎一僕風雪大作，令僕前覓旅店，昏夜獨行，風雪益甚，至一古廟前……雪光中一棺在焉，教諭揖之曰：「棺中客，大哥與大嫂與，某獨行迷路，風雪凜

〔註106〕見清·佚名，《無稽讕語續編》，光緒二十二年（1896）刊本。
〔註107〕見佛斯特，《小說面面觀》，台北：志文出版社，2002年，頁92～110。

冽，不得不暫棲於此，其勿厭。」……（李文美）其人搖手曰：「今
日有遠客，行李馬匹皆在此，而山中多虎狼，吾去誰爲吾客防護者？」
少年曰：「素識乎？」其人曰：「不識。」少年曰：「不速之客，突如
來，即有不虞，子無罪焉。」……其人曰：「不可也，客方正而好禮，
吾不忍捨也。」……少年遂獨歌而去，其人出視馬匹行李，周旋一
匝，冉冉而戚，教諭醒，風息雲散，殘星已落，銀河在天，廊外雪
半尺許，四顧寂無一人，馬由繫柱，馬前有虎爪痕，乃誤宿之不被
害者，棺中人護之也，其人謂誰，李文美也……。〔註108〕

此棺中鬼者頗具人情味，但《無稽讕語》之中所見鬼物，則是沒有這樣特色
的，反而頗多詭譎妖異的味道，人物的附加教化意味並不濃厚。然而，這在
續編本當中，鬼狐特具人性也當是類似於《聊齋誌異》者流，異類雖化爲人，
卻也都比人還更具有人情味、更活潑，或者說更像是個人。

　　而又或者可以說，所誌「怪」者之程度，《無稽讕語》是比《無稽讕語續
編》更爲「怪」的，所以人物設計也就以怪爲勝，仙妖鬼狐等等反倒沒有了
人味了。

5. 行文風格

　　這裡主要從謀篇佈局討論「史傳」筆法設計，是其二者的最大差異，以
及此所造成行文風格的不同。《無稽讕語續編》的史傳筆法，不僅僅是運用歷
代以來以人物爲傳的史書敘述方式，其文末的「外史氏曰」，將諷勸筆法附于
文末，把勸誡與故事分開敘述，可以避免故事功能受到敘事者干擾，這很符
合《聊齋誌異》等志怪傳奇集的慣用手法，然而，《無稽讕語》則期望在行文
中達到各類功能，有時反而造成了故事文本與敘述者的混亂，進而偏向於類
似筆記一類的行文性質了。而這才是二書最大的敘述差異。

　　本節嘗試從發現鄭振鐸舊藏，現藏於中國國家圖書館北海分館的藏本《無
稽讕語續編》，與王蘭沚的《無稽讕語》來做比較，分別從序文、內容思想及
其藝術形式上的異同，進行細部的比較分析，可以清楚發現，此二者乃非同
一人著作。因此，《無稽讕語續編》雖未明文註明作者是誰，其非王蘭沚著作
則是絕對是可以確定的。而既然《無稽讕語續編》是爲光緒年間的僞作，然
而此續編本的存在仍有其意義。這裡雖無法證實此所發現的鄭振鐸藏本是初

〔註108〕見清、佚名，《無稽讕語續編》，光緒二十二年刊本。

刊本，也可以確定的是，從乾隆五十九年（1794）《無稽讕語》產生之初，清代尚在面臨由盛轉衰的關鍵時期，至此本《無稽讕語續編》刊行的光緒二十二年（1896）之間，《無稽讕語》並未爲人們所遺忘，它的流行時間歷經了清代中、後期大半段，並且在續編本產生之後，仍持續它的影響力，此點則無庸置疑。

　　本章注重的重點，在討論《無稽讕語》的承先與啓後，以及其傳承於文學思想的淵源、對後世的流變與影響。首先，第一節論述《無稽讕語》一書產生的時代氛圍，從小說文學史的創作潮流、政治環境影響下的文人心態、社會經濟的具體影響等三點切入，進行耙梳；第二節則專門討論清代的禁書背景，並對於《無稽讕語》之所以被禁的原因進行考察；第三節則重在承先，由志怪文學、傳奇小說、史傳文學、民間傳說、情色文學、俳諧笑話、宗教觀念等，包括文學傳統暨思想傳統各方面，予以追溯《無稽讕語》於各脈絡之所繼承；第四、五節則重在啓後，因此第四節從作者的角度出發，討論王蘭沚前後二部小說之間的影響，前者《無稽讕語》如何影響後者《綺樓重夢》；第五節則由探析《無稽讕語續編》是僞作的考證切入，以驗證《無稽讕語》的流行以及其對於後代小說的具體影響。

第四章 《無稽讕語》故事分類與功能

　　本章進行文本分析。凡故事者，作者論述有其目的，或爲勸誡、或爲宣揚、或爲諷刺、或爲遊戲，然而，不同的題材所能達到的目的也就不同，筆者將之視爲故事的功能，並嘗試從題材分類入手，探討不同題材故事所能產生的不同效能。

　　另外，故事除了有它的功能性之外，故事本身也透過文本與情節，表現了作者的思想，這與作者創作的目的不同，同一篇故事可能作者的目的單一，但卻也同時闡發了許多作者有意識、無意識透露的思想觀念。以此而論，思想內容應該比效用功能廣泛的多，也並沒有要指涉影響的對象，而效能則有針對讀者的味道了。

　　因此，以下筆者先將所有《無稽讕語》故事，依照題材分門別類，從不同的故事類型進行討論，先探析其各類文本所闡發的積極功能，再進而整體討論文本的消極功能。

　　過去對於小說的功能，主要有娛樂說與勸誡說二大宗〔註1〕，但無論傾向何者，都是奠基在認識世界、理解社會的基礎的〔註2〕。就娛樂功能而言，它或多或少不能不具備遊戲色彩，只是比重成分的多寡而已，就勸誡教化功能而言，文言小說起源在魏晉，與儒術獨尊的兩漢相距甚近，本就會受儒家將文學做爲工具宣導社會道德與人生準則的觀念所影響〔註3〕。然而，一部作品

〔註1〕 見周啓志主編，《中國通俗小說理論綱要》，台北：文津出版社，1992年，頁75～88。

〔註2〕 見徐岱，《小說型態學》，浙江：杭州大學出版社，1992年，頁166。

〔註3〕 見鞏聿信，〈文言小說創作動機研究——之一：勸誡教化型〉，《聊城師範學院

的產生，絕對是有作者創作的動機，這點是無庸置疑的。

由於考慮到不同題材所造成的文本功能應會有所差別，因此以下筆者首先把《無稽讕語》五卷一百零五則故事，依照題材分類，以便討論，共計分成四類：仙妖鬼狐類、奇聞軼事類、諧趣滑稽類、歷史風俗類等，凡內容涉及神仙、妖怪、鬼狐等異類者，將之納入仙妖鬼狐類，共計七十三則，凡內容情節頗為奇詭，又不涉乎異類世界者，統括將之納入奇聞軼事類，共計二十三則，另外，諧趣滑稽類所列入者，皆為笑話，又或者是作者的遊戲之作，如卷二〈煙筒傳贊〉為煙筒作傳並贊、卷三〈遣愁說〉以酒能遣愁為題材作發揮等，皆列入諧趣滑稽類，共計十三則，而最末歷史風俗類，凡將某地風俗作介紹，或者歷史紀錄如卷四〈臺陽妖鳥〉所載林爽文事變實戰經過等等，通通歸入歷史風俗類，共計六則〔註4〕。

第一節　仙妖鬼狐類故事功能

仙妖鬼狐類型故事為《無稽讕語》中所佔最多者，共計七十三則，與奇聞軼事類同屬於志怪性質，因此由此二類的比例，明顯可以見到它傳承於志怪筆記的痕跡。由於仙妖鬼狐等皆屬於異類，因此這一類故事主人翁多涉及與異世界的互通或連接，或以夢境轉化進入仙界、鬼界，又或以失路而誤入花妖、畜妖界，然而不論如何都有它轉入的承接點，也都會在故事最末，提點出主人翁轉回人界，以實入虛再以虛入實，實是這類故事的根本基調。

效能指的是故事的功能性，積極效能包括了勸善、懲惡、戒淫、刺政、刺腐儒無才者等等，而消極面則指的是其目的性不強，或者只為作者的遊戲、或者為顯示作者的文才達思，又或者僅僅為了滿足作者的性幻想等，以下筆者分別敘述之。

首先論述的是積極效能。以筆記體而言，由於它是文人所作，作者的影子自然隨處可見，尤其是以筆記形式來看，異界互通的寓意勸誡味道更是甚濃，在《無稽讕語》書中，關於此類型故事處處可見作者的說教，有些是作者明白點出其勸誡的目的的，也有些是透過鬼魅現身講述其因果報應的，而更有些是

學報》，第 6 期，2001 年，頁 73。
〔註 4〕按：雖然全書總計一百零五個篇目，有些篇目內文卻包含一至三則題材相似，內文無關之故事，故此處各類別故事總計是為一百一十五則。關於此處故事分類詳見附錄二。

直接從主人翁的下場結局，寄寓了作者的勸誡深意。而其所勸者，在這一故事類型中，最多見的是戒淫，亦或有勸善、治德者，也有少數宣揚了宗教觀、命定論，或以傳統角度宣導婦德等。

　　關於清代志怪筆記小說的勸誡特色尤強，曾有學者提出具體觀點，以為這或許與清代人們的壓抑有關，因為清代以外族入主，在政治上特別壓抑文人，因此導致了文人在著書立說上，也必須頂著勸誡的帽子才能有生存的空間，因此勸誡味道在志怪筆記的流變史上，由明入清逐漸轉濃，恰恰是符合時代對文學的影響的〔註5〕。所以以下積極面向所論及的勸誡意味，當有它文學發展的環境背景。

一、勸色戒淫

　　勸色戒淫，此功能可以說是仙妖鬼狐的類型故事所積極提倡的，其實在《無稽讕語》裡頭，處處都有著艷異的相遇，尤其以此類型故事的情節為其出現的大宗，然而仔細分析，可以發現在這些無數的艷異情色故事裡，也多有著積極的戒淫目的。

　　其中，作者明文跳出來予以勸誡者，如〈靈姑其三〉，敘述一女子前世為男子，由於曾經淫人致死，導致今世必須承受果報，受到鬼魅的報復：

　　　　……嗣經半年餘，鬼始去，于是鄉曲自好者皆賤之，率不屑委禽，遲至梅標傾筐，僅適一俚鄙村夫，嗟乎一時喪檢，隔世猶受漁色之報，可不慎歟。〔註6〕

作者王氏用感嘆作結，明白點出了戒淫的目的。

　　另外，其中也有以故事情節點明，予以勸誡者，例如〈科場顯報其一〉：

　　　　……其人曰：「冤鬼來尋，救死不暇，何吉之有？」周要遮而固請之，乃實告曰：「數年前有婢名桂花，余欲私之，婢不允，曰：『恐主婦知之，必遭譴責。』余曰：『有我在何懼？』婢固拒曰：『寧明納我作通房，敢不惟命。』予怒撻之見血，婢乃勉強順從，正雲雨間，婦猝至，予驚而逸，婦執婢裸縛于柱，命眾僕持鞭鞭之，尺寸無完膚，婢號余救援，余不得已緩步出，見婦執鐵鉗燒紅如炭，忿忿而

〔註5〕 見占驍勇，《清代志怪傳奇小說集研究》，武漢：華中科技大學，2003年，頁61。
〔註6〕 見王蘭沚，《無稽讕語》卷五。

> 來去，懼匿房中，婦以鉗炙婢陰户，呼聲如羊鳴。傍晚，予往視之，婢奄奄一息，怒目曰：「我不憾主母，只憾主翁，始則強逼，繼則袖手，致我負屈慘死，死必訟于冥司，一雪冤恨。」言訖而卒，今若住此，入場必遭其毒。」主人乃不敢留住……。〔註7〕

人物點出冤鬼索命的可能淫報，主人翁逃逸不再赴試。

又如〈哈叭狗〉敘及因為婦人淫蕩，而遭到自己飼養寵物及狗類姦暈。

〈女醫〉一則，以多人由於對女醫起色心，分別受到不同的懲罰，像是里保誑其有妻，後為鬼叉所祟；乞丐佯與女醫同宿，而夢見被鬼抓，並且被一紳宦家認作賊而送官杖罰；一病人佯裝私處有病欲調戲之，卻被女醫削去陽物；這些都是〈女醫〉一則故事中的片段，都以情節發展點明作者欲藉故事戒淫的效用。

而其中為數最多者，是以故事主人翁的結局來暗喻淫色必亡者，例如〈妖術〉敘述一道人利用妖術淫人妻女，終於嚐到果報，送獄斷頭。

又例如〈彼穠村〉主人翁入花妖村教學，卻因色誤事，不但被趕出村中，更潦倒以終。

而〈孽報〉一則則是云導人以淫者，不但害人，終至害己：

> ……屠聞甚懼，閱數月絕無影響，心遂帖然，一夕五鼓，往笠間執豕，忽見婦頸拖繩索，指罵曰：「惡賊！敗我名、喪我命，豈無冥報！」屠曰：「爾自不貞，于我何尤？」婦怒目不語，僕遍身血污，提頭而至，頭在手中，屬聲叱曰：「某屠害我主僕二命，皆汝主謀，予得請于閻君矣。」擲頭于地，奮身置前，以雙手摳其目，復縊其喉，屠悶然以仆，其妻聞聲出視，見兩睛突出眶外血淋漓不止，喉間紫腫奄奄垂斃，多方救治，移時稍蘇，備述其故且曰：「伊二人必不我恕。」諒無生理，號叫週時而逝，後妻衣食無度，倚門為娼，人咸謂為導淫孽報。〔註8〕

〈無常其二〉中活無常為了淫慾，索命不成反而害自己賠上性命。〈抱鬼〉敘述一屠戶起色心想要欺凌廊簷下女子，女子回頭卻是鬼臉，屠戶於是驚嚇過度而昏厥，醒時才知應當是女鬼想找替身。〈神杖〉、〈投胎〉等更是因為淫慾，一遭神明杖刑，一遭轉世成妓，欲從良又患瘡死。

〔註7〕見王蘭沚，《無稽讕語》卷二。
〔註8〕見王蘭沚，《無稽讕語》卷二。

而〈林醜醜〉、〈假彌子〉、〈狐譴〉則以過淫導致不淫的下場來勸誡。〈林醜醜〉主人翁林秀為了貌美求淫，不但被多人姦虐，結局更成了非男非女的怪物。〈假彌子〉內容則敘及一狐假冒美男子彌子瑕，淫人婦女之後卻被其婦之夫所淫，甚至斷根逃逸。而〈狐譴〉主人翁也從此不能人道：

> ……生柔聲怡色，再三懇祈，女振衣起向窗外招曰：「速取驢吊丸來，聊濟饞色餓鬼。」旋自掌中出紅丸一粒大如豆，以授生，生以口涎嚥之，驟覺熱氣一股下達丹田，陽暴長五六寸，女以蔥指捻之，長盈尺，復以雙掌搓揉，長及尺五六，粗若茶杯，女曰：「君歸可以驕其妻妾矣。」軒渠而出，生索之已杳，陽伸不復縮，其堅如鐵，從此不能通人道矣。〔註9〕

以上是為仙妖鬼狐類型故事的首要功能，主在勸色戒淫。雖然此類型故事多是異類與人類的互動，其中穿插香豔刺激的情節，本屬志怪艷異的範疇，於清代筆記中常有所見，然而單就《無稽讕語》來看，七十多則的仙妖鬼狐類故事，呈現戒淫功能的方式主要有三：一是作者明文跳出來予以勸誡者，一是以故事情節點明予以勸誡者，一是以故事主人翁的結局來暗喻淫色必亡者，而又以第三種方式為最多。

二、勸善積德

　　仙妖鬼狐類的另外一個勸誡主題，是在勸善積德，其勸誡方式有三：一是透過故事情節來宣導，一是透過故事人物來闡發，另一則是作者自己現身說理。

　　透過情節勸善的，如〈龍眼侍御〉中李侍御，就是因為其父平日積德頗多，「時值瘟疫，道殣相望，某悉為市棺燒埋，費至多金不惜也」，因此關聖帝君顯靈助其得子，可謂善有善報。〈森羅殿考試〉主人翁汪孝廉本為鄉里善人，後入夢進森羅殿考試得冥官職，因其善有善報，才得列位仙班，並且，此故事中十殿策問內容也是有關勸善的，像是四殿王問「臨民宜惠，曾犯武健否？」、十殿王問「無欺者聖賢之德，生等或犯詐否？」等等，皆是屬於道德規勸，也有勸善的具體功能。而〈科場顯報〉第三則的主人翁，因其助人之故，導致子遂得福報而中科舉。

〔註9〕見王蘭沚，《無稽讕語》卷四。

〈神杖〉一則，是為此類型故事中也勸人存德者，由於其主人翁職業是訟師，因好女色而替蜘蛛女幫訟，不公，終於遭到報應而挨神杖懲罰。其實，重德崇善本就是勸誡功能所標舉的大宗，此故事以其主人翁的結局，喻示了「德」的重要，尤其訟師更應該有德。

經由故事人物來勸善的，則有〈妖術〉一則，敘述妖道士以靈魂與貴公子交換而霸佔其妻妾、財產、與身份，後來是其師兄非非子在官府前訓斥其惡，並斬首之，妖道士才得惡有惡報。非非子在官府前是這麼說的：

> ……官乃令邢與珠先歸，勒令道士畫招，道士仰天大笑，官怒加以三木，反馳然而臥，鼾聲如雷鳴，官命以利刀割其耳，堅若鐵刃不能入，非非子勃然曰：「恃術橫行，一至于此。」出腰間佩刀，長只數寸，吹之長幾尺，又吹之，長一尺有半，授隸人曰：「以此剚之，當迎刃解。」道士怒顧曰：「沈大，爾苟殺余，余必為屬鬼索命。」
> 非非子曰：「牛八，爾戕人性命，占其財產，又淫其妻妾，橫死游魂，將收入阿鼻獄中，尚何鬼之能屬？」……。〔註10〕

聲聲控斥，可以說皆在勸善，經由故事重要人物的呼喊並除惡，顯然也達到其勸善的功能。

另外，尚有作者親自跳出予以勸善者，如〈科場顯報〉第二則文末云：

> ……異哉！豈其生魂入夢耶？予曰：「不然，監場豈無神明，特幻托女夢，以試積德之報，亦用以勸世也。」〔註11〕

作者於故事將其老師的善行與善報紀錄，並在最後下一註腳，說明積德的重要，效用在勸世人明白行善積德的道理。

三、勸好生不殺

〈森羅殿考試〉、〈金生射獵〉、〈犬報〉、〈放生持齋〉四則，是仙妖鬼狐類型故事中，明白在故事情節裡有勸誡殺生者，其中〈森羅殿考試〉是在九殿策問時，用「狙殺不好生」作為考核冥官的標準，可見其對於此觀念的重視。而〈金生射獵〉、〈放生持齋〉二則的情節特色相似，都有人類誤闖進畜生世界，並進一步與畜生界有感情互動，一是獵人迷路而闖入山林異界，一是飼養家禽的主人進入自己飼養的畜生園中，然而，這二則後來也都因人類

〔註10〕見王蘭沚，《無稽讕語》卷一。
〔註11〕見王蘭沚，《無稽讕語》卷二。

發現與自己相交往的皆是動物，因而發心轉業，獵人金生不再當獵人，飼主
周生也將所有飼養牲畜全數放生。

> ……語未已，忽門外又大譁曰：「強徒至矣。」生曰：「清平時世，
> 那得有強徒白晝行兇？」疾趨出視，則家中僕人聞主獨馬入山，故
> 來尋覓，生反身入慰曰：「毋恐，此余家獵戶，但搏禽獸，從不擾害
> 民人。」諸女跪地泣曰：「寔告君吾等悉獸類，所以靦顏以身事郎者，
> 求脫此禍也。」——現其原身，章為麕，謝為麝，卯則兔，胡乃狐
> 也。生亟諭獵人速歸，諸獸皆奔散，村舍亦渺，生矢誓不復從禽，
> 其所招獵人，各給以貲本，令別營生計，從此山中禽獸，挈尾蕃衍，
> 見人亦馴擾不驚，遇金生尤依依有眷戀之意。〔註12〕

〈金生射獵〉文末動物當面求情，勾引人的不忍之心。其效用皆是為提倡不
殺生，當然這是和佛教裡眾生平等、萬物有靈的觀念息息相關的，而《無稽
讕語》文本故事中，貫穿佛理的本就頗多，戒色、宿命、神通、吃齋、因果
輪迴等等概念，皆有其佛教根源可尋。

又〈犬報〉則以負面的報應，用殺生導致招來怨靈報復之果報，來勸誡
人不可殺生。故從上面幾則的觀察，仙妖鬼狐類有藉著生物幻化成人的特殊
情節，勸導人不可殺生，因為萬物生命和人一樣可貴。

四、勸至孝尊親

孝養觀念從很久以前就深植於中國傳統裡，「至孝尊親」可以說是中國倫
理道德觀念的基礎與核心，標誌著儒家以家庭為本位、血緣第一的倫理概念，
因此，凡小說、戲曲這類親近於民間的文學作品，不管其內容是傾向寫實或
是浪漫主義，也都跳脫不開傳統觀念的繼承，其中儒家觀念理的孝養尊親，
更是隨處可見。此處以小說功能效用而論，宣揚傳統儒家倫理觀，也是《無
稽讕語》明顯路向之一，當中也不乏孝道的推行，例如此節所論述的仙妖鬼
狐類型故事，雖故事文本人物是妖、鬼為主的志怪情節，但也有將宣揚核心
擺在孝親的，例如〈虎女〉一則，寫一老父被毆死，兄妹三人不能為父申冤，
後來女兒憤而幻成虎形，只餘一後腳跟尚著紅鞋可辨，並終以虎身為父報仇：

> ……邑有劣豪某甲，宿與莊有隙，偶經其門，互相角口，甲嗾群僕

撻之，折齒斷脅，扶服以歸，越宿而死。女哭之慟，請兩兄具控于邑，邑令受甲賂，詆爲誣妄，予杖逐歸，女痛不已，請赴訴于上，臺兄不允，女誚讓之，兄曰：「爾女子不知時勢，方今銅臭通神，訟不得直，徒于扑責。」女欲自往，耐纖足不能步遠，且不識途，晝夜掩門號咷，勺水不入口，經三日，寂然無聲，無疑爲殣，經從窗隙窺之，不見女，唯一虎蹲踞床前，駭呼二子，破其扉，虎奪門出，遍體悉成虎形，惟一後足未變，蓮鉤宛然，尚穿朱履，逕奔入山中，村人共見之，喧傳至城內，眾咸爲甲危，曰恐將來，必爲父復讎，甲怒召獵戶百餘人，腰弓執械而往矣，乘駿馬以陪，其後至山麓，虎遙見之，吼奔而下，眾獵人鎗矢並發，虎反奔入林，眾登山搜捕，虎越溪斜行，繞出其後，甲懼，策馬欲逃，虎突至，嚙其項殞于馬下，眾無如何，負屍而歸，甲二子哀之，執其母若兄，訟諸邑，邑令嘉女孝，且自慚前禠之，枉不受理，釋其母兄……。〔註13〕

被貪官污吏打壓，有冤不得申，顯然，這一則故事亦諷刺政治現實，然而觀其變形的根由，是壓抑得不到抒解，冤屈得不到平反，故不得不以突變的方式尋求出口，爲了報殺父之仇，女子只有脫離孱弱的女子身體，才能抵抗污濁的社會與惡人。若非至孝，無法從壓抑處激發出變形成虎的火花；若非至孝，也無法令貪官自慚形穢，反省並改過。故事透過女主角的一連串以孝出發的行爲，宣導了孝親至善的觀念。

而另一則〈打鬼〉第二，也是類似的孝順故事，不過這次是孝子爲了母親對付鬼怪：

金華周某負販以餬口，實其妻爲鬼所祟，病不能起，子年十四就塾讀書，因母病在家侍奉湯藥，醫者曰：「是有鬼物憑焉，非藥石可療。」子細叩母病狀，母曰：「有藍縷鬼自稱史監生，捽我跪地下，以水澆我，則寒戰不已，以火炙我，則熱躁難當，或舉足踢腹腹痛，踢腰腰痛，以手擊首，則腦痛欲裂，是以憊。」子泣訴諸父，請道士書符籙鎮之不驗，延僧人禮經懺禳之不驗，子又遍禱各神廟則又不應，子計殊窘，囑母曰：「鬼來當問其現在何處，有何冤仇。」母如子言問之，鬼曰：「我棺暴露西城隅，與爾無仇，餒而求食耳。」子稟諸父請饗之，父曰：「自而母病所耗已多，那得復有餘錢作祀。」

〔註13〕見王蘭沚，《無稽讕語》卷一。

子伏地哀泣，父不得已典衣，得數百錢交其子，……而母病頓減，
越數日疾復作，告其子曰：「鬼又索食，我不允，故虐我。」子不
敢請于父，自脫布衫質得數十文，備素食香楮以往，及歸，母告曰：
「鬼怒我不用肉食，又潑水澆我，寒噤欲死。」子憤甚，入塾見師，
問鬼何所畏，……子如命往，舉其破蓋掩之而還，母遂無恙，子仍
就師館讀，師喜其孝，又嘉其能，旦晚督課甚嚴，異其有成。……
師益奇之，盡心訓誨，子亦敦敦勸學，十七掇芹，明年食餼，明年
領鄉荐會試不第，以宗學教習，期滿銓授山西榆次令，迎父母就養，
服官有賢聲，荐陞至觀察陳情，乞終養以歸，其師已下世多年，貧
不能葬，周爲之卜兆，且恤其後人焉。〔註14〕

周子因爲母親被鬼糾纏，而盡心致力於驅鬼，終於成功，其侍母至孝、爲母
驅鬼的孝心，不僅令老師甚爲賞識，後來更能學成得官而有賢聲。這不也是
故事裡作者爲了宣揚孝養觀，所設計的特殊情節嗎？

以上二則是特以孝子、孝女做爲主角的故事，分別從旁人眼光肯定其孝
順，〈虎女〉從「邑令嘉女孝」切入，〈打鬼〉則從「師喜其孝，又嘉其能」
切入，由旁人肯定的口吻，推動其宣揚孝養的精神。

卷一〈森羅殿考試〉裡十殿策問中，第一殿所問：「百行孝爲先，爾諸生
曾許親庭晉？」則標舉出選賢能冥官，亦首重孝行，這也可以清楚看到傳統
觀念對於孝的特別重視了。

五、諷刺政治現實、社會現實

相較於其他故事類型，其實並不只仙妖鬼狐類有這樣反抗社會、政治現
實的作品，奇聞軼事類如〈誤娶〉、〈義牛〉、〈六姑娘〉等篇，也都同樣能夠
看到故事中藉以反應社會現實、諷刺政治的情節，不過，也由於這一類型故
事涉及了異類世界的身份轉化，因此藉由異類所呈現而出的，通常不是現實
壓抑後的變異，就是將壓抑後的變態呈現在幻夢中，像是〈虎女〉屬於前者，
〈噩夢〉一則屬於後者。〈虎女〉女主角由於政治、社會不能給他公平的復仇
機會爲父申冤，所以她只能變形尋求出口，故事中藉著邑令收賄賂的政治黑
暗面，以及女兒所陳述的社會時勢是「方今銅臭通神，訟不得直，徒于扑責」，

〔註14〕見王蘭沚，《無稽讕語》卷三。

都在在點出了女子變形為虎的背後驅力，其實是整個社會給她的迫害，因此這一篇故事的反抗政治社會的黑暗面，是極其明顯的。

至於〈噩夢〉呈現社會陰暗面則不同於〈虎女〉，全部的抗議都在夢中，故事起因於主人翁牛二騎白馬、棗騮馬、驢，為了逢迎主人而趕路，沿途虐待坐騎十分殘忍，於是坐騎於夢中幻化成人，把牛二反虐待、教訓一番：

> ……牛朦朧睡去，見三人悻悻然來叩之，一姓白，一姓黃，一年稍幼，云姓盧，牛曰：「此去至京都，尚有幾站。」白曰：「炎蒸如火，長路悠悠，強事驅策，殊為不近人情。」黃曰：「此種惡材，當踢其腹，齧其肘，俾知所警。」盧曰：「何不顛入崖塹中，以飽豺狼狐狸腹？」白笑曰：「渠尚有老母，煩盧家弟，以巨陽搗死，使作狐哀子，差快人意。」盧亦笑曰：「伊母老，不足動興，不如搗其妻若女。」牛知為諷己，乃曰：「豈得已哉！奉主命，不敢遲誤耳！」白怒曰：「牛陛，汝齪齪下走，豈真有忠心為主，不過欲落錢肥私囊，尚敢強辯耶？」牛亦怒曰：「爾等村野小人，始猶隱約其辭，恕不爾較，茲乃呼名罵我，我滕縣門上二爺也，只須持主人名帖，送若等至此間縣署，各重責三十竹篦。」白大恚曰：「牛二，爾何敢送我？」飛一腳，踢中小腹，牛負痛而罵，黃亦踢中其腰，仆地不能起，群以足踐之，牛懼，叩首如崩厥角，哀乞饒命。盧曰：「我試溺汝口。」乃解襠露其陽，長幾二尺，牛號呼，輾轉翻身，墮石下，豁然以醒，見驢馬各怒目齧道傍草，後蹄篤篤作聲，牛警且懼，命各牽之而行……。〔註15〕

一個小小縣令守門者就能如此仗勢欺弱，也某種程度揭示了官僚社會的腐敗，由於現實世界畜生與人無法平等，牲畜總是被人奴役的，因此作者才藉由幻化入夢的過程，以畜生與牛二的對話，來側面揭露社會現實的黑暗。

六、刺迂儒、無才者

〈夢裡清歌〉與〈女鬼談詩〉都同樣有著諷刺無才文人的情節，例如〈夢裡清歌〉主人翁周生妙解音律，卻在夢裡遇上才高女子加以諷刺：

> ……歌畢，生曰：「音則妙矣，然無牌名、無板眼，未免信口成腔，莫由顧誤耳。」女曰：「不然詩三百篇，採之輶軒，播諸絃管，自然

〔註15〕見王蘭沚，《無稽讕語》卷一。

應節諧聲，豈必墨守九宮一譜，自矜協律哉？且如漢人郊祀諸篇，
居然嗣音清廟，而唐由夫人房中一奏，尤稱樂府中傑搆，至唐人絕
句，畫偏雄亭，即李供奉〈清平調〉三章，梨園譜為新樂，何適而
無腔也，今君奉元人讀曲，作枕中秘本，自號顧曲周郎，無乃河漢。」
生語塞不能答……。〔註16〕

而〈女鬼談詩〉一則，情節透過二女鬼與一書生的對詩，對比了女鬼詩才更
佳於人，並視書生為腐儒的態度，而妙的是故事結局書生高魁及第，這難道
沒有諷刺科考、腐儒的味道？

　　其實，王氏筆下的文人有二種型態，一種屬於迂儒，另一種屬於才子，
通常才子出現的目的，常是為了作者彰顯文才用的，而迂儒出現反倒不多，
都是經由對比才顯現出其迂腐，或許這樣的對比也是要呈現作者「人外有人」
的感觸吧！

第二節　奇聞軼事類故事功能

　　凡內容情節頗為奇詭，又不涉乎異類世界者，統屬於奇聞軼事類，共計
二十三則。其實，這一類型和仙妖鬼狐類相比，明顯的艷異情節減少許多，
並且由於內容重點在蒐奇志異，就功能而論反而不強，有些作者強調其是真
實紀錄，有些即明顯是作者遊戲而作，因而整體而言功能不大。以下，筆者
試分別統整其效用功能。

一、勸色戒淫

　　關於這個勸誡主題，這類型裡的〈施氏〉、〈男變女〉、〈六姑娘〉都有此
傾向。〈施氏〉是因為婦人施氏與小叔通姦暈厥，導致事跡敗露被抓送官。〈男
變女〉則主人翁有斷袖之癖，後來反而生理突變成女人，而讓僕人坐享齊人
之福，如下所示：

某邑某生，年踰弱冠，而風致翩翩，有餘桃斷袖之癖，終歲常經商於
外，攜一僕自隨，年十八歲，眉目婉麗，然頗喜外交，無論事夫舟子
廝役之類，給百錢便可邀一戰，人多穢積毒氣蘊藏于內，其主弗之知
也，夜必與合，久之毒發，私處患瘡日漸潰爛，憊臥不能起，延醫治

〔註16〕見王蘭沚，《無稽讕語》卷三。

之，醫曰：「命尚可救，但此物不能留矣。」出藥莫一刀圭，令敷患處，且授藥草一束，令燖湯洗之，越數旬，莖果脫落，結痂半寸厚，醫曰：「逐日以油潤之，俟痂落即愈。」僕為之敷藥搽油，情甚殷，至一夕，主僕方解衣同衾臥，僕撫其痂，應手而落，中闢一竅，儼然牝谷，僕喜翹其具而入，則荳蔻香苞津津流潤，奮勇沖突，美滿異常，其主皺眉掙拒，宛如處子之初經雲雨也，歡情既畢，狎抱而寢，自此遂為夫婦，生恐事洩，駭人聞聽，賤市其貨，拿僕歸里，夜就婦宿，婦驚曰：「何乃若是其濯濯歟，貲水托折，尚屬小事，乃并此緊要物，亦折卻耶？」正在遑遽，僕呼門而入，裸身登床，公然擁其主而媾，婦睨視無一語，僕從容竣事，轉身向婦求歡，婦不允，僕笑曰：「爾丈夫且為我弄，是固爾夫之夫也，卿何拒焉？」婦不得已從之，自此左宜右有，一箭雙雕，儼若齊人之處室矣。〔註17〕

結局男主角因為好色而遭致閹割，沈淪為另一個男人玩弄的對象，不但生理上不男不女，心裡的煎熬更是最為悲慘，所以也有它的勸淫效果存在。至於〈六姑娘〉則是因為一宗因淫導致的謀殺案，牽連多人喪命。故雖屬於奇聞軼事類，香豔情節不如仙妖鬼狐類者多，卻也更以真實案例下場的法辦送官或變性去戒淫，故事功能未必不如仙妖鬼狐類者。

奇聞軼事陳述它的「奇」，仍擺脫不了喜好漁色會帶來懲戒的主旨，因此這一故事類，首要功能還是在勸色戒淫。

二、勸治獄有德

作者王蘭沚曾經有過近十年的官場生涯，治獄的經驗對他而言並不陌生，因此治獄的故事會出現在他的作品裡，並不讓人意外，然而，從文本也可以發現，奇聞軼事類型故事裡出現的治獄情節，同時也標舉了作者所期待的好官形象，不但應當有德，也應兼善情理法三者。

〈六姑娘〉裡的高公斷獄清明，不但洗清王生的罪名，破了一連串的冤獄，更勸人好合而成就王生姻緣，並助王生求得好功名好官譽，足見斷獄害人、助人之甚了。這樣一個廉明的清官，是將情節急轉而下的關鍵人物，然而他斷獄卻尚仁厚，不喜極刑，因為他也知道極刑能冤人多深，而文末他也

以此勉勵做官的王生：

> ……高喜生能報人之德，且鑒其款留誠摯，乃命繼子南歸，掌理家
> 中財產，自與其妻依生以居，生夫婦晨昏問視，無異親生子女，偶
> 閱邸抄，知前令雷司馬晉秩太守，因酷刑斃命，問擬遺發，乃謂生
> 曰：「刑之不可不慎也，如是子其勉之。」生書之于紳，後歷任廉使
> 有神明之號，高夫婦亦同登上壽，論者以為卹刑之報。〔註18〕

另一廉明的好官形象則見於〈誤娶〉，看一下作者對於此官斷獄的評價：

> ……斷既定，尹使各具遭，依甘結存案，呼隸選大板來，按章于地，
> 諭之曰：「婚姻之事，故有天緣，但此中豈無人謀，爾鬼蜮伎倆，予
> 寧不知今日之斷，憐此女也，然不可以無罰。」傾筒中籤投地下，
> 謂隸曰：「責不力，爾等先受杖。」隸嗷應，奮力扑之，血肉狼籍，
> 章呼聲如牛吼，紳女睨視而泣，紳不得已，屈膝求恕，尹嘆曰：「命
> 也，令釋之。」章公然一妻一妾，擁厚奩出入裘馬，翩翩自鳴得意，
> 不一載，紳女含恨死，尹以訪拿訟師，執章酷加枷杖，踰旬而斃，
> 邑人皆快之，蘭皋居士聞其事，歎曰：「善夫某邑侯之治獄也，情法
> 二字兼得之矣。」〔註19〕

此誤娶是人謀，但錯誤已造成，縣尹治獄仍還是不忘兼顧情法，因此作者王
蘭沚在文末讚嘆其為官應有智慧，而智慧的標準則是不該只尚理法，還需要
以情權衡，標舉了作者心目中一個好官應有的形象。

奇聞軼事類型故事中，另有一篇〈雷殛〉，文末亦有作者對於為官之人的
反思：

> ……然余思此是大鶻突，夫其購地也以價，遷棺也以禮，非強奪非
> 謀占，不過會逢其適耳，且仙果有靈，何不示夢于將購未購之際，
> 而乃俟其摒擋已就，矢在弦上不得不發，則移棺之舉，半由自取，
> 彼雷神者，又烏得遍徇于仙，而公然擊殛乎？或曰官當服官時，曾
> 受盜賂而仍置諸刑，故有此報，未可知也。〔註20〕

當官清廉與否，是作者反思此則故事的另一面向，雖然將主人翁雷殛的報應
指向因果思考，想法有其限制，但作者也指出了為官的根本條件，還是要清

〔註18〕 見王蘭沚，《無稽讕語》卷五。
〔註19〕 見王蘭沚，《無稽讕語》卷二。
〔註20〕 見王蘭沚，《無稽讕語》卷三。

廉少刑。

治獄有德，是為官者應有的態度，作者曾為壽寧縣令並曾為官赤崁，對於斷獄當是有許多實務經驗與體悟的，因此可以見到這一類型故事，凡只要涉及為官斷獄，作者不免會跳出來論述道理一番，然而另一方面，故事也藉由斷獄情節的曲折設計，標舉了作者所欲勸誡的為官之道，首重在德，而德心則重在仁厚有智慧了。

三、勸女子婦德

女子形象在王氏作品中特出者頗多，形象也很鮮明，然而當目的用在規勸婦德時，則此效能比較常見於這一奇聞軼事類型故事裡，像是題為〈懲妒〉者，以及〈拔強毛〉裡的潑婦形象，都有某種懲戒和諷刺意味。女子若是善妒，是不符合傳統對婦德的要求的，所以妒婦的下場都很悽慘，必須予以懲戒，此外，作者之兄還戲作，編了妒律十二條：

> 吏律一、凡婦將眾妾閉置各房，不令夫往，必俟其有命，方許侍寢，擬坐以大臣專擅選官，律杖一百，……凡婦每見人之內眷，必若勸不可令夫納妾，娓娓不倦，擬坐以同僚代判署文案，律杖八十，若代為謀畫計策者，加一等，……戶律一、凡婦每同妾婢觸牌點韻，嬉笑一堂，忽聞主人聲息，悉皆屏去，擬坐以脫漏戶口，律罪坐家長主婦杖一百，妾婢免究，……一凡婦無子，恐夫買妾，非立己任，即抱螟蛉，比照斬人宗祀例，杖一百，刺配寧古塔，絕產沒官，父母兄弟不行勸阻者，俱發旗下為奴，……禮律一、凡婦蓄妾，原非得已，乃自誇賢德冀人贊頌，擬坐以現任官員，輒自立碑，律杖一百，……一凡婦房便婢，借名罵人，并及主人姬妾，擬坐以公差人員，欺凌長官，律杖六十，主婦辯非主使，記過一次，……兵律一、凡婦見夫入室，同妾悄語，即假公事突大衝散，擬坐以官殿門擅入，律杖一百，如止渾擾不作嗔狀，引例本減笞五十，……一凡婦度夫與妾，正值綢繆之際，忽喚妾起，囑以他事，擬坐以擅調官軍，律杖十百，發邊遠充軍，……刑律一、凡侍婢稍長，婦恐其夫沾染，悉皆嚲賣，另易小者供用，擬坐以略賣人口，律杖八十，徒二年，若略賣至三口以上，加枷籠一個月，發邊衛充軍，開保人各減一等，並追價入官，……一凡婦見夫與妾就寢，故不穩睡，隔房頻問瑣屑

> 事務，擬坐以聽訟迴避，不迴避，律笞四十，……工律一、凡婦置
> 妾衾裯床第，命作窄小，止堪一人獨臥者，擬坐以造作不如法，律
> 笞四十，……一凡婦夜臥，必于床榻前暗置椅桌等物，周匝布密，
> 以防夫有他適，擬坐以侵佔街道，律杖六十，……。〔註21〕

依照六官吏、戶、禮、兵、刑、工配以婦德，性質或有遊戲的味道，但也可以
看出傳統道德裡對於婦女地位的詮釋傾向壓抑與保守，故不准女子與妾爭寵，
不准女子阻夫納妾，也不准女子專權於家中，凡此等等，都讓人可以一窺傳統
中國家庭對婦女的要求，故雖以詼諧筆法呈現，也某種程度透露了其婦德觀念
所傳承於傳統的要求。

　　漢朝的《大戴禮記·本命》謂：「婦有『七去』：不順父母，去；無子，
去；淫，去；妒，去；有惡疾，去；多言，去；竊盜，去。」〔註22〕從漢以
來，就有所謂七出之條用以規範婦人，文本中〈懲妒〉將妒婦形象刻畫得很
醜惡，害人匪淺，似乎受到懲罰是罪有應得，然而「妒」卻在傳統一夫多妻
制的家庭中不可避免，或為父權社會為了協調家庭的和睦，故有以此規範婦
人，強調婦人「嫉妒」之可怕，是可以想見的，非單僅僅此一小說有此觀念
而已，然而若由女權觀念切入，也讓我們發現同處於當代已有小說家想為女
子抗議「妒」之不公的情形來看〔註23〕，的確作者的發聲是屬於傳統而退守
的父權觀點的。而〈拔強毛〉中悍婦的形象也很經典，其「潑辣」也不符合
傳統社會對女子要求的三從四德，所以女主角後來受到教訓，一改先前潑辣
作風，成為一個「恂恂溫婉，克孝克敬」的「賢媛」，這裡所標舉的，也是傳
統對婦女性格溫婉的要求。

　　其實，《無稽讕語》書中頗多以女子為描寫對象者，除了艷異故事裡異類
形象之外，奇聞軼事類所呈現的真實女子顯然特別有其奇出之處，而這「奇」
所切入的角度，就是嘗試去刻畫她們不同於一般傳統婦人者，或許這也可以
說是作者遊戲的焦點之一，在要求傳統婦德的框架裡，又想有所突破，像〈女

〔註21〕見王蘭沚，《無稽讕語》卷三。
〔註22〕見漢、戴德撰，《大戴禮記·本命》第十三卷，台北：台灣商務印書館，1967
　　　年，頁69。
〔註23〕根據胡適看法，同屬於乾隆末年的李汝珍章回小說《鏡花緣》，已嘗試為「嫉
　　　妒是女子惡德」此觀念提出批判反省，以為男人對於女人的貞操觀，其實存
　　　在著兩面標準，若婦人多夫便是罪大惡極，但丈夫納妾其妻就應該寬恕不妒。
　　　故以此相較而論，作者王氏在婦女觀點上仍是父權思考的角度。見胡適，《中
　　　國章回小說考證》，合肥：安徽教育出版社，1999年，頁415。

盜〉、〈偷兒穴垣〉、〈健婦〉等，也都是從女子之「奇」切入去描寫的。

四、勸善積德

崇德重善也是作者藉由故事所欲闡發的功能之一，這在前一類型即已討論過，而出現在此類型的如〈卜者自驗〉的卜者：

> ……一日薄暮，有以十金納瞽袖，請占今日行劫財旺否？占之曰：「大吉，財爻治世，月建日辰，生扶官爻，伏而不見，必獲多財，且無後患。」其人喜而去，更靜後數人款扉而入，停輿于堂，請曰：「家主母患病，似爲祟所憑，奉主人命，敬延先生往占之。」因出五十金作酬儀，呂瞽利其金多，乘輿而往，行十餘里至一巨宅，扶瞽者出輿，羅列佳肴旨酒，殷勤勸釂，食已，謂之曰：「實相告，吾等皆盜也，近日爲首大哥適患病，無人主使，特煩先生權充頭領，此間有定例，劫得財物爲首者得半，餘則眾人俵分，瞽驚謝不能，眾磨刀霍霍，颯然插几上曰：「不去者殺卻。」瞽泣下曰：「非不願，實因雙瞽無能爲役耳。」眾曰：「是不難，乘輿而在，只須坐中堂喝獻寶來，俟吾儕劫已，仍肩輿而歸，送抵尊府，不煩一舉手一投足也。」瞽無奈允從，……其子見群盜皆去，僅存其一，竊從門隙窺之，見青面盜閉兩目，據几疾呼獻寶，手無一寸鐵，乃率母妻僕婢等，持械而出，舉梃將擊其首，母曰：「且緩，聽其聲音，觀其服飾，酷類而父。」乃以索縶其手，以水盥其面，果即呂也。」妻問何故來家行劫，瞽方悟爲群盜所弄，抱妻而慟，備訴顛末，舉家悲恨，然不敢鳴于官，自此室如懸磬，貨其宅，別賃某屋以居，仍垂簾賣卜，不復如向時靈驗，求卜者日寥寥，卒以貧餓死焉。〔註24〕

主角卜者因爲心不存善德，卜算靈驗而越富多金之後，竊賊請卜仍替之占算，沒想到竊賊欲盜者竟是卜者自己的家，因此後來其卜卦就再也不准，貧餓而亡了。另類似者如〈靈姑其二〉，謊騙自己有靈附身斂財，後來被揭穿也頗狼狽。以上都是勸善功能所透過此類型故事發揮者，可見作者欲藉由此類故事以傳達勸善的目的，並且發揮導正社會的具體功能。

〔註24〕見王蘭沚，《無稽讕語》卷三。

五、刺社會現實

　　關於這一目的功能，奇聞軼事類屬〈義牛〉此篇最為精彩，頗有諷刺人不如畜、世情冷暖的意味。故事內容是一善人由於憐憫牛將被宰而買下畜養，後來家中遭盜，童僕皆逃，僅僅二牛犧牲生命以報主人恩，因此主人在文末大發感嘆：

> ……生嘆曰：「蓄若等多年，臨難盡散，惟二牛銳身殉主，諺云『人不如畜』，諒哉！」眾慚跪不敢作片語，翌日，鳴官驗屍，內有二盜漸蘇，訊供不諱，盡抉其首，梟示通途，生以紅氈毹裹牛體，卜地築壙厚葬之，夫婦皆素服哭，臨其穴建碑表之曰「雙義牛塚」。〔註25〕

諷刺意味極強，人比起有義的牲畜更是不如，故透過人物所揭露的世態炎涼，更具有諷刺反省現實社會的基礎功能。

第三節　諧趣滑稽類故事功能

　　整體而言，王蘭沚的寫作風格是亦莊亦諧的，因此其作品中，諧趣滑稽一直都是個重要元素，即使在《無稽讕語》其他非諧趣滑稽類的故事類型裡，仍舊可以看到其玩弄文字遊戲的俚俗幽默感，例如〈雞姦〉真的被雞所姦，〈春燈謎〉裡作者所猜之謎的情色幽默等等，然而，畢竟笑話類仍有著與其他類型故事基礎上的差異，因此筆者首先說明此處將故事歸入此諧趣滑稽類的判定標準。

　　諧趣滑稽，指的就是笑話，我國笑話傳統由來已久，最早的文獻可以溯源自東周末年，像是《詩經》、《老子》、《莊子》、《史記‧滑稽列傳》等，不勝枚舉，不過，也由於傳統儒家以文載道觀念的日趨重視，傳統文學漸漸視詼諧幽默為小道，跟小說戲曲等俗文學一類命運相同，都被排拒在傳統高雅文學之外〔註26〕。我國傳統文學裡，開始將笑話蒐集成書的，是後漢給事中邯鄲淳所撰的《笑林》，魯迅說它與《世說》一體，是後來俳諧文字的權輿〔註27〕。而其後歷代文人繼其餘波，或多或少在各代都見得到笑話集出現，至明代則到達笑話創作的高峰，清代才漸趨落沒〔註28〕。

〔註25〕見王蘭沚，《無稽讕語》卷五。
〔註26〕見劉佩雲，《性別、創造力、自我檢校與幽默感的關係》，台北：政治大學教育研究所碩士論文，1990年，頁2。
〔註27〕見魯迅，《中國小說史論文集》，台北：里仁書局，1992年，頁55。
〔註28〕見顧青、劉東葵，《冷眼笑看人間世：古代寓言笑話》，台北：萬卷樓，1999

　　諧趣笑話在我國文學傳統由來已久，笑話的界定，筆者根據陳克嫻所歸納統整的幾點要素作判定：一是具有引人發笑的特質；二具娛樂性、喜劇性；三形式短小；四有故事性；五有寓意於其中；六有諷刺性；七是民間故事的一種〔註 29〕。然而，筆者以為《無稽讕語》書中由於詼諧的筆法是作者創作的元素，即使不是歸入諧趣滑稽類，也同樣具有引人發笑的特質，因此此處筆者更傾向由形式與敘事方式作判斷，凡列入諧趣滑稽類的行文必須短小，且在情節結構上必須以不協調的對比或突兀的誇張、顛倒所引發的幽默性作主軸〔註 30〕，將情節推上高潮後故事即宣告終結，其外不再穿插其他的故事情節，並且故事發展以二種主要模式展現：對話體及敘述體〔註 31〕，對話體顯然在《無稽讕語》裡的笑話也是常見的，像是〈行令逐客〉、〈大痴小痴〉、〈考婿〉、〈道學先生〉等，都有以對話做手段呈現其滑稽趣味的，另外，此處也將所謂作者的文字遊戲之作如仿韓愈〈毛穎傳〉為筆作傳，〈煙筒傳贊〉為煙筒作傳贊，以及替酒能澆愁立論的〈遣愁說〉等，歸入此類，因而總共歸納出《無稽讕語》裡的諧趣滑稽類型故事共計十三則，以下分別論述此類型的功能。

　　十三則諧趣滑稽類型故事中，細分其題材，四則屬於葷笑話，五則屬於諷刺笑話，二則是作者的遊戲作品，二則是屬於俚俗笑話。其實，就笑話本身的功能而論，就有二種層次的差別，一種僅僅引人發笑，屬於滑稽、不和諧的自

　　　　年，頁 7～8。
〔註 29〕見陳克嫻，《明清長篇世情小説中的笑話研究——以金瓶梅、姑妄言、紅樓夢為中心之考察》，花蓮：花蓮師範學院民間文學研究所碩士論文，2003 年，頁18。
〔註 30〕「幽默」和「笑話」雖不相同，「幽默」含括非語言的所有呈現，「笑話」則特指以語言文字呈現者，然而其二者在本質上有所同有所不同，在實踐上則難以區分，故筆者此處藉幽默心理學理論中幽默實現的方式，來概念小説文本裡的「諧趣滑稽」。基本而言，「幽默」的實現方式從心理學而論有對比、重複和顛倒、交叉、誇張、文字遊戲、邏輯圈套等等。對比手法指的是尖銳的反差或鮮明的對立，顛倒也是以突兀的對立為基礎的，而小説笑話裡則較常見經由對立、誇張、文字遊戲等呈現趣味性，對立反差更是突顯其情節趣味性的著重重點，可能是人物角色的對立，或者是雅俗對立，又或者是對話的不一致性對立。見譚達人，《幽默與言語幽默》，北京：生活、讀書、新知三聯書店，1997 年，頁 26～31；見蕭颯、王文欽、徐智策，《幽默心理學》，台北：吳氏圖書有限公司，1991 年，頁 237～297。
〔註 31〕見陳克嫻，《明清長篇世情小説中的笑話研究——以金瓶梅、姑妄言、紅樓夢為中心之考察》，花蓮：花蓮師範學院民間文學研究所碩士論文，2003 年，頁 18。

然狀態〔註32〕，另一種則在引人發笑之後，還有更深層的諷諫意味〔註33〕。

以二種層次來切割，葷笑話、俚俗笑話的目的僅僅屬於引人發笑的層次，不似諷諫寓意的笑話有更深層的內涵了。至於遊戲之作，其功能或許也可以將之歸屬在搏君一笑，或者說在搏己一笑了。顯然的，僅僅引人發笑、或者諷諫笑話二者，其文本的功能效用積極，都是直指讀者而發聲的，若僅為作者自己開心的遊戲之作，姑且稱之為消極的功能效用。以下僅先論述積極功能者。

一、搏君一笑

十三則諧趣滑稽類作品，其中葷笑話、俚俗笑話六則屬於第一層次，僅僅為搏君一笑。其實，不論屬不屬於葷笑話，雅俗之間的差距，本身就會造成一種對立的諧謔效果。過去曾有學者從「性揭露」去探討其和幽默感的關係〔註34〕，錢鍾書也曾云「不褻不笑」〔註35〕，指出了「猥褻」和幽默感的關聯性，然而不論屬不屬於葷笑話，諷刺寓意的笑話有時也是以「猥褻」的俚俗作題材加以發揮，去創造戲謔的效果的，像〈華童〉、〈大痴小痴〉雖非歸入單純葷笑話，其以屁、性行為作為猥褻的諧趣，一樣是其幽默的構成元素。

此處則討論的葷笑話四則，依序是〈後庭博金〉、〈道學先生〉、〈考婿〉（第一則）、〈學杜〉，即單純以性器官、性事等猥褻題材，作為搏君一笑的工具的。

> 某邑某先生，考歲貢也，素性迂拘，常以道學自命，設帳于某宅，某兄弟三人，同館受業，皆有室矣。一日，三徒皆往親串家，先生獨坐齋中，默然無語，三婦意謂徒既外出，師必歸家，因相率至書齋外，坐檻畔閒談，長婦曰：「余雲雨之欲本淡，近復馬齒加長，率遵請教，約以五日為期。」次婦曰：「予則不然，恪守魚論，不出三

〔註32〕見譚達人，《幽默與言語幽默》，北京：生活、讀書、新知三聯書店，1997年，頁34。
〔註33〕見陳克嫻，《明清長篇世情小說中的笑話研究——以金瓶梅、姑妄言、紅樓夢為中心之考察》，花蓮：花蓮師範學院民間文學研究所碩士論文，2003年，頁18。
〔註34〕見黃克武，〈不褻不笑：明清諧謔世界中的身體與情慾〉，熊秉真、余安邦合編，《情慾明清——遂欲篇》，台北：麥田出版社，2004年，頁23。
〔註35〕錢鍾書所謂：「《金瓶梅》第六十七回溫秀才云：『自古言，不褻不笑』，不知其言何出，亦尚中笑理；古羅馬詩人云：不褻則不能使人歡笑，此遊戲詩中之金科玉律也。」見錢鍾書，《管錐編》，香港：中華書局，1980年，頁1143。

日。」少婦曰:「吾遵易教,盡日三接,不令虛擲寸陰也。」長婦曰:
「此亦視乎長人之才幹耳。吾夫則如牧野誓師,不愆於六伐七伐,
乃止齊焉。」次婦曰:「吾夫知山梁雌雉,不過三嗅而作。」少婦曰:
「主臣我家,不啻羊曇哭舅,望見西州門,不禁潸然出涕矣。」長
婦曰:「此物亦大,其剛柔迭乘,變幻莫測,或謂小腹中有脆骨,時
而形現于外,時而退藏于密,未知信否?」婦曰:「不然,吾聞諸者
(耆)姥曰,其上有青筋十八,筋舒亦舒,筋縮亦縮,理或然耳。」
少婦笑曰:「非也,是皆氣為之耳,氣至則伸,氣返則縮。」正諸讙
間,先生大聲曰:「以三婦而論,長者為優,就三男而觀,少者尤劣,
至於屈伸消長之說,三說皆有可採,愚竊以為主氣者近是。」三婦
聞之,始知先生在室,各懷慚而入。〔註36〕

此篇〈道學先生〉篇幅短小,以對話體為主,利用道學先生與三婦人的角色
對立,突顯了不協調造成的喜感效果,尤其道學先生以儒家的氣論詮釋性行
為的優劣,利用傳統理學與猥褻的突兀對比,增添了一種諧謔趣味。

再來看看〈考婿〉(第一則),以婦人陰戶作為引人發笑的題材:

紹興某翁,富而無子,生四女,皆適人矣。中秋,婿各率其妻來岳家
賀節,翁謂婦曰:「四婿咸在,晚間飲酒賞月,吾將一試其所學優絀。」
少頃月上,翁陪婿飲,堂上婦及四女坐簾內覘之,酒數巡,翁曰:「悶
飲無興,試行一令,要舉己家一物,合以好字、大小多少,字工者飲
小杯掛紅,不工者罰以金谷酒數。」長婿見岳手持摺疊扇,即應聲云:
「我家有柄扇兒製得好,扯開來大,收攏了小,炎天用得多,寒天用
得少。」次婿環視室內,見壁倚一傘,因曰:「我家有把雨傘製得好,
張開來大,收攏了小,陰天用得多,晴天用得少。」三婿不能答,目
視簾內,其妻舉裙帶間所繫荷包示之,夫會意應曰:「我家有箇荷包
繡得好,拽開來大,收攏來小,銀子裝得多,銅錢裝得少。」末輪及
四婿,婿窘甚,目眈眈向簾內,妻代籌不能得,俯首視裙間,低徊思
索,婿忽悟曰:「我家有張陰戶生得好,放進去大,抽出了小,別人
用得多,自己用得少。」簾內外粲然皆笑。〔註37〕

這是傻女婿一類的葷笑話,不但嘲笑愚昧,也藉由女人性器官隱密與揭露的

〔註36〕見王蘭沚,《無稽讕語》卷一。
〔註37〕見王蘭沚,《無稽讕語》卷二。

對立、自我調侃，造成最後的諧謔效果。

至於〈學杜〉，同樣也是利用雅俗對立來突顯諧謔效果，故主人翁作詩以極俚俗的排泄物、性事大做文章；〈後庭博金〉則以雞姦等性行為作為諧謔的對象。

俚俗笑話〈邵呆〉、〈考婿〉（第二則），則並未涉及性事的調侃，單就鄙俗的題材如如廁、馬桶，以及作詩之俗來對比出喜劇效果。

諧趣滑稽類型故事，本身就是類似笑話的性質，因此其目的功能在引人發笑、逗趣，當可以理解，不過以葷笑話、俚俗笑話而論，其諷刺寓意的味道並不濃厚。

二、寓諷刺於諧趣

其實滑稽諧趣的題材，或多或少有諷刺性質，它所嘲弄的，可能是不精通的塾師與庸醫，或吝嗇者、吃白食的人，或愚蠢者、或刺官府者〔註38〕，《無稽讕語》中諷刺寓意的五則，諷刺愚蠢者如〈大痴小痴〉、〈痴兒答債〉，諷刺迂儒、不精通的塾師如〈華童〉、〈浮泛破承〉，諷刺白吃食客則有〈行令逐客〉。

試看〈痴兒答債〉運用愚笨對答的不協調，所創造的喜感效果：

> 村翁周某者，生子憨鈍，為之娶媳，踰年居然懷娠，一夕翁謂子曰：「我負爾岳父債銀若干，屢約未嘗，訂于明日清交，今空空素手，無然答復，當于黎明避去，繫牯牛于庭樹間，岳來，來必問是尊府所畜，抑向鄰家借來犂田者，汝當云：『此種老畜，寒家尚有十餘頭，俱出耕在田，惟此畜尤羸憊，不足道也。』如此則岳知我家尚殷厚，債可從緩，若問我在家否，汝答云：『適往前山僧寺奕棋。』問何時歸，則曰：『未定，或一時高興，便在僧房下榻。』若問及債務，則曰：『此皆家父涉手，婿毫不預聞。』若問堂前所挂畫，則答以：『唐伯虎名手所畫，可值百金。』」子唯唯聽受，父恐其遺忘，諄諄述數十遍，又自作岳問狀，令其子答之，竟能悉憶，因大喜，翌日早，繫牛于庭，懸畫于堂而出。岳果至，其子出見坐定，岳曰：「令尊在家否？」子應曰：「此等老畜產，合間有十數頭，惟此畜尤駑劣，不足惜道也。」岳甚怪之，因又問曰：「令堂安否？」婿曰：「今早往僧寺下棋去矣。」

〔註38〕 見婁子匡主編，《明清笑話》，《國立北京大學中國民俗學會民俗叢書》，台北：東方文化，1970年，頁7～8。

> 岳尤怪之，隨問：「何時當歸？」答曰：「此難定，若乘興流連，即在
> 僧房下榻。」岳殊詫異，因曰：「我家姑娘聞已懷孕數月，胎氣何如？」
> 婿曰：「此皆家父一人涉手，婿全不過問。」岳怒叱曰：「此是何話？」
> 子云：「是唐伯虎的眞筆，價可值百金也。」〔註39〕

除了諷刺愚昧，〈華童〉以諧謔的俚俗諷刺腐儒，一個十三歲小娃兒有文才，
被一嚴峻的縣令考縣試，考場中公然譏笑考官放屁，反倒被罰。故事運用兩
人物性格的對比，孩童的天眞對照腐儒的食古，有文才的娃兒對照嚴峻未必
有才的老考官，用戲謔的筆觸將二人的對立扯開來，頗有諷刺傳統科考與迂
腐老學究的味道。相較於第一種仙妖鬼狐類型故事所諷刺的儒者，這裡的老
學究形象更生動活潑，性格更是迂腐無才的。

另一則〈浮泛破承〉諷刺塾師教學，明明無才卻也煞有其事的指導八股
文寫作：

> 某鄉馬四，以肩販起家，晚頗饒裕，令其子從師誦讀，年二十六，
> 纔能作破承題，馬喜曰：「此兒英敏，後當跨灶。」遍囑親友，訪求
> 明師，有某生者四旬餘，老儒童也，能日課村童三四十人，才名噪
> 一里，或荐于馬，馬敦請以至，命兒出拜且曰：「豚子年雖稚，然已
> 能作破承，性極穎悟，將翼其昌吾宗也，幸先生善導之。」生曰：「是
> 誠，在我不敢相誑。僕自信爲循循善誘，一經指畫口授者，不啻金
> 丹換骨，若令郎坐春風中，不須三個月，可保竿頭日盡。」隨以〈白
> 鳥鶴鶴〉爲題，使當面搆思以覘實學，其徒苦思力索，沈吟竟日，
> 繼之以燭三鼓，後居然謄繕以呈，師視之云：「觀白鳥之鶴鶴，誠爲
> 鶴鶴之白鳥矣，夫非鶴鶴之白鳥，不得爲白鳥之鶴鶴也，乃白鳥而
> 既鶴鶴矣，得不謂之白鳥鶴鶴乎哉。」師閱畢，謂其父曰：「雖尚欠
> 講究，然孺子大可教。」乃援筆批云：「巧思潛發，議論縱橫，惜浮
> 泛不切于題耳。」父肅然起敬曰：「得此名師指示，何患無成，可謂
> 馬氏祖宗之幸。」〔註40〕

或諷刺八股考試的滯塞人心，或諷刺塾師不精通而自以爲是，總之針對時政
科考弊病，寓有諷刺含意。

另則諷刺白吃食客的〈行令逐客〉，主人翁爲宴客的主人，頗具智慧的以

〔註39〕見王蘭沚，《無稽讕語》卷二。
〔註40〕見王蘭沚，《無稽讕語》卷三。

行令諷刺客人離席，也深具諷諫意味。

　　其實，諧謔與諷刺的界線在實踐時有其模糊地帶，以前面所論述的笑話特質，其實多則也雜有諷諫意味的，但其之所以仍是笑話，乃是因為故事元素裡引人發笑的幽默感，依舊佔有很大的比例成分，而幽默的基本元素，透過其實踐方法如角色人物身份、對話、題材的對立與不協調，呈現了引人發笑效果，甚而更深引發人對其諷諫對象的反思。《無稽讕語》一百多則故事裡，主要仍是志怪艷異者流，諧趣類僅僅幾則，然而就此點諷諫來看，其諧趣滑稽背後所寓意者，和另外前面二類型故事強調的積極勸誡功能，根本基調有其相似的地方。

第四節　歷史風俗類故事功能

　　歷史風俗類，凡作者王蘭沚將某地風俗作介紹，或者替歷史作紀錄者，如卷四〈臺陽妖鳥〉所載林爽文事變實戰經過等等，通通歸入歷史風俗類，在《無稽讕語》中共計六則。統計其功能積極有保留風土民情者如〈虎師〉、〈春燈謎〉、〈夏德海〉，記錄歷史者則有〈臺陽妖鳥〉，另有屬於消極功能如作者自顯文才用、保存作者治獄生平資料等，則於最末一節統一論述。

一、保留風土民情

　　不多的幾則當中，〈虎師〉、〈春燈謎〉、〈夏德海〉都有記載到閩浙的地方風俗，例如〈虎師〉：

> 俗傳猛虎食人，其鬼即為虎所役，名曰「虎倀」。余自幼聞其說，未以為信，及宰壽寧，其地寸土皆山，土瘠而民貧，余有詩云：「薄俸僅餘五斗外，荒城僻在萬山中。」蓋實錄也。山中向多虎，時或出噬人，人無敢捕之者……余中夜不寐，起坐凝愁，忽念本邑性（城）隍神最靈，又有馬仙廟尤疊著爽應，余初履任入廟拈香，見是女神，上懸「孝即是仙」四字額，歸閱志書，載馬仙孝女也，逸其時代事蹟，舊祠一椽，久就剝落，國初時閩逆，率眾入境，人民震驚，突有官兵一枝，先鋒黑面紅鬚，中軍女將披素鎧，貌酷似馬仙像，與賊戰山下，賊潰而奔，兵亦倏忽不見，合邑感之，崇其廟貌，又傍塑黑面紅鬚將，俗稱為總管爺，余心誌之……。〔註41〕

―――――――――――――――――――――
〔註41〕見王蘭沚，《無稽讕語》卷二。

上面此段記錄了作者王蘭沚任壽寧縣令時，其地方地理與民間信仰實況。而此外，民間還有所謂「虎師」這一行業，有捕虎的地方專業技術記載：

> ……生曰：「無益也，且涉險，不如命虎師捕之，可不勞而得。」余曰：「此間安所得虎師而遣之？」生曰：「浙省寧縣，亦在山中多有習此技者，相去不遠，召之即至。」余細叩其捕虎狀曰：「渠先視虎跡，審其出入必經處，伏弩草間，安以毒矢，虎踐其機，矢發養體即殪然，虎必有倀鬼，能導虎不見機，故必製紙旗數百，捏訣書符于其上，厭倀使不爲虎役，方可弋獲也。」〔註42〕

作者利用對話記錄，眞實將「虎師」一職的捕虎民俗技法寫下。

〈春燈謎〉二則其實是以元夜猜燈謎的民俗活動作背景的，不過一則是作者因公寓省垣的眞實記錄，一則則是作者客東甌實錄，裡面皆詳載了燈謎多筆，亦包含語涉雙關的葷謎語，頗具民俗趣味。

卷三〈夏德海〉則記錄了洛陽橋傍的夏德海廟：

> 洛陽橋在泉州府城門外，綿廣數倍他橋，蔡端明記之詳矣。余調任赤崁，自福州至廈門，泛海而東，往返皆經橋上，過見橋傍有夏德海廟，左一僕夫控馬而立，右一從者端侍夏，中坐像大於生人，唇吻間油膩堆□，予笑謂世人曰：「下得海入龍宮，乃演戲者所附會，子虛烏有，胡得公然廟祀。」土人曰：「此間呼爲夏班頭，專主契兄契弟好合之事，如有思慕不能得者，默禱諸廟，雖或貧富貴賤懸殊，不難巧爲撮合，既合之後，備香楮冥鏹煮猪（豬）臟腸一籃，偕來拜謝神佑，拜畢以臟脂塗神口，香火極盛。」予曰：「此無稽之談，不足信也。」
> 土人曰：「驗甚，……。」〔註43〕

關於此廟宇的民間傳說與靈驗事蹟紀錄，也是地方風土民情的一種保留。

故可見此歷史風俗類型故事的效用功能，在保存閩浙地方的風土民情，是很重要的一點。

二、記錄歷史實錄

〈臺陽妖鳥〉算是書中記錄一段歷史最爲詳盡者，這是因爲作者王蘭沚本身即親身經歷林爽文事變的緣故，因此林爽文事變從乾隆五十一年末開始

〔註42〕見王蘭沚，《無稽讕語》卷二。
〔註43〕見王蘭沚，《無稽讕語》卷三。

至五十三年結束，全程林爽文事變的詳細經過，都被作者以當事人身份精彩記下，關於臺灣史料對此事件的相關記載，筆者已於第二章補錄並對照，不過此處以效用功能論，的確筆記小說具有這類保存歷史的功能，尤其此則以第一人稱身份，記錄親身所見所聞，有時甚至比史實更接近歷史眞相。

第五節　《無稽讕語》其他消極功能

　　前面有談及功能效用，筆者將之細分爲積極與消極二種，積極指的是其社會功能，指涉對象主要是針對讀者，消極面則指的是其目的性不強，或者只是作者的遊戲、或者是爲顯示作者的文才達思，又或者僅僅爲了滿足作者的性幻想等，出發點主要都從作者而論。以下試討論所歸納的消極功能。

一、作爲性幻想的滿足

　　這個功能頗爲常見於仙妖鬼狐類及奇聞軼事類，是其艷異情色情節的推手，凡只要是有情色情節而並未有作者跳出戒淫，又或者故事發展並未有勸淫戒色意涵的單純性描寫，就屬於性幻想的滿足創作，以此來看，《無稽讕語》中還頗多這樣的例子，像是〈梅子留酸〉、〈求鳳夢〉、〈夜光〉、〈魂附虱體〉、〈蠅妒〉等等，僅僅敘述性行爲的細節，筆墨篇幅強調甚多在性交上，皆爲此例。

　　試看下面這一段〈夜光〉：

南豐曾生，庠中風雅士也，居邑東郊，夏月散步遠村，科頭坐石上，樂而忘返，少選，柳稍月上，始于于然歸，迷惘失路，遙見前舍燈火光，趨就之，一絳衣少婦，倚門而立，生悅其艾，調之曰：「小生途行，唇燥欲效張三郎，借一杯香茗，娘子許我否？」婦低鬟微笑，邀令入室，室中初無他人，詢之答曰：「妾熊氏，小名夜光，無翁姑父母，日前丈夫又爲凶人逼逐，不知所往，故孤身處此耳。」遂入取茶相奉，意良殷渥，生窺其有情，遽起狎抱求歡，婦怒揮之以肱，咄曰：「何來莽男兒，乍相見遽欲污人清白。」生跪而哀之，色少霽，以纖手引之起，相將入房，歡致雲雨，事畢生出外舍，辭欲歸，婦留飲且請下榻，生遂復坐，婦入治酒饌，忽有一女子，衣袖□襠，蹇然入見，生笑曰：「夜光姊勾引得新郎來，胡竟不相聞。」婦在內應云：「栩妹妹不速而至，可謂有緣，乞少坐，代我一陪郎君，即飲

一杯喜酒去也。」生遂拉女並肩坐，叩其姓名，曰：「姓胡名栩栩。」
語次，眉目含情，姿態媚絕，生戲捫其乳，復捻其股，女哂曰：「風
狂兒，才得隴又望蜀耶。」……〔註44〕

利用進入異界，主人翁曾生與螢火蟲幻化的女子，有許多挑逗、狎暱的行為
語言，書中描寫這類艷遇的情形還頗多，而像仔細描摹女人私處的，有如〈魂
附虱體〉將女子陰部比喻成山林和河岸、深谷，都可謂滿足了作者自我的性
幻想。然而這一類的性器官與性行為的描摹方式與題材，在《無稽讕語》中，
其實屢見不鮮。

二、為顯文才

　　《無稽讕語》裡頭有許多詩、文之作，是作者或其親人的作品，廣義來
說，小說文本本身就有作者的顯才目的了，然而筆者此處所指的顯現文才，
特指一些切磋詩、文者所出現的大量篇幅詩、文，例如仙妖鬼狐類的〈女廟
留賓〉、〈孟子詩〉、〈女鬼談詩〉、〈醫詩文〉者，歷史風俗類的〈詠春〉、〈春
燈謎〉者，或者像乩詩中所保存作者之甥的〈岳陽樓記〉，以及卷首題詞部分，
都有顯示作者或者其他人的文才之效用功能。

　　例如下面這一則〈醫詩文〉，即藉由故事中狐女善醫病詩文以顯作者文才：

同邑某秀才，聞其事異之，錄所作必得其名，題云：「中有云，彰其
名者歷山，掩其名者洪水。」對云：「謀于象者累其名，咨于岳者揚
其名。」攜往見女，女曰：「我不識字，僅能診脈。」令捲其紙，出
纖指診之曰：「寒熱交作，陰陽不分，宜用利導之劑，疏其經絡。」
因以紙筆授生曰：「我不能書，請口授方，君自書之。」因改之云：「夫
舜之得名亦極難耳，井廩阨而傲，象累其名，懷裏微而洪水敗其名，
究之理有可必，故似難而實易。」對比云：「舜之得名又極奇矣，耕
于山而鳥像顯其名，納于麓而風雷助其名，究之得于自然，故雖奇而
仍正。」生錄歸示其友，友曰：「醫手大佳。」因亦錄其所作，春郊
詩云：「好山看滿郭，新漲喜平橋。」亦捲作筒請女診之，女曰：「病
在腰虛，當投補劑，令改看字作青字，改喜字作綠字。」友欣然承教
而反，由是醫名大振，請治者甚眾，一人有〈紫桑賦〉云：「菊並幽

情，秋光籬畔，柳和逸致春色門前。」女診之曰：「上元虛損，宜用
七寶美髯丹治之。」隨授以方云：「擷萬朵之黃英，秋光籬畔，□千
條之碧縷，春色門前。」又一人以〈新春詩〉就診云：「比鄰喧臘鼓，
小市試春鐙。」女曰：「此症係骨節脫致，當以外科接骨膏貼兩肩，
即愈。」因於句首各加二字云：「纔聽比鄰喧臘鼓，又看小市試春鐙。」
一閨秀性耽吟詠，有〈春日詩〉云：「葉翻新柳綠，枝染小桃紅。」
書素箋上，疊作方勝，使人持往就醫。女曰：「眞武下□，宜以生麻
葛根湯引，使三陽上達。」因改云：「綠歸新柳葉，紅上小桃枝。」
又有市人新開酒饌肆，倩人作柱聯云：「佳殽馥馥堆盈碗，旨酒醰醰
斟滿杯。」嫌其不工，囑女醫治，女曰：「無他病，不過癰疽潰破，
新肉未長，宜剔去膿腐，以八寶丹摻患處，即愈。」因改云：「瑉麋
珠膾琉璃碗，玉液金波琥珀杯。」又一人示以〈春日即景詩〉云：「檻
前吹拂拂，簾外潤絲絲。」女笑曰：「雙目失明，當以鵝翎眼藥點之。」
隨將吹字改作風字，潤字改作雨字。〔註45〕

所有詩文的弊病被其一一指出，並能進一步再對出更佳的句子，這若非有一
定的才華水準，是不可能藉此題材，達到這樣的創作效果的，因此顯示大眾
以文才，也是《無稽讕語》作者想要達到的目的功能。

三、爲遊戲而作

　　作者的文字遊戲之作如仿韓愈〈毛穎傳〉爲筆作傳，〈煙筒傳贊〉爲煙筒
作傳贊，以及替酒能澆愁立論的〈遣愁說〉等，又或者題材本身即遊戲如〈雞
姦〉、〈狗盜〉者從詞彙的雙關語創作小說，都是一種爲遊戲而創作的立意，
以故事類型而論，諧趣滑稽類本身遊戲意味就非常強，然而就算是非此類型，
鄙俗的性幻想文本也呈現了一種諧謔味道，因此可以說諧趣就是作者王蘭沚
文風之一，並且其諧趣多寓於俚俗與性事之間，亦是王蘭沚作品的描摹重點。
　　以下舉〈煙筒傳贊〉爲例：

淡巴菰產自呂宋，前明始入中國，初憬戍邊軍士，用以辟瘴驅寒，
繼而流傳漸廣，近則名之爲煙，或作菸，截竹鑠銅以通呼吸，號曰
煙筒，用伐香茗，沚溪居士酷嗜之，爰戲作〈菸先生傳〉云：「先生

系出竹氏湘川望族也，其父娶滇南銅氏女，相配甚得，既而生先生，名之曰筒，別號虛中，先生賦性明通且圓融，不露主角，然能持勁節，不屑委曲隨俗，故為時所珍重，前明嘉靖間有菸生者，本粵東夷產，以醫術遊中華，善治瘴癘、驅寒疾、消膈脹，屢試輒數中，上人爭延致之，然非先生為介紹不能遽達，故先生與菸生交最密，遂襲其姓自稱為菸筒，云先生既知名，蒙上召對，條貫覼縷，大稱意旨，常留置禁中，自公卿以迄士庶，人無不樂與晉接，其時，呼吸通上下，彩燄生須臾，族大寵多，居然世家矣。及行年，既髦性漸辣胸，亦室滯無復如往時通敏，上眷曰：『替將別遣倭人，子木天代其職。』先生懼乃造海陬茅處士之廬，而若以故，處士多方為之開導，始得豁然以通，乃服舊職如故，厥後益衰朽，形容佝僂，度不可復用，因乞骸骨歸，今其子姓蕃衍，流播諸郡邑，森森卓立皆通材也，菸氏之昌，其未有艾歟。」贊曰：「虛乃心，砥乃簡，性溫存，氣芳烈，霱五色之流霞，侶靈仙以吞咽。」……〔註46〕

為煙筒作傳及贊，本身就是一種文字遊戲，然而這樣的遊戲性質，目的不強，文本功能不高，因此只能視之為消極功能的一種，偏偏這一類遊戲作品也在書中可見，配合作者本身的詼諧文筆，自然就形成了一種獨特的個人風格了。此風格與作者自身創作的遊戲目的，頗有關係，姑且將之視為消極的文本功能。

　　本章所討論是《無稽讕語》的文本功能，由於考慮不同題材影響文本功能也有異，筆者將書中依題材內容區分為四類：仙妖鬼狐、奇聞軼事、諧趣滑稽、歷史風俗等類型故事，並依照所佔篇幅的多寡依序討論。又功能效用細分有積極、消極二類，積極效用部分為探討重點，故依類型故事分類後再予以討論，而消極效用部分則統一論述於最末。

　　整體而言，文言筆記小說在文學的性質上，本就勸誡性質十分濃厚，因此積極功能也相對較強，仙妖鬼狐類有幾個重點功能：在勸色戒淫、勸善積德、勸好生不殺、勸至孝尊親、刺迂儒無才者、刺政治與社會現實；而奇聞軼事類效用功能重點在：勸色戒淫、勸治獄有德、勸女子婦德、勸善積德、刺社會現實；而諧趣滑稽類效用功能在：引人發笑、寓諷喻於諧謔；歷史風俗類效用功能在：保留風土民情、記載歷史實錄。整體而論，是前二類型故事勸誡性質較強的。

_____

〔註46〕見王蘭沚，《無稽讕語》卷二。

　　另外，文本尚有消極效用功能，即是爲性幻想的滿足、顯示文才、爲遊戲所作等。文學本就有其功能，更何況小說作爲廣大的通俗文本，寓教於樂的功能更是此市井文學的基本特色，因此勸誡功能的積極效能，在清代不僅是潮流，更是小說文學所欲發揮者，有著教化人民的積極目的。再者，文言筆記小說的作者皆爲文人，筆記性質與作者生活更是息息相關，不但保留了作者許多親身經驗、生平資料與歷史實錄，更爲作者個人提供了抒發才學的管道，給文人自我發表創作的園地，這也是另一層面的消極效用功能所論述者。

　　《無稽讕語》名爲「無稽」，標舉的就是它文本的娛樂功能，因此王蘭沚作品對其遊戲的性質特別著重描寫，時常寓諧謔效果於文本之間。又娛樂又勸誡，寓教於樂，《無稽讕語》正是這樣符合通俗小說文學潮流的產物。

第五章 《無稽讕語》思想內容與藝術技巧

　　本章討論重點在《無稽讕語》的思想內容以及藝術技巧分析，第一節先從思想內容的統整歸納入手，分別由儒家傳統的承繼與發揚、道家傳統的繼承與創新、雜揉的宗教觀、政治與社會現實的反映、文人白日夢的渴求與滿足、性別意識的侷限與突破、作者人生態度的反映等幾點探析文本思想。第二節則針對《無稽讕語》藝術技巧作探析，像是人物、情節、敘事、語言等各方面。

第一節　《無稽讕語》思想內容探析

一、儒家傳統的承繼與發揚

　　儒家一直是我國一大傳統思想，有著悠久的歷史傳承，並且維繫著傳統由上至下的禮制秩序，春秋戰國時期的孔、孟先聖，提倡了「仁」、「義」、「禮」等觀念〔註1〕，不但以它們作為一種完美的人格要求標準，並將之應用到政治、人倫上，引伸而有所謂倫常觀像是忠君、孝親、婦德等，儒家發展到了宋明理學，承襲了傳統又有所創新，可說是儒學繼先秦以後的又一高峰，直至陽明心學走至末流才又漸趨沒落。由於悠久的文化洗禮，儒家觀念早已根深蒂固於傳統中國文人的思想中，因此《無稽讕語》文本中，也或多或少有

〔註1〕見韋政通，《中國思想史》，台北：水牛出版社，1991年，頁73～78。

著儒家觀念的影響，以下分別從倫常觀、完美文人的人格要求、對宋明理學所推崇的禮教進行反撲等三點切入，見證文本儒家傳統之反映。

五倫（君臣、父子、夫婦、兄弟、朋友）中，《無稽讕語》有著忠君報國、孝養至親、婦德之推崇與規範等內容，這在前一章討論文本功能就已經提到了，不過此處則從儒家思想著眼，而非強調其積極的社會功能性。傳統小說以寓教於樂的方式，在傳遞著這些維持社會綱紀秩序的傳統觀念，關於忠君報國，《無稽讕語》裡像是〈蠻觸搆兵〉、〈臺陽妖鳥〉皆有所表現。〈蠻觸搆兵〉寫臨安褚生入「至和國」，以謀略助此古蠻國決戰，終於打敗了傲狠不仁的觸國，而忠君思想則體現在觸國的丞相身上：

> 觸敗兵不盈萬，逃歸國都，備述敗狀，王聞蟣駙馬死，全軍皆沒，歔欷泣下曰：「悔不聽宰相言，致有今日。」命近侍持節召之，先是，王寵任蟣螟，黷兵無厭，相諫曰：「兵猶火也，不戢將自焚。」王怒曰：「蟣駙馬在，何畏？」相曰：「西楚重瞳，恃而勝之，威卒之，烏江一蹶不能復振，王無待雛不逝時，悔之晚矣。」王叱之，相即日解組歸，至是召還，入對便殿，王告之悔，且求方略，相曰：「請掉三寸舌，求成于蠻，其濟，君之福也，不濟，臣當伏劍于蠻軍，不再復命矣。」王泣曰：「卿眞忠亮，吾不能早用子，罪何可辭，行矣。」勉之，授以白璧百雙、錦千端、黃金萬鎰，馳入蠻軍，……。
〔註2〕

丞相始雖被罷，卻終爲國爲君，表現出一種人臣應有的忠君報國之心。而〈臺陽妖鳥〉是爲王蘭沚自述林爽文事變始末，內文也自敘其奮力除敵爲國的精神，不但意在替己申訴，也旨在宣揚自己的精忠報國之心，其於文末所錄己詩即云「報答國恩則誓死，豈容進退兩逡巡」等句，都是站在這樣的儒家立場。

而孝親觀念則體現在〈虎女〉因父親被殺而變形以報父仇，〈打鬼〉因母親被鬼欺凌而習得打鬼術驅鬼，宣揚了一種至孝的觀念。至於另一倫常夫婦關係的表現，站在傳統父權的基礎上，小說裡表現了對婦德的要求，如不妒、溫順等女子應具備者，〈懲妒〉中的二妒婦，不僅善妒且凶悍，因此下場頗爲悽慘，而此篇故事末更附上作者兄遊戲之作，依照明清以來的中央官制有六部（吏、戶、禮、兵、刑、工），也訂立了懲處妒婦規則，像是吏律中規定，如果丈夫必

〔註2〕見王蘭沚，《無稽讕語》卷一。

須經過妻子允許才可以到其他小妾房裡過夜，就判她「大臣專擅選官，律杖依百」；又像戶律中規定，如果妻子本來和眾妾嘻笑一堂，丈夫一出現就秉息退去，就判她「脫漏戶口」、「杖一百」；又像禮律中規定，如果妻子幫丈夫納妾卻自誇賢德，就判她以「現任官員自立碑，律杖一百」；又像兵律中規定，如果丈夫與妾正在雲雨之際，妻子卻喚妾做事，就判她「擅調官軍，律杖十百，發邊遠充軍」；又像刑律中規定，如果婢女稍長大，妻子就害怕丈夫沾染而賣掉她，將被判「略賣人口，律杖八十，徒二年」；又像工律中規定，妻子替小妾置床而故意做得狹小只能給一人睡，就判她「造作不如法，律笞四十」〔註3〕。

書中提到妒婦們各種形形色色的嫉妒樣貌，極為生動，但是遊戲創作歸遊戲創作，其亦是以強大的婦德枷鎖來詮釋嫉妒的女人的，所以才需嚴懲之，使之有所警惕，故事中妒婦在以悲慘結局作收時，篇末再附上遊戲文字收錄，顯得作者欲在遊戲之中表達一種對女子的傳統要求，即：有婦德女人不應善妒，妒者必遭懲罰，這可以說是傳統父權社會千古以來對女子加諸的不合理限制。而另一篇〈拔強毛〉，是形容一個因為私處長了強毛故極為凶悍的女人，後來也變成溫馴且鄉里皆稱的賢媛，文本呈現的思想，也是站在婦人當以夫為綱的立場，故強毛需「拔」才可。

然而儒家思想表現在《無稽讕語》，除了倫常觀念，也標誌了自古以來對傳統文人的一種完美人格標準，像是倡導仁厚不戰的〈蠻觸搆兵〉，〈打鬼〉裡孝子不但後來得官有賢聲，更終養父母、葬其恩師並撫卹其後代等，皆是實例，而相反亦有勸諫者，勸士人、能人勿恃才傲物，因為人外有人，如〈道士論文〉、〈夢裡清歌〉、〈女鬼談詩〉、〈健婦〉等，或者略帶諷刺，或者予以諷諫，都是在表達這樣的人格要求。此外〈義牛〉一篇，雖言者為牛，也以「義」來標舉一種儒家對人道德修養的要求，藉以諷刺現實社會。孔子尚仁，孟子尚義，文本中以儒家作為思想教育的根底者亦多。

至於最後一點，筆者想指出其書中對於儒家演變之後的宋明理學，由於發展漸偏向教條化，文人創作中便也多少對禮教的壓抑現象進行反撲，像是〈道學先生〉，在笑話形式之下，藉由對性的壓抑，所呈現的一種對傳統禮教深刻的反諷，又如〈華童〉裡頭的老學究與幼兒才子，也是以笑話形式來突顯禮教對人性的壓抑。這某種程度上，都可以視作文本對如儒家發展至末流的深度反省。

〔註3〕見王蘭沚，《無稽讕語》卷三。

二、道家傳統的繼承與創新

在第三章《無稽讕語》文學暨思想探源部分，已經點出其書引用《莊子》以翻新，並且志怪所源於《列子》者的文學淵源了，因此道家與志怪故事的關連性，當無庸置疑。而此章則著重在道家思想於文本中的具體顯現，尤其它究竟如何展現於志怪當中，其主要呈現的具體道家觀念有：形軀我的否定、萬物平等的自然觀。

道家《莊子》否定形軀我，才能破除生死，將身軀視作與萬物平等時，人並非高於萬物，僅和萬物一樣是生命的一種形式而已，所以莊子能破生死而不執著於人的身軀，有〈大宗師〉、〈齊物論〉等篇，以闡揚一種生命深度的「安時而處順」〔註4〕。道家演變至後來與道教合流，衍生了許多符籙、煉丹、成仙等觀念，此處宗教方面尚且不論，但就針對形軀我的否定與萬物平等來看，文本中有多則故事有所呈現。

既然否定人的形軀我，人與萬物也就無所差別，具體表現在例如〈小洛陽選婿〉：

> （會稽王生）正低徊吟哦間，忽見過墙蜂蝶，作隊紛飛，生覺神魂
> 自頂間出，栩栩然化爲蝴蝶，隨之以徙，俄而眾蜂蝶散落通衢上，
> 輾轉都成人形，裙屐翩翩，皎如玉樹森立，生亦欲翅而下，忽忽又
> 幻成故我，因暗訝曰：「不知蝶化我歟？我化蝶歟？」〔註5〕

呈現的就是人與萬物的流轉變幻，不執著於人身的一種物我齊等觀，頗似《莊子》〈齊物論〉書中化蝶一段。另外像仙妖鬼狐等志怪一類故事，其人與畜、物、花、鳥等靈魂的接觸，有的透過夢境，有的透過迷路，他們與人在交往時莫不有著人的形軀，故能打破人對於萬物認知的限制，所以這樣物類與人類的流轉，也呈現一種道家思維的齊物觀，如〈金生射獵〉、〈彼穠村〉、〈梅子留酸〉、〈蝦兵〉、〈蟻移家〉、〈鸚鵡〉、〈蠅妒〉、〈鼠娶婦〉、〈神杖〉、〈蜂妃〉、〈蜉蝣〉、〈螻蛄〉、〈琴劍作別〉……。而另外如變形等題材像〈虎女〉變虎、〈男變女〉、〈林醜醜〉中女變男身、男變女身，也用另一種故事型態象徵著物我的流轉不定。

至於人有鬼魂之說，則又涉及更複雜的宗教背景，但可以肯定的是，鬼魂存在也表現了破生死的概念，當人有靈超乎身軀之上，才可以輪迴轉世，

〔註4〕見勞思光，《新編中國哲學史》，台北：三民書局，1997年，頁256～265。
〔註5〕見王蘭沚，《無稽讕語》卷二。

才可以不受形軀之限制，所以多則涉及鬼魅故事者，除了龐大的宗教背景支撐著鬼魂的存在觀，更是與道家這種「破除生死」有關連的。

三、雜揉的宗教觀

　　《無稽讕語》宗教觀的雜揉多元，在第三章探源部分也提及了，其宗教至少包括佛、道、傳統民間巫術，然而反映在文本故事上，可從以下幾方面來看：人物、思想儀式、靈魂觀。

　　人物形象反映宗教最為明顯，尤其是在仙妖鬼狐類型故事當中，佛教人物如尼、僧的出現，有〈後庭博金〉、〈閩中俊尼〉、〈畫山僧〉、〈梅花菴〉，而道教人物，則如道士的形象，像是擁有神力、幻術者如〈妖術〉、〈髯道士〉、〈封仙〉，或藉道士以勸人的〈道士論文〉，都將道士作為文本的主要人物，另外還有像財神、土地公、關帝等道教神明出現於書中，至於民間巫教者，如〈靈姑〉、〈虎師〉、〈無常〉裡的走無常皆是。

　　思想儀式上，《無稽讕語》裡展現的佛教思想有：一、因果報應及轉世輪迴觀念，通常是用以勸誡，例如勸善的〈森羅殿考試〉、〈龍眼侍御〉、〈犬報〉、〈雷殛〉，勸人戒色的〈科場顯報〉、〈投胎〉、〈魂遊〉、〈孽報〉，也有用在沒有明顯功能的篇章如〈畫山僧〉；二、放生持齋觀念，其中一篇即題為〈放生持齋〉，〈金生射獵〉也有勸人放生觀念；三、誦經念佛的宣揚，如〈山魈〉裡其中一個山魈因為參佛誦經而成佛。不過其實放生持齋、誦經等儀式也由於佛、道交互影響的結果，在後來二宗教的發展中也都見得到了。而道教思想則表現在對於成仙的描述和嚮往，因為道教受重視養生的道家影響，破生死觀念延伸而有後來的講求長生不老之術，目的皆在修道成仙，脫離俗體身軀，因此文本中道士形象，都有著一點神仙之術，對其仙味加以渲染。〈瑤池夢讌〉主人翁因拜東方曼倩，得以夢中上瑤池仙宴作詩，其醒後遂不復應試，鬚白漸脫，出遊不知所終；〈髯道士〉能以能術醫人，醫癒也「徜徉而去，追之已杳」；〈封仙〉的道士更是能預測未來、洞悉人事、令人死而復生，並且有著駕馭器物神劍之能：

> 晏素喜談劍術，每以不得遇虯髯、聶隱輩為憾，聞其（封仙）語不覺投所好，因出所藏古劍，請試其拔。封曰：「此頑鐵所鑄，不足用也。」入口嚼之，脆如梨栗，須臾嚥盡。笑曰：「氣味殊穢，胃中不能受，引頸哇之著地，鎔成一餅，若新出于冶者。」晏驚曰：「寒舍所藏，

> 以此爲最，其下者更不足道，未識仙師可攜得寶劍來否？」道士掀髯
> 微笑，隨口吐一匕首，長不盈尺，霜鍔稜稜，耀目不可正視，擲向空
> 中，往來盤旋如白燕飛翔，因指庭樹曰：「此樹太繁，宜稍芟削。」
> 刀即飛入深叢中，柯葉紛然散落，颯颯有聲，封曰：「可矣。」刀輒
> 止，視其樹疏密得宜，儼然有畫意，又曰：「歸乎。」刀翔集脣間，
> 蜿蜒而入，絕似秋蛇赴壑，……。〔註6〕

而主人翁晏平在與封姓道士交遊之後，最終結局封乘白鶴而升，晏「壽至百
有三歲，一夕無疾，趺坐而卒」，鮮明的人物形象，帶著不染塵俗的豁達，飄
飄然仙者的味道，正是道教一種人生境界追求的形象化。至於民間巫術，由
於筆記小說本身就有紀錄地方風俗民情的功能，是文人對於所見所聞的真實
反映，因此民間巫教信仰的呈現，也頗爲多見，例如著名的《聊齋誌異》就
有許多篇章與民間巫術扯上關係〔註7〕，而此類筆記小說在反映民情信仰上，
過去的例子舉不勝舉。《無稽讕語》裡表現出的有：占卜、占夢、扶乩、走無
常、相墓，〈卜者自驗〉、〈靈姑〉皆談到預知及占卜，〈扶乩〉、〈乩詩〉中談
到扶乩的民間方術，〈無常〉二則所敘即是走無常，占夢如〈夢驗〉詳述作者
的預知夢，〈雷殛〉裡相墓埋葬的風水觀，還有〈虎師〉裡虎師捕虎的細節，
也都帶著民間巫教的味道：

> 渠先視虎跡，審其出入必經處，伏弩草間，安以毒矢，虎踐其機，
> 矢發養體即殂然，虎必有倀鬼，能導虎不見機，故必製紙旗數百，
> 捏訣書符于其上，厭倀使不爲虎役，方可弋獲也。〔註8〕

另外，還有靈魂觀也是宗教觀念的一種，它存在於各類信仰裡，成爲中國傳統
文化的一部份。簡單而言，靈魂觀包含兩個主要概念：「萬物有靈」、「靈魂不滅」，
因此有所謂物魂、人魂，物魂包括了植物、動物、器物三者，人魂即俗稱的鬼，
像這類靈魂概念，尤其充斥在志怪小說裡頭，成爲志怪的重要題材。志怪傳奇
集《無稽讕語》，有描述物魂者如〈琴劍作別〉、〈筆談〉以器物有魂作題，以及
〈龜夢〉、〈今生射獵〉、〈梅子留酸〉、〈蝦兵〉、〈小洛陽選婿〉、〈蟻移家〉、〈鸚
鵡〉、〈醜婦驅狐〉、〈蠅妒〉、〈神杖〉、〈鼠娶婦〉、〈狗盜〉、〈犬報〉、〈六郎〉、〈狐

〔註6〕 見王蘭沚，《無稽讕語》卷五。
〔註7〕 見顏清洋，《蒲松齡的宗教世界》，台北：新化圖書公司，1996 年，頁 177～
　　　 198。
〔註8〕 見王蘭沚，《無稽讕語》卷二。

諢〉、〈狐蠱有緣〉、〈車夫驅狐〉、〈醜婦驅狐〉、〈螻蛄〉、〈靈姑〉、〈夜光〉、〈蜂妃〉、〈蜉蝣〉、〈彼穢村〉等篇分別有動物魂、植物魂,作爲妖怪異類與人互動的主體,此外像仙妖鬼狐類型故事中的鬼,更是以人魂爲材發揮的,〈魂附虱體〉、〈魂遊〉、〈抱鬼〉〈女廟留賓〉、〈科場顯報〉、〈孽報〉、〈無常〉、〈打鬼〉、〈扶乩〉、〈乩詩〉、〈鬼見怕〉、〈投胎〉、〈女鬼談詩〉、〈鬼示死期〉、〈公主墓〉、〈靈姑〉、〈張麗華祠〉等等皆是實例,因此王蘭沚《無稽讕語》普遍呈現的靈魂觀念,也是其思想上多元雜揉宗教觀念的重要顯現。

　　雜揉的宗教觀,並不是一個單一的文本現象,它是社會多元發展的必然結果,中華民族的民族性本就兼容並蓄,加上歷史悠久,對於外來文化的吸收與適應,導致了多種思想交互影響,全部呈現在人民的生活裡,宗教與宗教之間就是一個鮮明的例子,此外,宗教所關切者都是人生的基本難題,如生、老、病、死,歷來各種宗教皆是直接面對這些人類生命的共同課題,有所發揮,故當文學做爲一種人民生活的眞實反映時,結合了中國傳統小說偏重勸誡、說教特質的人文關懷〔註9〕,宗教的多元性勢必會豐富了文學的精神內涵,尤其是小說文類,表現的是故事,卻又以人物作爲主軸發展,所展現的人民生活,是更爲全面而具體的。

四、政治與社會現實的具體反映

　　以反映現實而論,小說中所體現的層面相當廣,反面呈現像是政治上的貪污、酷吏,與社會上的人人自保的人性自私,而正面呈現如治獄經驗、閩南風土民情記錄、歷史實況如林爽文事變記錄等。政治黑暗面如〈噩夢〉裡頭表現了仗勢欺人的司閽者,〈虎女〉裡的父親被殺而求訴無門,試看以下二段分別條列:

> ……牛知爲諷己,乃曰:「豈得已哉!奉主命,不敢遲誤耳!」白怒曰:「牛陞,汝齷齪下走,豈眞有忠心爲主,不過欲落錢肥私囊,尚敢強辯耶?」牛亦怒曰:「爾等村野小人,始猶隱約其辭,恕不爾較,茲乃呼名罵我,我滕縣門上二爺也,只須持主人名帖,送若等至此間縣署,各重責三十竹篦。」〈噩夢〉〔註10〕

〔註9〕 見黃子平主編,《中國小說與宗教》序文,香港:中華書局,1998年,頁1～7。
〔註10〕 見王蘭沚,《無稽讕語》卷一。

……女哭之慟，請兩兄具控于邑，邑令受甲賂，詆爲誣妄，予杖逐
歸，女痛不已，請赴訴于上，臺兄不允，女誚讓之，兄曰：「爾女子
不知時勢，方今銅臭通神，訟不得直，徒于扑責。」〈虎女〉〔註11〕

而對於人性自私的撻伐，則見於〈義牛〉一則：

……踰時，一老嫗伏隔房床下，聞生舍寂靜，疑盜已去，始至窗外
潛窺，見伏屍縱橫滿地，牛亦與焉，乃敢入房解縛，出呼諸僕婢，
漸紛紛群集，生嘆曰：「蓄若等多年，臨難盡散，惟二牛銳身殉主，
諺云『人不如畜』，諒哉！」眾慚跪不敢作片語，翌日，鳴官驗屍，
內有二盜漸蘇，訊供不諱，盡抉其首，梟示通途，生以紅氈氄裹牛
體，卜地築壙厚葬之，夫婦皆素服哭，臨其穴建碑表之曰「雙義牛
塚」。〔註12〕

這裡所抨擊的社會現實，也是一種人性的反映，以有義之牛對比人性大難臨
頭的自私，頗有諷刺感慨的效果。

　　然而《無稽讕語》書中，也呈現了一些治獄經驗的實況，審的都是一些
民間案例，頗爲眞實，如〈誤娶〉說的是一個惡徒設計換妻的故事，洞悉人
性的縣尹，在妻子抑鬱而終時，才懲處這位惡徒，故作者于文末評論其「善
夫某邑侯之治獄也，情法二字兼得之矣」，然而這類社會案件當是可能發生
的。又如〈六姑娘〉，以一連串牽扯而出的命案爲故事情節，不僅揭露了酷
吏斷案而引發更多冤枉人命的黑幕，也在最後另一位善治獄的縣尹高公破了
案之後，成就一椿姻緣，提拔了主人翁六姑娘，使之苦讀得官有賢聲，因此
足以見善治獄者益人之深，酷吏者害人亦深了，此案雖曲折離奇，前文亦言
明是聽人所述，故算是頗符合眞實，也展現了斷獄的社會實況。至於〈虎師〉、
〈臺陽妖鳥〉，更是作者的親身經歷，〈虎師〉記錄了地方風俗有一捕虎專業
人員，然而也是作者斷獄經驗的具體記錄，而〈臺陽妖鳥〉更是有著歷史事
件的眞實性，補充了林爽文事變的史料，皆可算得上是反映了社會眞實面貌。

　　另外，關於閩南的風土民情記載，也是一種社會現實的具體反映，除了
前一段提到的〈虎師〉之外，〈魚怪〉記載了美人魚的存在如下：

余聞漢沔間有怪物名美人魚，首浮水面像婦人，後鬢臍下有竅，絕
類陰戶而加巨焉，其至大者，可以函首，然則和尚之探頭重入，固

〔註11〕見王蘭沚，《無稽讕語》卷一。
〔註12〕見王蘭沚，《無稽讕語》卷五。

應實有其事,非虛語也。〔註13〕

也有閩南男風盛行的真實紀錄,如〈夏德海〉:

> 洛陽橋在泉州府城門外,綿廣數倍他橋,蔡端明記之詳矣。余調任赤崁,自福州至廈門,泛海而東,往返皆經橋上,過見橋傍有夏德海廟,左一僕夫控馬而立,右一從者端侍夏,中坐像大於生人,唇吻間油膩堆□,予笑謂世人曰:「下得海入龍宮,乃演戲者所附會,子虛烏有,胡得公然廟祀。」土人曰:「此間呼為夏班頭,專主契兄契弟好合之事,如有思慕不能得者,默禱諸廟,雖或貧富貴賤懸殊,不難巧為撮合,既合之後,備香楮冥鏹煮猪(豬)臟腸一籃,偕來拜謝神佑,拜畢以臟脂塗神口,香火極盛。」予曰:「此無稽之談,不足信也。」土人曰:「驗甚,昨夜有挑腳夫某,遇一富家郎翩翩少好,悅之禱于祠,果遂所願,乃相攜來酧神,挑夫年四十餘,身軀粗黑,眇一目,兩腿皆泥塗,少年皎皎白皙,年才三五,鮮衣艷服,姣麗如處,予雙雙拜廟而去,吾儕皆目見之,夫豈妄哉?」予曰:「是為淫祠,予將告諸守土者毀之,以杜陋俗。」土人搖者曰:「不可,苟無神主之,竊恐南風自此不競矣。」〔註14〕

泉州、福州屬福建省,而閩省的男風尤勝,過去地方雜記、小說之中早有記載,並且也記錄了在清代閩省最具代表性的現象之一,就是對男色之神的崇祀〔註15〕,此筆夏德海男神廟的地方實錄,稱呼男風二人關係是「契兄、契弟」,在神像嘴上抹油的民間風俗等,都是確有其事,不僅乾隆年間夏敬渠《野叟曝言》裡也同樣提及〔註16〕,約同時期也尚有趙翼為此夏將軍廟作詩詠之〔註17〕,這都可以做為地方實錄風尚的具體保存,具有社會現實意義。

〔註13〕見王蘭沚,《無稽讕語》卷五。

〔註14〕見王蘭沚,《無稽讕語》卷三。

〔註15〕見張在舟,《曖昧的歷程:中國古代同性戀史》,鄭州:中州古籍出版社,2001年,頁688~723。

〔註16〕見夏敬渠,《野叟曝言》,上海:上海古籍出版社,光緒七年(1881)刊本之影印本,頁1766、1767。

〔註17〕見趙翼,前題有「萬安橋畔有夏將軍廟,即傳奇所稱入海投文之醉隸夏得海也,事見《明史・蔡錫傳》戲書其事於壁」七言古詩,《甌北詩鈔》,台北:臺灣商務印書館,1968年,頁151。

五、文人白日夢的渴求與滿足

　　文人作品書寫了文人的關懷，面向不一，而作者對於自身作品的影響，可說是最為直接的，其中醞藉著作者的思想，無庸置疑。本書作者王蘭沚雖然一生頗為順遂，也因為文人的筆桿握著，有著發揮文人自我想像的能力，將理想或人生觀，於退休生涯的休閒裡，訴諸筆墨。王蘭沚的文人白日夢，主要顯示在文本的二方面，一是人性基本慾望如「食、色」之性，一是士子仕宦顯達的普遍願望。《無稽讕語》其書中注重「食」者僅一，即〈蝦兵〉，描述主人翁被自己將烹入腹的蝦化為甲兵抓拿自己，後來雖逃過一劫，卻依舊將「千萬甲兵」吞入口腹，顯示了人類「食」之本性；至於此主要的文人白日夢，指的是「色」之本性，以及人對於宦途顯赫的希冀，「色」之書寫，其書中最多，仙妖鬼狐類型故事多有艷異奇遇者，並且以與異類接觸挑逗情慾的大肆描寫，作為書寫的重點，雖然或有勸色戒淫的功能目的，然而有多篇並未有借寓功能，僅僅圖得書寫的痛快，做做性幻想的白日夢而已，這類像是〈金生射獵〉、〈梅子留酸〉、〈求鳳夢〉、〈小洛陽選婿〉、〈夜光〉、〈魂附虱體〉、〈魏小姐〉、〈六郎〉、〈螻蛄〉、〈閩中俊尼〉、〈彼穠村〉，尤其〈魂附虱體〉、〈投胎〉還有透過男主人翁化成飛蟲以窺探女性性器官的遐想描述，在在都是作者白日春夢的展現，而另外，以異類作為其性幻想的對象，更於其間增添了一股夢幻色彩，或許這也是因為作者深知春夢歸春夢，也要「淫之有道」，因此以虛代實的這類艷遇描寫手法，也是意欲符合社會戒淫道德規範的一種呈現。

　　而另一所有文人愛做的白日夢，就是仕途的顯達或文才受到肯定賞識，如〈蠻觸搆兵〉主人翁一己長才受到異類重用，〈詠春〉、〈春燈謎〉敘作者對自己文才的得意與肯定，〈筆談〉、〈庾樓〉、〈孟子詩〉、〈道士論文〉、〈科場顯報〉，也都表達了一種文人的世俗願望——〈庾樓〉、〈孟子詩〉或藉文才以登仙藉，〈筆談〉、〈道士論文〉、〈科場顯報〉以宦途有成作為士子人生最高目標等，雖然並未如前面性幻想等作品通篇皆是文人春夢為主軸，也某種程度醞含了文人對宦途的渴求想望。

　　一個半生尚算順遂的文人，歸田後欲以文字作為消遣工具，除了想藉由筆墨對社會國家做出貢獻，而有勸誡功能的渲染外，也藉由文字做做白日夢以度日，因此在人類如名、利、食、色的各種欲求上加以發揮，亦是王蘭沚創作《無稽讕語》的另類遊戲人生態度之表達，而肯定這些文人欲求的同時，

再將此思想與第四章龐大的社會功能作對照，也可以看出一位文人的「亦莊亦戲」的生命情調，這正是王蘭沚作品的深層思想醞藉。

六、性別意識的侷限與突破

關於性別意識的呈現，其實小說文本或多或少都藉著人物塑造與互動來達成，《無稽讕語》裡頭的表現可從以下四點觀察：對於美醜的反思、女性人物的自主意識、男風的肯定與認同、性別置換呈現的傳統性別價值反思等。

《無稽讕語》文本故事涉及美醜題材者，除了一些人物的長相基本特徵描述，像是一寫艷異人物的美艷外，尚有〈林醜醜〉、〈醜婦驅狐〉、〈六姑娘〉等以美醜作為深度反省、嬉戲玩笑者。〈林醜醜〉主角林生因為貌醜不滿而換貌，卻導致了人生由福轉禍，頗有宿命論的味道，要人懂得知足惜福，並且也影射了美麗帶來的災禍。〈六姑娘〉主角也因為生得美俊而遭到誣陷入獄，牽扯出一連串冤案，頗有美貌會招淫攬色的味道。因此以上二篇故事對於容貌的美醜，反是勸誡意味較濃，在宿命觀的思考上較為侷限。而〈醜婦驅狐〉則明顯將「醜」作為嬉笑題材，其實幽默效果的成功，常常是因為一種強烈不協調對比，再加上誇張的描寫所造成，例如雅俗對立的〈華童〉除了身份懸殊，也因為俚俗的「屁」的誇張描寫，小童子大書特書的形容而達到效果，相較之下的〈醜婦驅狐〉，醜婦醜到極點，以致於足以嚇跑狐媚，描寫的誇張，都是在「醜陋」上大做文章，或許未能詮釋這是一種對於面貌反省的突破，但王氏用這樣的幽默態度書寫醜陋，也讓人看到了他不受拘束的思考，人面貌美惡的評價與標準，從生命的角度來看是一體兩面的。

《無稽讕語》裡頭的女人，有異類、人類者，而其中女人的自主意識，有在於「性」方面的主動積極，像是艷異情節的〈誤溺〉、〈醜婦驅狐〉、〈女盜〉、〈夜光〉、〈魏小姐〉、〈施氏〉，另外表現非「性」的自主，如〈虎女〉裡化成虎以對抗社會黑暗、為父報仇的女兒，〈健婦〉中擁有神力、有主見與自信以待客的媳婦，〈女醫〉裡對抗淫徒、有高明醫術的女醫者，〈女盜〉中有主見且儼然俠女風範的二位女盜，〈夢裡清歌〉裡出言諷刺周生善解音律之僑的夢中女子，〈女鬼談詩〉中頗有主見、不屑腐儒的二女鬼，〈公主墓〉裡統領萬兵以助鄰民的公主，〈偷兒穴垣〉裡打得偷兒落花流水的二位婦人，〈狐蠱有緣〉裡的狐女，凡此不是具有特殊能力、勇力，就是能詩能文的才女，姑且不論她們是否為人，其特出的女子形象描繪，本身就呈現了女性人物的自主意識，並且作者對於她

們的描述，很多並非負面評價，反倒特別著重於其特殊才能、氣質的刻鏤，不似描寫妒婦、悍婦篇章如〈懲妒〉、〈拔強毛〉，其所重在以父權角度批鬥不具傳統婦德的女子，因此這些有自主意識的女人，恰恰表現出作者在塑造人物時，對於自主女性意識的強調描寫，是為傳統父權觀念的突破。

此外，作者對待男風的態度是開放的，這可以從文本裡出現許多男色情節及記載看出，如〈夏德海〉即記錄了閩南當地男風民情，〈後庭博金〉、〈大痴小痴〉、〈雞姦〉、〈男變女〉則以男色情節作為遊戲或想像題材，這當然主要與自古以來就存在的男風有關，尤其閩南還對此男風風俗特別崇尚。不過，以作者這樣開放實錄的態度，甚至在創作間加上男風的調戲與想像，則不僅是性文學裡男同性戀書寫的傳承，更是性別意識開放的一種象徵。

而性別置換所呈現的傳統性別價值反思，則表現在〈男變女〉、〈林醜醜〉、〈魏小姐〉等篇，其實這樣的男變女情節，在過去魏晉志怪就已見得到，此處僅是對於此一現象嘗試析論，如果男子是可以變成女子的，在外在與內心都能夠獲得改變，也表示作者性別意識的一種彈性，對於傳統父權教育下的男人女人的制式，提出一種顛覆，沒有男人一定是男人，女人一定是女人的，所以其描繪形象裡的性別置換，除了有其文學沿襲的脈絡可尋之外，也充分表示出作者藉由性別置換所欲突出的一種顛覆思考的創作態度，並且更可以注意的是，作者描繪男人變女人時，有時是極具詼諧的誇張效果的，尤其將男人以女人的姿態表現出欲拒還迎，甚至〈林醜醜〉裡還說後庭可以生產，其顛覆創作中都帶著一點幽默，都是一種遊戲嬉鬧的文學書寫態度，頗符合王蘭沚亦莊亦戲的寫作特色，也頗符合了王蘭沚性格上傳統又不羈的複合性。

七、作者人生態度的反映

不僅文字風格「亦莊亦戲」表現出作者的人生觀，其文本也透露著命定論下的文人豁達，以及對人生須臾如夢的感慨。

幽默俚俗是王蘭沚的一種書寫風格，雖然他有著傳統文人的思考框架，但從他寫作題材以性、笑話、志怪作為發揮以誇張的戲謔來看，他的生命姿態並不是一板一眼的，故從文字以及內容判斷，《無稽讕語》的整體情調，反映著作者從容悠哉面對人生的態度。

然而，王氏卻是一個宿命論者，其故事篇章裡對此有所反映，一是生死既定的〈鬼示死期〉、〈無常〉，而〈林醜醜〉更是從天生面貌的美醜反而影響福禍

的注定，以顯示其對命運早已注定的看法，因此在對人生的想法上，王露有著傳統儒者的命定觀。

至於人生須與如夢的感慨，承襲唐人小說〈枕中記〉、〈南柯太守傳〉一類的思考，以爲生命如夢似幻，高低起伏皆僅僅是短暫的一生，這類故事如〈蜉蝣〉，只不過主人翁換爲女子，寫其嫁給蜉蝣，其經歷一生僅人類一日：

> ……荏苒六十餘年，女四乳生六男二女，婢亦誕一男五女，既而生漸老邁，白髮龍鍾，時在床席，女曰：「我窺鏡自是容顏猶昔，君胡衰朽之甚？」生曰：「人生七十古來稀，僕今適甲又十數稔，那得不速老乎？」未几，以病卒，女撫屍大慟，豁然而醒，則南柯一夢也，時碧紗窗上，尚餘殘照，……。〔註18〕

至於〈小洛陽選婿〉，以主人翁入花國選婿一載，也只是短短一天時間，來象徵時光飛逝，或許不似〈蜉蝣〉感嘆人生如夢來得眞切，卻也隱喻了一種對人生短暫的領悟，因此王氏在其書中，對於人生也是頗有感發的。

第二節　《無稽讕語》藝術技巧

此節筆者分別從人物、情節、敘事、語言四方面進行文本分析，企圖掌握王蘭沚創作《無稽讕語》的精心設計與巧思。

一、人　物

人物一直以來都是討論文本藝術技巧會被重視的一個主題，所有的小說理論，莫不以人物作爲討論的焦點之一，人物塑造的好，自然就能呈現出優秀的故事，以《無稽讕語》裡的人物來看，不僅各類故事的人物頗富特色，整體的人物描繪，也頗具有王蘭沚的審美風格醞藉其中。

1. 人物多是外在命運型形象

中國古代小說的人物描摹，也是由粗糙到精緻逐步發展出來的，整體看來，有兩種主要形象，一是著眼於人物外在際遇的描述，即外在命運型形象，一是著眼於人物內在世界的刻畫，即內在性格型形象。其實，這二者出現在文本裡並非截然劃分的，因爲人物的際遇和心理是交互影響的，作家書寫故

〔註18〕見王蘭沚，《無稽讕語》卷四。

事發展時，必定配合著人物的際遇來發展人物的內在心理，二者需相互成功地配合，故事才能發展順利，引人入勝。以小說發展的歷史來看，過去各有文本對於發展這二類型人物有不同的偏重，例如魏晉時期描寫士大夫標舉自我的人物形象，就較為偏重人物的內在世界，即使以性格而論其描繪尚未成熟，而魏晉之後，因為魏晉當時思想解放、標舉自我的特定歷史條件消失，雖然小說中也有內在性格型人物出現，但是主要小說創作的關注重心便不在此，而偏重在人的外在際遇了〔註19〕。

　　《無稽讕語》的人物以此二種類型而論，多是屬於外在命運型形象，由於其是志怪，所重之「怪」的描寫有人物怪，所以有仙妖鬼狐與奇人能人；有事怪，即是以外在命運作為故事軸心以發展者，若以後者看，其描繪重點自然偏重外在命運與際遇，小說裡由於以人物遭遇作為推動情節發展的動因，因此出現的人物多是外在命運型形象。

　　文本裡關於外在命運型的人物例子，像是〈卜者自驗〉的卜者被盜賊要弄導致貧餓而死，〈狐謔〉被狐所戲而不能人道，〈投胎〉因為主角受驚嚇而魂魄遊走投胎作女，家道由盛而衰導致淒涼為娼、得瘡而亡，這樣人物被其際遇情節所推動的例子，在文本裡頗為多見，並且作者似乎以遭遇作為故事發展的動因，尤其仙妖鬼狐、奇聞軼事二種類型故事，更屬於此類，可見其人物形象上偏向外在命運型的設計與限制。

2. 扁平人物多於圓形人物

　　上述人物分類是就作者展演人物角色的方式來劃分，另有佛斯特所分小說人物為扁平人物、圓形人物，也可用來幫助判斷王蘭沚作品中的人物形象。扁平人物的特色是簡單，可以用一句話形容出其人物的特點，而圓形人物則是會隨著時間以及故事發展變化性格，故比扁平人物來得複雜，二者人物的特質不同，但同樣都能產生審美效果，雖然佛氏以為成就上扁平人物無法與圓形人物相提並論，但筆者以為未必何者為優，還需端看作者功力以及文本類型，例如以佛氏所言，扁平人物在喜劇表現上往往比圓形人物更能發揮最大功效〔註20〕。

　　不過，顯然《無稽讕語》裡頭主要皆是扁平人物，這或許是因為其多是

〔註19〕見張稔穰，《中國古代小說藝術教程》，濟南：山東教育出版社，1991年，頁390、391。
〔註20〕見佛斯特，《小說面面觀》，台北：志文出版社，2002年，頁92～104。

短篇故事的緣故，篇幅不大，人物自然無法有足夠的情節去發展成圓形人物的豐富心理內涵，另外，作者王蘭沚喜用詼諧滑稽來增加故事的趣味性，故事也包含笑話類，若非笑話類也有頗多喜劇人物來點綴文本，這也恰恰符合佛氏所言扁平人物更適於喜劇的看法，所以王蘭沚筆下的人物傾向扁平人物是可以想見的。

根據筆者的檢驗，《無稽讕語》裡以人物作爲篇目或重點者，一百零五則裡占了三十多篇，像是〈林醜醜〉、〈虎女〉、〈髯道士〉、〈女盜〉、〈健婦〉、〈施氏〉……，可見其模仿史傳文學以人物爲對象作傳的手法，並且其中多屬於扁平人物的描繪，性格形象極爲單純，像是〈虎女〉女主人翁的至孝與剛烈，〈施氏〉的淫蕩、〈健婦〉的彪悍、〈大痴小痴〉的痴傻愚昧等，多不勝數，而即使在一些不是以人物作爲描寫重點的故事，也處處可見扁平人物的蹤跡，如〈螻蛄〉、〈月夜聽詩〉、〈金生射獵〉、〈彼穠村〉、〈魂附虱體〉、〈抱鬼〉……等主人翁的好淫，〈臺陽妖鳥〉、〈虎師〉、〈詠春〉、〈春燈謎〉等王蘭沚自敘自己多才並且善於治縣，〈浮泛破承〉裡先生的自恃有才，〈懲妒〉的妒婦等，凡以上種種，都以極爲單純的某種人格特質作爲刻畫人物的重點，實屬扁平人物。

至於檢驗結果偏向圓形人物者，書中屈指可數，有〈林醜醜〉裡的林秀因爲改貌而經歷許多挫折、〈投胎〉裡的譚生投胎成倪女由淫徒轉爲良家女子、〈道士論文〉裡的于生因爲道士的勸誡而轉變性格、〈拔強毛〉裡悍婦成爲賢媛，其人物的共同特色，就是因爲某種甚至許多挫折或際遇，而改變了其原本的性格想法，人物在文本裡也因爲經驗使得性格跟著際遇變化了。

3. 利用映襯對比以凸顯人物特色

文本中映襯與對比的呈現，主要在人與人性格、外貌、才華的對照上，以及變形前後的人物對照上，尤其後者，可以說是王蘭沚處理志怪人物類型頗具巧思的地方。

人物性格及外貌上的對比，有正襯、反襯者，正襯指相似性格或外貌的二人物互相映襯，以表現彼此的性格或外貌特色，反襯則指相反映襯。正襯的人物舉例，有如〈森羅殿考試〉中上榜者，皆是擁有相似的敦厚，僅在考題上發揮程度有所不同而已，〈夜光〉、〈螻蛄〉、〈閩中俊尼〉、〈彼穠村〉等的各類或人或妖的蕩婦，每篇中都不止一位，她們彼此映襯出彼此的好淫，是屬於人物性格上的正面映襯，至於反襯則最明顯的就是〈華童〉裡的聰慧童子與腐儒學究，〈道士論文〉裡有才的道士與無才自傲的于生。而在外貌上的

正襯，如〈六郎〉裡六郎與三姐的同樣美貌，〈夜光〉裡夜光、妹栩栩、弟胡三郎的嬌艷動人，〈小洛陽選婿〉裡以其母美貌映襯公主之美等，至於反襯最明顯者有〈醜婦驅狐〉的醜婦與美麗的邵某媳婦。

至於才華的對比，例如〈夢裡清歌〉中周生和夢裡女子的譜曲才華對照，〈女鬼談詩〉、〈孟子詩〉、〈狐蠱有緣〉等男主人翁與異類妖、鬼的作詩才華對照，〈健婦〉、〈女盜〉裡武生和有武功之女子武學上的對照，文本中也多有這樣的人物對照組，以供評價，借寓諷刺或凸顯之意。

此外，前面有提到，志怪的此「怪」，尚有人物是仙妖鬼狐等異類的意思，而涉及異類與人的互動情節，文本中常見的是人類誤入異類世界所導致，但是儘管進入了異類世界，裡頭的所有異類也都幻化成了人形，王蘭沚設計讓他們在人物形象上有跡可循，以作為人類回歸現實世界時的對照，這些可循之跡，不僅是作者王氏的精妙巧思，更是一種寫作筆法上其針對人物所設計的映襯效果。舉例來說，〈雞姦〉裡描寫雞化成人「峨冠博距，揪彭辮髮唧口中」，〈夜光〉裡寫螢火蟲所化女子「穀道中毫芒外射，嘶嘶有聲，以手探之，熱如沸羹」，〈蜂妃〉裡群蜂妾的細腰，〈放生持齋〉裡的朱姓男子「黑胖臃腫」是為所豢養之豬、嵇姓男子「衣黃褐，戴絳色高冠，氣甚雄偉」與其三女「一衣深黃、一衣淡黃、一衣白」是所豢養之雞，以及〈虎女〉裡的女子變形成虎仍有一腳著紅繡鞋，〈鸚鵡〉中鸚鵡化為女子的「綠衣紅袖，盈盈秀弱」，〈螻蛄〉裡吳公乃蜈蚣持雙刃、蠍持鐵錐等，數不勝數，莫不展露了作者在人物映襯上的技巧運用。

4. 外部描寫著重在人物的行為、語言，內部心理描寫鮮少

整體而言，《無稽讕語》裡的人物在形象塑造上多傾向外部描寫的刻畫，較少內部心理描寫，因此其人物肖像多是工筆式的寫形，強調美、醜，至於寫神者也有但不多，僅特別描繪女子之媚態。

肖像的描寫有二種呈現方法，一是作者直書，另一是透過文本其他角色的眼睛描述。作者直書者頗多處是寫男女的美貌或醜陋：

（林秀）貌奇醜，面黑而多麻，縮腮短項，圓目面鼻，兩耳翼翼，

如葵扇招風，惡狀不可殫述。〈林醜醜〉〔註21〕

（巫岫雲）女自幼溫柔穎悟，抑見眸橫秋水，眉斂春山，嬌靨欺桃，

〔註21〕見王蘭沚，《無稽讕語》卷一。

香肌勝雪，櫻含檀口，不假脂塗，柳束纖腰，天然蜂細，既通詞翰，
兼妙針工。〈靈姑〉〔註22〕

（六郎）一俊麗兒郎，年纔三五，柳眉杏靨，瓠齒櫻唇，妖豔之態
不可名狀。〈六郎〉〔註23〕

有白氏者，女姑表姊也，貌奇醜，青絲全禿，鼻準仰鉤，目圓如銅
鈴，面色左青右紫，口闊四寸餘，爬齒巉巉外露，人呼之爲母夜叉，
年踰三旬，無敢與締婚者。〈醜婦驅狐〉〔註24〕

透過其他角色之眼光側寫，則如〈林醜醜〉裡變臉後南薰國國王對其「目不
轉瞬，諦視良久」；〈女醫〉中女醫從里保舒某、乞丐、鮑姓病人、病人某婦
之夫對她美色的覬覦行爲；〈六姑娘〉以虞美人姑嫂二人觀看六姑娘遊街並對
其傾慕，展現王六的俊俏翩翩；〈醜婦驅狐〉裡的醜婦，其夫「結褵二三夕，
夢中經魘，詰朝遁去，使人招之，抵死不肯返」，路人對其作態勾人「不顧而
唾」，狐妖見到他更驚嚇地說：「爾爲誰？人耶？鬼耶？」，也是透過三個不同
人物角色來側面書寫其醜陋無比。

　　除了以上二種肖像描寫的書寫角度，外部描寫還囊括了人物的行爲和語言
描繪。行爲部分，這裡從人物的出場來討論。前面已經提過，《無稽讕語》有著
模仿史傳以人物爲故事軸心的藝術手法，以此而論，人物出場多是在一開頭即
點明的，例如〈女鬼談詩〉一開頭：「周濂，字又茂，別號蓮塘，山陰名諸生也」，
〈雞姦〉一開頭：「彭某年十八，山左人，雖田家子，而風韻翩翩，絕類紈褲兒
郎，娶室某氏，琴瑟甚篤」，〈庾樓〉一開頭：「錢塘諸生鮑某，于役南昌，舟經
九江，登庾公樓」，〈學杜〉一開頭云：「成都杜先生名工，字又甫，詩宗少陵」……，
像這樣的人物出場方式，在全書中非常的多，然而，還有少數的特別出場，是
以「先聲奪人」來抓住讀者的目光，像是〈求鳳夢〉裡先聽聞「鏘鏘環珮聲響」，
麗人始出；〈女鬼談詩〉先聞女鬼之音「嬌婉清脆」；〈狐蠱有緣〉先描寫其聲音
「嬌聲小語」、「音歷歷如雛鶯曉囀」，才在故事末揭露狐之美貌「天姿國艷掩映
窗中」，可見其「先聲奪人」的另類人物出場描摹手法。

　　另外，其人物與語言搭配的成功，也是人物外部描寫的一大特色，如〈行
令逐客〉依據身份以行令：

〔註22〕見王蘭沚，《無稽讕語》卷五。
〔註23〕見王蘭沚，《無稽讕語》卷四。
〔註24〕見王蘭沚，《無稽讕語》卷三。

館師曰:「請各行一令以佐雅興,何如?」主不答,二客皆曰:「善。」
首座者曰:「要金木水火土五句成語,乃金云『金曰從革,木曰曲直,
水曰潤下,火曰炎上,土爰稼穡。』」堪輿者云:「西方庚辛金,東方
甲乙木,北方壬癸水,南方丙丁火,中央戊己土。」醫者曰:「金櫻
子、木香水、連琥珀、土茯苓。」館師曰:「火誤琥,應罰一杯。」
飲畢,實曰:「我素不諳咀文嚼字,只說口頭俗語,可乎?」眾曰:「可。」
乃念云:「驚心吊膽,摸不著路頭,水遠山遙,火上添油,土地菩薩。」
館師曰:「驚摸皆別字,罰二杯。」次該堪輿家出令,乃曰:「須將了
上指下指,復左右前後各指之,隨手勢想,一句要合式,不合者罰。」
即自上其手云「上通天文」,下其手云「下識地理」,左右其手云「左
青龍右白虎」,又前後指云「前朱雀後元武」,首座即依式與手,以指
念曰:「高明配天,博厚配地,決諸東方則東流,決諸西方則西流,
瞻之在前,忽焉在後,合式免飲。」醫者亦指而念曰:「川芎行上,
焦牛膝達下都,左三關為承迎,右三脈為氣口,胎前重用當歸,產後
須加桃仁,亦合式。」主人乃低昂舉手曰:「上天無路,入地無門,
左鄰右舍,前吃後空。」堪輿曰:「雖然強湊,尚無錯誤,始免罰。」
醫生曰:「我令要一句念五個字,下句點明數目起令。」云:「心肝脾
肺腎,六脈調和。」館師曰:「易書詩春禮,五經並授。」堪輿曰:「前
後中左右,一線分金。」實曰:「雞鵝魚鴨肉,五碗精光。」〔註25〕

什麼樣的人說什麼樣的話,文本雖以文言作為表達的文字形式,作者卻也注
意到身份職業不同,會影響人物的言語表達差異。上面的這一段〈行令逐客〉,
人物上設計了賓客有不同的職業如館師、醫者、堪輿家,他們都依照著身份
的不同而發言行令,這樣人物與語言搭配的成功,也是人物外部描寫的一大
特色。

還有〈妖術〉雖調換珠娘、道士、主人的靈魂,也依三人的言語行為作
為描繪重點,以真正凸顯誰才是本人,另外像諧趣滑稽類型故事裡的〈大痴
小痴〉,利用人物語言的答非所問來製造諧趣效果,〈邵呆〉善以俚俗語言作
詩的幽默,在在都配合著人物性格來發揮語言、行為,可說是作者刻鏤人物
上的成熟。

然而,人物的刻畫上更有內部心理描寫的部分,雖然《無稽讕語》一書耗

〔註25〕見王蘭沚,《無稽讕語》卷四。

費筆墨處不多，也並非全然不見，像是〈彼穠村〉裡柳秀才無才而好色，侵犯女婢卻在臉上被畫上「賊」字，其「含羞而還」、「且恚且悔，又懼來朝，無以對人，愁坐達旦」，寫淫徒的無恥又沒用的樣子；〈林醜醜〉被當作女人清洗穀道以服侍亡者的無奈：「寸心如刀刺、如火燃，恨不能傅翼奮飛」；〈投胎〉裡譚生投生作女子後，被其兄賣做小妾，鬱鬱寡歡，更以詩言志：「悲深惟飲泣，恨極欲呼天，生死置身外，淒涼剩眼前，烹鵷難爾療，煮鶴倩誰憐，悔煞前因誤，挑燈獨慘然」，以及「明妃曾擅穹廬寵，蔡女還思笳拍兒，那似廣田蕪已甚，海棠稍上只空枝」，在在都表明了人物的心理狀態，故雖然文本裡實寫人物內部心理處不多，也或多或少可見王氏努力刻鏤之處。不過整體而言，《無稽讕語》全書仍是以人物的行為，作為表露其人物性格或心理轉折的方式。

5. 各類故事有其特殊描繪人物手法

上面分析了《無稽讕語》裡人物描繪的特色之後，這裡筆者嘗試分論不同類型故事所展現的不同人物刻畫藝術手法。

仙妖鬼狐類的異類多富人類情感，又各有其氣質個性。仙妖鬼狐類故事，其故事內容雖以艷異情色者居多，出場也多具有人情個性，因此異類形象的塑造多富有人類情感，卻也能依照各物類氣質個性予以發揮，像是〈鸚鵡〉鸚鵡幻化為人的嬌俏可愛，〈虎女〉化為虎的剛烈女子，〈狐蠱有緣〉狐女的狐媚與才氣，〈孽報〉、〈抱鬼〉裡鬼女的恐怖怨恨，〈金生射獵〉、〈放生持齋〉裡牲畜動物的恐懼憤恨及感恩……，異類雖為異類，也時有突出的人性真性情描寫，而在氣質個性上異類性格的特出點，正是作者所賦予他們的稟性，使他們在擁有人類的性情上，又擁有貼合自我的氣質。

奇聞軼事類人物描繪特重女子刻鏤，其女人皆有特出之處，多才貌兼備。《無稽讕語》裡女子形象著重描寫的還頗多，近二十則艷異情節裡的異類，多是以女子樣貌出現，配合情節發展與男主人翁恩愛仙鄉，並且她們還兼備詩文之才，才貌雙全，如〈女廟留賓〉、〈求鳳夢〉、〈夜光〉、〈螻蛄〉、〈狐蠱有緣〉、〈金生射獵〉、〈扶乩〉等等，就算是非異類的女子，在奇聞軼事類故事當中，女子形象特出的也很多，例如〈女盜〉、〈假鬼劫財〉、〈健婦〉、〈醫詩文〉女子都有藝能武功，〈懲妒〉、〈拔強毛〉的凶悍，〈妖術〉珠娘的聰慧、〈女醫〉女醫的能人醫術，以及作者自述經歷時〈詠春〉、〈春燈謎〉所遇才色兼備的女子，或許特別重筆描繪之處並非皆是優點，但從許多例證證實，王氏在描繪刻畫女子形象時，是花上許多心思的。

歷史風俗類故事裡善用自敘塑造個人形象。爲數不多的歷史風俗類型故事,都或多或少涉及了作者的親身經驗,以第一人稱自敘的筆記方式書寫,因此較不像故事反而像是隨筆,整體而言,其中的作者自我形象都是好的,〈詠春〉、〈春燈謎〉是才華洋溢,〈虎師〉、〈夏德海〉、〈臺陽妖鳥〉是善治獄的良官,在人物的呈現方式極爲聚焦。

諧趣滑稽類故事的人物則頗爲極端。諧趣滑稽類故事在文本裡亦爲數不多,不過短短篇幅都有以人物之極端性格作爲諧趣的發揮者,像是〈大痴小痴〉、〈痴兒答債〉、〈考婿〉裡頭寫極端愚蠢,〈邵獸〉的極端俚俗,〈道學先生〉、〈浮泛破承〉、〈華童〉先生的極端無才迂腐,〈行令逐客〉主人的極端吝嗇等等,都只寫出主角的一個性格特色,並運用誇張無理的方式將其性格書寫拉扯至極端,以製造幽默效果,因此這一類的人物特色,是在於藝術手法上的特別著重描繪。

二、情 節

情節是小說構成的重要元素,佛斯特以爲情節和故事不同,故事指按時間順序的敘述,但情節則是指按因果關係的敘述〔註 26〕,由於重視因果關係的邏輯性,它的結構性很強,過去學者針對此而將情節分類有二分法、三分法、四分法、五分法等〔註 27〕,然而近代人們多談的是四分法、五分法,也都承著一由低而高再趨低的軸線:開端、發展、高潮、結局,以發展故事,根據筆者檢驗《無稽讕語》一書,其多屬短篇,故事簡單但細膩筆觸只能用於重點,並且由於篇幅短小,傾向採用單線式的發展模式,也就是小說只表現一個矛盾衝突的發展並解決,這和《聊齋誌異》一類文言短篇小說是很相像的。另外,由於《無稽讕語》多是外在命運型人物的組成,也看出了人物被際遇推動以延展故事的特性,此推動的元素就是情節,作者透過情節的前後因果,將故事開展再收縮,因此情節結構線性屬於:原因——結果式〔註 28〕。

雖然文本裡幾乎都是這樣單線式的情節結構,但由於各種類型故事的曲線有不同的開展角度與層次,故以下分別從各類故事,討論分析其中的情節結構。

〔註 26〕見佛斯特,《小說面面觀》,台北:志文出版社,2002 年,頁 114。
〔註 27〕見傅騰宵,《小說技巧》,台北:洪葉文化,1996 年,頁 111。
〔註 28〕見劉世劍,《小說概說》,高雄:麗文文化,1994 年,頁 161。

1. 仙妖鬼狐類故事

這一類故事裡的人物雖然都有異類，也是《無稽讕語》書中為數最多的故事，因此其情節模式筆者以人類與異類的互動作為分析的原則，將之主要分為二類：即人類進入異類世界、異類闖入人類世界，以耙梳情節。

（1）人類進入異類世界

關於人類進入異類世界者，多是以一人遭遇作為故事主軸，艷異情節為其代表，故事環境多由實入虛再由虛入實，並多以夢境或失路銜接實虛之間，開展情節的部分則多混雜著艷異描寫，而高潮則多以人物心理或事件為曲線尖端，後來再以人物回歸現實或終結生命作結束。

關於開頭，文本中多是模仿史傳筆法敘述人物身份、出身時地、性格特色等，然而或有一些篇章是模仿說書口吻，以類似楔子、引文的形式出現，如同話本小說頭回、入話的或以詩詞為引，或以故事為引作為開頭，其實點出的是全篇故事的焦點。《無稽讕語》中這類故事像是〈魂遊〉引宋玉招魂、〈無常〉引民間傳說；奇聞軼事類如〈畫山僧〉引《閒居偶錄》、〈偷兒穴垣〉引婦人懲偷傳聞；歷史風俗類〈臺陽妖鳥〉以妖鳥預兆作為敘述林爽文事變的開端，以上是開頭部分較為特別者，然而整體而言，全篇故事內容仍多是一開頭就進入故事的。

至於艷異作為情節開展者，除了艷異情色的大篇幅性愛場面描寫，也有的或者夾雜對詩、對文、猜謎，像是〈金生射獵〉、〈孟子詩〉、〈求鳳夢〉、〈夜光〉、〈小洛陽選婿〉、〈扶乩〉、〈梅花菴〉、〈螻蛄〉、〈六郎〉、〈梅子留酸〉、〈蜂妃〉、〈蜉蝣〉、〈放生持齋〉等，並且高潮可能發生在人類與異類相處的衝突如〈金生射獵〉、〈孟子詩〉、〈六郎〉、〈小洛陽選婿〉，而結局則是高潮之後，不得已或者順勢而為的從幻境被拉回現實，直接轉入故事結局，像是生命結束的窮途潦倒，或夢醒後的面對現實。不過顯然這類的情節是性幻想的一種模式而已。

然而除了艷異情節，人類進入異類世界的媒介不變，情節尚有其他的開展方式，如〈蠻處搆兵〉、〈森羅殿考試〉、〈公主墓〉、〈庾樓〉、〈蟻移家〉主人翁在異類世界一展長才，〈神杖〉藉異類以凸顯訟師的道德規範，〈鼠娶婦〉尊迎主人參加喜宴，〈林醜醜〉經由異類世界轉變命運以勸世者，又或者更有缺乏情節動因，僅以對詩對文的大篇幅對話填充者，像是〈女廟留賓〉、〈張麗華祠〉一類結構不甚嚴謹的作品。

（2）異類進入人類世界

　　至於此種與上述故事的開展恰恰相反，由異類闖入人類世界的情節者，在仙妖鬼狐類型故事中也頗爲多見，它們承接異類與人類的互動，基本上有些也透過夢境，像是〈噩夢〉、〈誤溺〉、〈犬報〉、〈琴劍作別〉、〈財神誕期〉、〈龍眼侍御〉、〈科場顯報〉、〈夢裡清歌〉、〈蠅妒〉，透過夢境，異類對人類或報復、或道別、或諷刺、或彰顯果報，情節的高潮指向人物與異類的衝突矛盾，然而也有沒有衝突矛盾作爲高潮者如〈琴劍作別〉、〈財神誕期〉，或者衝突矛盾設計於夢醒的補敘者如〈龍眼侍御〉、〈科場顯報〉，並且〈科場顯報〉以二種情節善惡各有報的映襯對比，分成二支線鋪排故事，線性結構較爲特別，而儘管如此，透過夢境者它們的結局通常也以是夢醒作結的。

　　另外，有些是異類直接闖入人們的眞實生活，以妖怪、鬼魅的侵略形象，活生生展現在主人翁的眼前，因此這類情節的高潮通常指向妖魔鬼怪作祟引發的生命危機，例如〈蝦兵〉、〈孽報〉、〈哈叭狗〉、〈抱鬼〉、〈懲妒〉、〈打鬼〉、〈狗盜〉、〈鬼示死期〉、〈魏小姐〉、〈狐譎〉、〈孽蛇〉、〈假彌子〉、〈山魈〉、〈車夫驅狐〉、〈魚怪〉、〈雞姦〉，而危機的解除代表結局的來到。然而也有些異類是人類變形的結果如〈虎女〉、〈無常〉中的走無常是人類所化，或〈鸚鵡〉、〈醫詩文〉、〈狐蠱有緣〉、〈女鬼談詩〉、〈封仙〉以有才華的異類形象作爲鋪陳的對象，甚至用來和人類進行人物對比，以彰顯某種嚮往或諷刺。而較特別的〈泥馬〉、〈鬼見怕〉，〈泥馬〉則是以幫助人類的角色出現，〈鬼見怕〉和其他篇故事大不相同，以鬼魅被人類驚嚇作爲情節的高潮，最後逃逸作終。

　　以上的這二類，基本來說都屬於單線結構情節開展，情節曲線僅標誌了一個尖端高潮，就邁入收尾了，頗具結構完整性，當然《無稽讕語》全書中以一個主題分二、三則故事敘述也是有的，像是〈女盜〉、〈懲妒〉、〈春燈謎〉、〈無常〉、〈科場顯報〉、〈偷兒穴垣〉、〈靈姑〉、〈山魈〉，不過這些故事基本的線性並不連接，各則都是完整的個體，僅僅擁有同一主題概念而已，而它們都只佔有一個故事曲線的高潮。然而，〈女醫〉、〈扶乩〉、〈魂遊〉幾則比較特別，是在一個線性曲線上，以人物爲主軸作一段段經歷的發揮，這樣的情節結構頗類似亞理士多德《詩學》所指的「綴段性情節結構」，有缺乏結構整體感的貶低意味，意指一段一段故事的連接如同散沙般，缺乏頭、身、尾的一以貫之整體感，而蒲安迪也曾指出這是中國長篇明清小說所共有的缺點〔註29〕。而從人物依時間

〔註29〕見蒲安迪，《中國敘事學》，北京：北京大學出版社，1995年，頁55～62。

的延長、空間的轉換，以發展綴段情節曲線來看，〈魂遊〉、〈女醫〉至少可以切割成六個片段，〈扶乩〉則可切割成二個﹝註30﹞，每個片段都負載著小小高潮與解決，這樣的綴段情節結構，以人物作為發展的單一線索，因此中間的每個情節片段關連性並不直接強烈。當然，這樣的斷裂情形並不只出現在仙妖鬼狐類型故事而已。

　　整體而言，《無稽讕語》的仙妖鬼狐類型故事當中，以情節的結構來評價，全部篇章並不全然是優秀的，大部分是完整的有機線性結構，以單線的人物作為情節開展的主軸，符合開端、發展、高潮、結尾的架構，只有少數篇章高潮不只一個，大體上多篇都是完整的有機個體。不過，其中仍有比較缺陋的地方，例如以大篇幅對話、對詩文、猜謎以填塞情節，或者以綴段性情節結構鋪排人物經歷等，都是比較令人詬病的。

2. 奇聞軼事類故事

　　奇聞軼事內容也在志怪，不過由於人物不涉及異類世界，故另闢一小節以討論之，以下檢驗此類故事的情節結構，基本上也多符合開端、發展、高潮、結局的架構，並且將高潮的重筆聚焦在「奇」的描寫，如〈健婦〉的誇張神力，〈男變女〉的性別置換，〈女盜〉、〈假鬼劫財〉、〈偷兒穴垣〉中奇女子的反叛形象，〈雞產人雛〉中詭異的雞產人雛情節，〈義牛〉裡奮不顧身救主人的二牛，〈卜者自驗〉裡離奇的算者自我驗證，以及〈髯道士〉的詭譎醫術，而除了以「奇」作為情節高潮以外，民間治獄的奇案也是另一類描寫「奇」者，像是〈誤娶〉、〈六姑娘〉，〈誤娶〉中惡徒設計導致新娘掉包，高潮則在治獄的過程良官與賊徒鬥智，〈六姑娘〉因為俊美牽涉出一連串冤獄，高潮也在良官高公的善治獄過程，至於〈雷殛〉、〈懲妒〉第二則、〈施氏〉、〈偷兒穴垣〉，高潮是就人物生命的死亡或危險。並且，還可以注意的是，上面這些故事的例子，基本上都是單線結構，也符合原因──結果的線性，因此多篇都以人物受到果報來作為情節收束的結局，藉以諷喻或勸誡。

　　然而，上述是結構較為嚴謹者，但這一類型故事當中，也有如前面所提仙妖鬼狐類者，僅以對話作情節填充的如〈閩中俊尼〉，其屬於艷異情節，但架構中並沒有特別的高潮和急降以牽動讀者的閱讀心理；又或者如〈夢驗〉僅是筆記式記錄作者生命作夢靈驗之「奇」，也沒有情節的高潮迭起，看起來

﹝註30﹞此參見附錄一表格的故事內容大意。

較爲鬆散。

綜觀仙妖鬼狐與奇聞軼事二種類型故事，單線結構的情節是與人物的外在命運型形象相關的，當人物際遇作爲情節安排的重點，勢必結局會導致人物由於原因承受而來的果報，所以這二類頗多符合原因——結果的公式。

3. 諧趣滑稽類故事

諧趣滑稽類故事相當於笑話類，必須擁有喜劇娛樂性的幽默特質，且它的形式雖爲故事，又比其他類型故事來得短小許多，參考筆者第四章第三節的論述所作的分析歸納，其情節結構上必須以不協調的對比或突兀的誇張、顛倒所引發的拉扯作主軸，將情節推上高潮後故事即宣告終結，不像其他類故事有具體的結局交代，其高潮就是引人發笑的笑點。像是葷笑話的〈後庭博金〉、〈道學先生〉、〈考婿〉（第一則）、〈學杜〉，其情節涉及性事或性器官的言論部分，就是它的高潮，通常是層層推移向上的線性，在最高點故事才終結。

而俚俗笑話〈邵呆〉、〈考婿〉（第二則），則並未涉及性事的調侃，僅單就鄙俗的題材如如廁、馬桶、以及作詩之俗來對比，〈考婿〉第二則顯然也是和第一則相同，利用對答來推進以達幽默的高峰。

諷刺寓意的五則笑話，諷刺愚蠢者如〈大痴小痴〉、〈痴兒答債〉，諷刺迂儒、不精通的塾師如〈華童〉、〈浮泛破承〉，諷刺白吃食客及吝嗇主人則有〈行令逐客〉，它們雖然意在諷刺，然而其情節結構就不似上述俚俗笑話、葷笑話單就高潮作爲笑點，它們反而是寓尖酸於情節之中，有一種人物的對立矛盾存在，過程呈現的極端對答不協調即是笑點，所以以對話的形式居多。

前面已經提到，諧趣滑稽類故事發展以二種主要模式展現：對話體及敘述體，對話體顯然在《無稽讕語》裡的笑話很常見，除了諷刺寓意者的〈行令逐客〉、〈大痴小痴〉，葷笑話如〈考婿〉、〈道學先生〉等，也都有以人物對話做手段呈現其滑稽趣味的。不過，基本上敘述體顯然較爲符合情節開展的模式，它依舊是一個結構完整的線性，而對話體則相對情節結構較爲單薄了。

另外，作者的文字遊戲之作如仿韓愈〈毛穎傳〉爲筆作傳，〈煙筒傳贊〉爲煙筒作傳贊，以及替酒能澆愁立論的〈遣愁說〉等，它們不具故事性，而是一種文章的立論、試作，因此不具情節結構可言，此處也就不予討論。

4. 歷史風俗類故事

凡作者王露將某地風俗作介紹，或者替歷史作紀錄者，通通歸入歷史風俗類，在《無稽讕語》中共計六則：〈虎師〉、〈春燈謎〉（二則）、〈詠春〉、〈夏德海〉、〈臺陽妖鳥〉。由於這一類故事，較類似作者對歷史、地理、風俗的隨筆記錄，所以情節有無結構仍有待商榷，以主人翁作者的一己遭遇作開展而有高潮者，如〈虎師〉裡捕虎的過程、〈臺陽妖鳥〉裡林爽文事變的開始到結束，二則顯然有完整的單一事件作敘述，但是〈春燈謎〉（二則）、〈詠春〉反而是因為運用對詩、猜謎以彰顯作者的文才聰慧，情節結構鬆散一些，僅記其一時的艷遇賞才知己而已，無所謂情節的高潮與結局，至於〈夏德海〉性質也是如此，紀錄的是廟宇和當地男風民情，紀錄中也是用口傳的方式透過第三者表達，不算是一個完整有機的故事。因此總的看來，這一類故事當中，只有〈虎師〉、〈臺陽妖鳥〉符合情節結構線性的原則。

〈虎師〉一篇，結構較為簡單，圍繞著老虎對人的危害與解決一線鋪陳，高潮在請虎師以捕獲的過程，虎害終結則是故事的結局。〈臺陽妖鳥〉則以作者王露作第一人稱敘述展開遭遇，在林爽文將起義之前、林爽文大亂將平之前，分別設計了預兆作伏筆，並且文本中林爽文事變記載極詳，參照第二章林役的歷史介紹，可以知道林爽文事變的高潮在其圍困嘉義諸羅，事變被福康安、海蘭察大軍登陸平反則是故事結局，而由於此篇是依時間順序來鋪陳故事，因此情節的開展、高潮、結束也貼合事變的發展。

作為一個筆記資料，顯然這一類故事裡頭故事性、情節性都較為薄弱，不似仙妖鬼狐以及奇聞軼事類故事的志怪型態，有著人物遭遇的衝突矛盾以開展情節，也不似諧趣滑稽類型故事，以幽默對話、不協調的人物或反差製造「笑果」的高潮，因此以四類故事而論，歷史風俗類的情節結構是不嚴謹的。

三、敘 事

小說本來就是敘事文學的大宗，然而過去對於敘事學的討論，是由歐美結構主義批評盛行之後，才漸漸在形式上落實，針對小說文本進行敘事的深度切割分析，並視小說為一有機的整體〔註31〕。以下，筆者嘗試分析敘事模式，分成敘事角度、人稱、時間三方面進行論述。

〔註31〕見潘樹廣等著，《古代文學研究導論──理論與方法的思考》，合肥：安徽文藝出版社，1998 年，頁 307。

1. 融合志怪體的限知與史傳體的全知視角

無稽讕語》在文體上傳承了志怪與傳奇,由於志怪會製造懸疑效果,它通常運用限知的觀點來帶動文本〔註 32〕,透過主人翁的未知製造詭譎,以凸顯志怪情節的引人入勝。檢驗全書,可以發現屬於志怪故事類的仙妖鬼狐以及奇聞軼事類的故事,都有許多篇章是限知觀點,主人翁並不清楚自己是在與異類接觸或者已進入異類世界,直到故事尾端才揭曉謎底,像這類的限制觀點的例子如〈噩夢〉、〈魂游〉、〈彼穰村〉、〈金生射獵〉、〈妖術〉、〈梅子留酸〉、〈哈叭狗〉、〈蝦兵〉、〈小洛陽選婿〉、〈無常〉、〈蟻移家〉、〈鸚鵡〉、〈抱鬼〉、〈打鬼〉、〈雞姦〉、〈狗盜〉、〈夜光〉、〈魂附虱體〉、〈神杖〉、〈魏小姐〉、〈泥馬〉、〈蜂妃〉、〈鬼示死期〉、〈犬報〉、〈六郎〉、〈蜉蝣〉、〈放生持齋〉、〈犬報〉、〈梅花菴〉、〈孽蛇〉、〈假彌子〉、〈螻蛄〉、〈公主墓〉等等,多不勝數,而通常這類故事篇章,也常在故事謎底揭曉前設計伏筆,以銜接結局,這在異類幻化的人物形象時已經有所討論。

然而不只是志怪體的限知視角,《無稽讕語》一書也有部分模仿史傳的方式成為全知視角。史傳敘事的全知觀點,是史書詮釋歷史事件的慣有書寫方式,這種無所不知的態度,表現在各類故事中的文末有所評贊者,以及歷史風俗類故事者,像是〈龍眼侍御〉、〈春燈謎〉、〈詠春〉、〈科場顯報〉、〈誤娶〉、〈雷殛〉、〈魚怪〉、〈六姑娘〉、〈臺陽妖鳥〉等等。

全知與限知,反映在不同的題材上以及技巧上,由於全書的志怪類故事偏多,限知觀點顯然在文本中較為發達。

2. 人稱多是第三、第一人稱

史傳體的敘事方式多是第三人稱「他」,這在《無稽讕語》全書非歷史風俗類的其他故事當中非常多見,並且因為文本中不出現「我」和「你」,是有意將敘述行為的雙方交流主體隱藏起來的,故屬於全開放式的敘述結構。然而,文本中也有多篇是屬於第一人稱「余」為敘述主體者,不僅因為此書本是筆記性質,更是因為其書中多有作者王蘭沚自己的經歷身世的緣故。這類以「我」第一人稱作為敘事者,屬於半封閉式的敘述結構,意指敘述者和接受者的人稱有一方被隱藏起來〔註 33〕,實際例證包括〈虎師〉、〈春燈謎〉、〈夏德海〉、〈臺陽妖鳥〉、〈乩詩〉等都是。

〔註 32〕見楊義,《楊義文存、中國敘事學》,北京:人民出版社,1997 年,頁 214。
〔註 33〕見祖國頌,《敘事的詩學》,合肥:安徽大學出版社,2003 年,頁 145~146。

　　尚須注意的是，有些篇章的敘事人稱並不明顯，多是客觀論述的呈現，不僅沒有人物心理描寫，也沒有人物語言，僅記載事件經過與行為而已，因此雖屬於全知視角，卻偏向客觀性敘述，使得全知角度並不那麼清楚分明，如〈抱鬼〉一則就是即為明顯的例子：

> 杭城趙屠，飲友人家，夜半醉歸，途見一婦人，著淡紅衫，襲以紅青半臂，立廊簷下，俯門隙以窺視內，屠疑為奔女之伺其所私也，輒從後抱其腰，探手于胯間戲之，女回顧則兩目流血，舌外出三寸餘，繩拖頸項，口中冷氣直沖其面，屠駭極大呼一聲，悶然而仆室中，夫婦方角口反目，猶未睡也，聞聲出視，見屠倒地上，灌以薑湯，踰時始甦，道其故，乃知為縊鬼乘間以索替身者也。〔註34〕

另外，〈懲妒〉一則亦然。再者，也有少數篇章是人稱經過轉換的，因此讀來頗為斷裂，如〈魂游〉由第三人稱轉向第一人稱，〈無常〉由第一人稱轉向第三人稱，〈魚怪〉由第三人稱轉向第一人稱，〈琴劍作別〉由第一人稱轉向第三人稱，它們皆屬於仙妖鬼狐類故事，或者敘述完故事內容，尾端再加上作者主觀的評斷及討論，又或者作者先在開頭模仿說書口吻，才接著以第三人稱敘述情節內容，然而不管是何種轉換，它們的人稱不夠統一，在敘述上顯而易見。

3. 敘事時間以順敘最多，間雜補敘、預敘、倒敘

　　文本中的時間有二種，一是故事時間，一是敘事時間，故事時間是指故事發生的自然時間狀態，敘事時間則是它們在敘事文本中具體呈現出來的時間狀態，基本而言，故事時間是由閱讀過程中根據日常生活的邏輯將之重建，敘事時間則是作者經過故事的加工改造所提供給我們的文本秩序〔註35〕，由於故事時間與敘事時間存在著這種差異性，當它們表現在文本裡，就會因為彼此的關係而有所謂順敘、倒敘、預敘、補敘的不同，順敘指的是敘事時間恰恰符合故事時間的順序，倒敘則指敘事時間與故事時間恰恰相反，是對往事的追述，預敘則指在故事為開始即預告結果，代表對未來事件的暗示或預期〔註36〕，補敘則指補充敘述故事的發展。

　　以《無稽讕語》而言，其敘事時間幾乎全書都是順敘，其他倒敘、補敘、預敘等形式則屈指可數，倒敘者有〈魂游〉，其主人翁某生於床上昏睡歷二年

〔註34〕 見王蘭沚，《無稽讕語》卷三。
〔註35〕 見羅鋼，《敘事學導論》，昆明：雲南人民出版社，1994年，頁132。
〔註36〕 見羅鋼，《敘事學導論》，昆明：雲南人民出版社，1994年，頁135。

餘，敘述觀點從醒後開始回溯魂游之處，預敘者則有〈虎師〉、〈偷兒穴垣〉，尤其〈偷兒穴垣〉，在故事一開始即預告二段情節都是偷兒毀於婦人之手，預示了故事的結局，而補敘者則如〈蠻觸搆兵〉，在敘述完蠻、觸二國的戰爭之後，才又補充敘及觸國宰相當初被罷，國王極爲後悔的情節。然而嚴格來說，全書的所有故事都是依照故事時間來鋪排情節的，因果關係清楚緊密，敘事時間順敘者爲最多。

另外，楊義曾提及中國小說的古代作品中之時間整體性有二：歷史性時間、神話性時間，通常這兩種未必全然分隔〔註 37〕，顯然其分類的標準也是與內容、題材相關，若以此分類而論，顯然《無稽讕語》書中屬於神話性時間者多，大抵仙妖鬼狐類故事多屬此類，另外奇聞軼事、歷史風俗、諧趣滑稽三類則較屬於歷史性時間。

四、語　言

在提及《無稽讕語》和他書的比較一節，筆者已耙梳整理了其與《綺樓重夢》、《無稽讕語續編》的風格異同，而其中比較結果的行文風格相似點，正是《無稽讕語》的風格標誌。關於其與《綺樓重夢》者，已注意到的有以下二點相似處：一是諧謔俚俗的幽默創作態度，一是誇張不實、天馬行空的藝術手法，而這二點恰恰正表現在文本的語言文字上；至於其與《無稽讕語續編》的行文風格，則將之聚焦在史傳筆法的討論。若以此歸納，這一部份的語言風格筆者將之分成三點性質論述：一、誇張不實的虛幻語言；二、俚俗幽默的諧謔語言；三、寓史傳褒貶的莊重語言。

1. 誇張不實的虛幻語言

作者在自敘即云「無稽近誕，讕語多褻」，前者指的荒誕，就是指稱誇張虛幻的語言藝術，志怪者既志其怪，內容題材的怪異詭譎勢必導致誇張虛幻，也就是其篇首朱蘭谷題詞所云的「尋常事入非凡想」，故就內容而言，誇張不實是作者王蘭沚語言文字上的一種刻畫風貌，它具體表現在內容上關於人物角色描摹、情節設計開展、故事題材、甚至個人情感的鋪陳，凡此種種，都表現出作者喜愛誇張的語言傾向。

2. 俚俗幽默的諧謔語言

〔註37〕見楊義，《楊義文存、中國敘事學》，北京：人民出版社，1997 年，頁 133。

誇張與幽默的語言風格，二者是相輔相成的，常常作者為了讓文本顯示出有趣的特質，題材上不僅設計俚俗如溺、馬桶等內容，即上述所說的「讕語多褻」，故事類型上更有著諧趣滑稽的笑話類，並且作者本身就善於運用誇張的敘述以達到幽默效果的彰顯，因此在幽默的處理上，文本的諧謔語言風格也頗為突出。

3. 史傳褒貶的莊重語言

史傳的筆法本就為《無稽讕語》所承繼，這在文本分析已大致提過，因此史傳的借喻褒貶，正是一種莊重語言的展示，然而，書中尚有許多地方的內容，不僅寄寓著作者對或現實、或政治、或人情上的褒貶譏諷，更有著其對生命境界的體悟與關懷，若以此觀點來看，可以看出作者創作態度與思考都是頗為莊重的。再者，文本中的歷史風俗類故事，涉及了對歷史、地理、風俗的考證與記錄，這也表現出了作者對於歷史風俗的一種尊重態度，因此不論是語言文字的批判褒貶模仿史傳筆法，在題材內容上也借喻深層意涵與文本功能，故就這兩個層面來看，作者的語言風格是頗為莊重的。

本章討論重點在《無稽讕語》的思想內容以及藝術技巧分析，第一節先從思想內容的統整歸納入手，分別從儒家傳統的承繼與發揚、道家傳統的繼承與創新、雜揉的宗教觀、政治與社會現實的反映、文人白日夢的渴求與滿足、性別意識的侷限與突破、作者人生態度的反映等幾點探析文本思想。

第二節則針對《無稽讕語》藝術技巧作探析，像是人物、情節、敘事、語言等各方面，分析探討的結果如下，人物方面特色有幾點：1.人物多是外在命運型形象，2.扁平人物多於圓形人物，3.利用映襯對比以凸顯人物特色，4.外部描寫著重在人物的行為、語言，內部心理描寫鮮少，5.各類故事有其特殊描繪人物手法。情節方面則從故事類別與題材上進行分析，基本而言頗多符合開端、發展、高潮、結局等線性曲線。至於敘事上的特色有：1.融合志怪體的限知與史傳體的全知視角，2.人稱多是第三、第一人稱，3.敘事時間以順敘最多，間雜補敘、預敘、倒敘。以及語言上的特色包括：1.誇張不實的虛幻語言，2.俚俗幽默的諧謔語言，3.寓史傳褒貶的莊重語言。

整體來說，王蘭沚的《無稽讕語》是有著作者王氏的精心巧思以及個人審美趣味的，這點從其藝術技巧的文本分析上，可以清楚看出，而針對文本中所展現的思想內容來看，《無稽讕語》又是夾雜著多樣的思想傳統，蘊含多面思考的突破與侷限的，可說思想及技巧二方面上，都有優有劣。

第六章　結　論

　　本論文以王蘭沚及其《無稽讕語》作為研究對象，第一章緒論，陳述研究動機、研究方法以及預期成果。而論文主要重點，則分成二、三、四、五等四章，進行討論分析。第二章討論的是王蘭沚及其作品，第三章討論的是《無稽讕語》的承先啟後，第四章討論的是《無稽讕語》的故事類別與功能，第五章討論的是《無稽讕語》的思想內容暨藝術技巧，第六章則是結論。

　　第二章，將焦點集中於王蘭沚作家及作品，第一節作者方面，分成三小部分，第一部份是宏觀介紹王氏生平資料，包括過去已整理的所有王氏紀錄，以及王氏一簡單的年譜製作；第二部份則是比對歷史所載王露多筆史料，及其和王蘭沚《無稽讕語》〈臺陽妖鳥〉中自述重疊者，對照出直接證據以及旁證，證實二人實為同一個人；至於第三部份，對於王氏之所以遭乾隆罷官革職的原因，由於有更進一步的史料發現，筆者嘗試補充、比較過去「因軍事失機」的說法，更為詳細、完整的析論王氏革職的可能原因，當是牽涉到當時臺灣吏治的腐敗，或是官場鬥爭。第二節則針對王露的著作《無稽讕語》、《綺樓重夢》作介紹，包括過去研究成果、版本、內容大要、文學風格等等。

　　關於這一章，由於找出了大量臺灣史料中王露的相關史料，文獻上的比對與整理，可以說還補充還原了作者王蘭沚的真實身份與經歷，不僅僅考證了臺灣知縣王露與作者王蘭沚確是同一個人，更進一步嘗試釐清了作者王蘭沚罷官的可能原因，這在文獻發現與詮釋上，都可以說是本論文最大的突破。

　　第三章，注重的重點在討論《無稽讕語》的承先與啟後，以及其傳承於文學思想的淵源、對後世的流變與影響。首先，第一節論述《無稽讕語》一書產生的時代氛圍，從小說文學史的創作潮流、政治環境影響下的文人心態、

社會經濟的具體影響等三點切入，進行耙梳；第二節則專門討論清代的禁書背景，並對於《無稽讕語》之所以被禁的原因進行考察；第三節則重在承先，由志怪文學、傳奇小說、史傳文學、民間傳說、情色文學、俳諧笑話、宗教觀念等，包括文學傳統暨思想傳統各方面，予以追溯《無稽讕語》於各脈絡之所繼承；第四、五節則重在啓後，因此第四節從作者的角度出發，討論王蘭沚前後二部小說之間的關係，前者《無稽讕語》如何影響後作者《綺樓重夢》；第五節則由探析《無稽讕語續編》是偽作的考證切入，以驗證《無稽讕語》的流行以及其對於後代小說的具體影響。

　　文學是時代的產物，裡面片段的反映了社會與真實人生，因此討論文學本就不可能跳脫時代環境、文學背景來談，這一章著重在《無稽讕語》的承先與啓後，論述的出發點也就在於此。前三節由文學的縱剖面、橫剖面切入，都極為深入，驗證了文本與時代環境、文學背景影響上的環環相扣，然而作者王蘭沚作品尚有《紅樓夢》續書《綺樓重夢》，同一作者不同作品，二部作品創作時間相距僅二年，兩相對照是有益於我們更理解王蘭沚的審美風格與文字的，因此從這一節的討論筆者也發現了他們頗多的相似點。至於新發現的《無稽讕語續編》，現藏於中國國家圖書館北海分館，光緒二十二年（1896）刊刻於杏林山莊，雖內容只有一卷，也屬於志怪傳奇集，然而它的發現，某種程度驗證了《無稽讕語》在清代中葉的流行，因此雖然筆者以文本佐證，證明其應當是一本偽書，筆者對於文本的發現與比對考證，仍有著不可否認的學術價值。

　　第四章，所討論的是《無稽讕語》的文本故事功能，由於考慮不同題材影響文本功能也有異，筆者將書中依題材內容區分為四類：仙妖鬼狐、奇聞軼事、諧趣滑稽、歷史風俗等類故事，並依照所佔篇幅的多寡依序討論。又故事功能細分有積極、消極二類，積極功能部分為主要的探討重點，故只將故事分類後再予以討論，而消極功能部分則統一論述於最末一節。

　　其實，文言筆記小說在文學的性質上，本就勸誡性質十分濃厚，因此第四章所討論結果，其積極功能也相對較強，仙妖鬼狐類有幾個重點功能：在勸色戒淫、勸善積德、勸好生不殺、勸至孝尊親、刺迂儒無才者、刺政治與社會現實；而奇聞軼事類故事功能重點則在：勸色戒淫、勸治獄有德、勸女子婦德、勸善積德、刺社會現實；而諧趣滑稽類故事功能則在：引人發笑、寓諷喻於諧謔；歷史風俗類故事功能則在：保留風土民情、記載歷史實錄。

統括來說，是前二類故事勸誡性質較強的。另外，文本尚有其消極的功能，統整《無稽讕語》的結果，即有性幻想的滿足、顯示文才、為遊戲所作等。

文學本就有其功能，更何況小說作為廣大的通俗文本，寓教於樂的功能更是此市井文學的基本特色，因此勸誡功能的積極作用，在清代不僅是潮流，更是小說文學所欲發揮者，有著教化人民的積極目的。再者，文言筆記小說的作者皆為文人，筆記性質與作者生活更是息息相關，不但保留了作者許多親身經驗、生平資料與歷史實錄，更為作者個人提供了抒發才學的管道，給文人自我發表創作的園地，這也是另一層面的消極文學功能所論述者。

至於第五章，討論重點在《無稽讕語》的思想內容以及藝術技巧分析，第一節先從思想內容的統整歸納入手，分別從儒家傳統的承繼與發揚、道家傳統的繼承與創新、雜揉的宗教觀、政治與社會現實的反映、文人白日夢的渴求與滿足、性別意識的侷限與突破、作者人生態度的反映等幾點探析文本思想。

第二節則針對《無稽讕語》藝術技巧作探析，像是人物、情節、敘事、語言等各方面，分析探討的結果如下，人物方面特色有幾點：1.人物多是外在命運型形象，2.扁平人物多於圓形人物，3.利用映襯對比以凸顯人物特色，4.外部描寫著重在人物的行為、語言，內部心理描寫鮮少，5.異類多富人類情感，又各有其氣質個性，6.女子皆有特出之處，多才貌兼備，7.歷史風俗類型故事裡善用自敘塑造個人形象，8.諧趣滑稽類型故事人物頗極端。情節方面則從故事類型與題材上進行分析，基本而言頗多符合開端、發展、高潮、結局等線性曲線。至於敘事上的特色有：1.融合志怪體的限知與史傳體的全知視角，2.人稱多是第三、第一人稱，3.敘事時間以順敘最多，間雜補敘、預敘、倒敘。以及語言上的特色包括：1.誇張不實的虛幻語言，2.俚俗幽默的諧謔語言，3.寓史傳褒貶的莊重語言。

以上，是筆者全篇論文的大致重點，以及每章的個別結論。整體來說，本論文研究的成果，可以從文獻與文學二方面下一簡單結論。文獻上，有著關於作者王蘭沚的新材料發現，像是臺灣史中林爽文事變王露的所有記載，不但幫助筆者重新補充了王氏生平，更在王氏罷官、寫作背景方面，有更進一步的詮釋與釐清，這些王蘭沚生平資料的補充，都填補了過去對於其史傳研究上的不足，並且，也更輔助了筆者後來對於《無稽讕語》文本分析的討論。再者，文獻上《無稽讕語續編》的發現，也有益於增列小說書目，儘管

其考證結果，確實證實了它其實並非王氏作品。而文學上，《無稽讕語》在文學史上的考察則屬多方面，一是因爲是禁書，時代環境與文學背景，在在都對王氏作品有著不容忽視的具體影響，並且作爲當代文言筆記小說復興潮流下的產物，《無稽讕語》的創作也有其小說史上的具體意義，應當要放在一個宏觀文學脈絡下來檢視。然而，作爲一個小說文本，作者創作有其目的功能，此當站在論及文本的社會性來看，至於其藝術技巧，則更標誌著共通時代脈絡下的作者個人審美姿態，而這又是極具文學獨創性的。故此論文，文獻上可以說是爲清代小說史作了一些資料的補充，然而在文學研究上，本論文也可以說站在文學的獨創性立場，肯定了王氏作品的確有其突出的個人審美品味，創作上也頗具心思，而這些又都是與他的時代環境與個人經歷，皆息息相關。

參考書目

一、古　籍

1. 北魏・魏收，《魏書》，台北：藝文印書館，1958 年。

2. 明・劉若愚，《酌中志》，北京：中華書局，1985 年。

3. 明・劉鑾，《五石瓠》，藝文印書館，1972 年。

4. 明・醉西湖心月主人，《宜春香質》，侯忠義主編，《明代小說輯刊》第二輯，成都：巴蜀書社，1995 年。

5. 明・劉若愚，《酌中志》，北京：中華書局，1985 年。

6. 明・劉鑾，《五石瓠》，藝文印書館，1972 年。

7. 明・醉西湖心月主人，《宜春香質》，侯忠義主編，《明代小說輯刊》第二輯，成都：巴蜀書社，1995 年。

8. 唐・李延壽，《北史》，台北：藝文印書館，1958 年。

9. 唐・李延壽，《南史》，台北：藝文印書館，1958 年。

10. 清・王蘭沚，《無稽讕語》，清乾隆五十九年（1794）刻本。

11. 清・蘭皋居士，《復逢佳話雨齋詩鈔》，清嘉慶十四年（1809）抄本。

12. 清・蘭皋居士，《綺樓重夢》，台北：建宏出版社，1995 年。

13. 清・趙翼，《甌北詩鈔》，台北：臺灣商務印書館，1968 年。

14. 清・盧德嘉，《鳳山縣採訪冊》，《臺灣方志》第 73 輯，台北：宗青圖書公司。

15. 清・福康安、鄂輝奏摺，《宮中檔案乾隆朝揍摺》第 67 輯，乾隆 53 年 3 月 22 日。

16. 清・佚名，《無稽讕語續編》，光緒二十二年（1896）刊本。

17. 清‧夏敬渠,《野叟曝言》,上海:上海古籍出版社,光緒七年(1881)刊本之影印本。

18. 漢‧戴德撰,《大戴禮記‧本命》第十三卷,台北:台灣商務印書館,1967年。

19. 漢‧班固《漢書、藝文志》卷十,《二十五史》第4冊,台北:藝文印書館,1958年。

20. 錢穆,《莊子纂箋》,台北:東大圖書公司,1993年。

21. 嚴北溟、嚴捷譯注,《列子譯注》,台北:文津出版社,1987年。

二、專　書

1. 一粟,《紅樓夢書錄》,上海:上海古籍出版社,1981年。

2. 丁光玲,《清代臺灣義民研究》,台北:文史哲出版社,1994年。

3. 王利器,《元明清三代禁毀小說戲曲史料》,台北:河洛圖書出版社,1980年。

4. 王清原等編纂,《小說書坊錄》,北京:北京圖書館,2002年。

5. 王彬,《禁書、文字獄》,北京:中華工人出版社,1992年。

6. 毛德富、節紹生、閏虹,《中國古典小說的人文精神與藝術風貌》,成都:巴蜀書社,2002年。

7. 北京市天龍長城文化藝術公司編,《清代臺灣檔案史料全編》,北京:學苑出版社,1999年。

8. 石昌渝,《中國小說源流論》,北京:生活、讀書、新知三聯書店,1994年。

9. 古亦冬,《禁書詳解‧中國古代小說卷》,天津:天津社會科學院,1993年。

10. 占驍勇,《清代志怪傳奇小說集研究》,武漢:華中科技大學,2003年。

11. 向楷,《世情小說史》,杭州:浙江古籍出版社,1998年。

12. 安平秋、章培恆主編,《中國歷代禁書目錄》,上海:上海文藝出版社,1992年。

13. 任繼愈等,《中國道教史》,台北:桂冠出版社,1991年。

14. 呂啓祥、林東海主編,《紅樓夢研究稀見資料彙編》,北京:人民文學出版社,2001年。

15. 李修生、趙義山主編,《中國分體文學史‧小說卷》,上海:上海古籍出版社,2001年。

16. 李劍國,《唐五代志怪傳奇敘錄》,天津:南開大學出版社,1993年。

17. 杜貴晨，《傳統文化與古典小說》，保定：河北大學出版社，2001 年。

18. 吳志答，《中國文言小說史》，山東：齊魯書社，1994 年。

19. 吳九成，《聊齋美學》，廣州：廣東高等教育出版社，1998 年。

20. 吳哲夫，《清代禁毀書目研究》，台北：嘉新水泥公司文化基金會，1969 年。

21. 吳盈靜，《清代臺灣紅學初探》，台北：大安出版社，2004 年。

22. 林依璇，《無才可補天——紅樓夢續書研究》，台北：文津出版社，1999 年。

23. 周慶華，《佛教與文學的系譜》，台北：里仁書局，1999 年。

24. 周啓志主編，《中國通俗小說理論綱要》，台北：文津出版社，1992 年。

25. 佛光大辭典編修委員會編，《佛光大辭典》，高雄：佛光出版社，1988 年。

26. 佛斯特，《小說面面觀》，台北：志文出版社，2002 年。

27. 韋政通，《中國思想史》，台北：水牛出版社，1991 年。

28. 柯林烏著，陳明福譯，《歷史的理念》，台北：桂冠圖書公司，1987 年。

29. 秦國經主編，中國第一歷史檔案館藏《清代官員履歷檔案全編》，上海：華東師範大學出版，1997 年。

30. 孫琴安，《中國性文學史》下冊，台北：桂冠圖書公司，1995 年。

31. 徐岱，《小說型態學》，浙江：杭州大學出版社，1992 年。

32. 祖國頌，《敘事的詩學》，合肥：安徽大學出版社，2003 年。

33. 高羅佩，《中國古代房內考——中國古代的性與社會》，李零、郭曉惠等譯，上海：上海人民出版社，1990 年。

34. 馬福清，《明清鬼狐》，遼寧：遼寧大學出版社，1991 年。

35. 康正果，《重審風月鑑——性與中國古典文學》，台北：麥田出版社，1996 年。

36. 張在舟，《曖昧的歷程：中國古代同性戀史》，鄭州：中州古籍出版社，2001 年。

37. 張俊，《清代小說史》，杭州：浙江古籍出版社，1997 年。

38. 張稔穰，《中國古代小說藝術教程》，濟南：山東教育出版社，1991 年。

39. 婁子匡主編，《明清笑話》，《國立北京大學中國民俗學會民俗叢書》，台北：東方文化，1970 年。

40. 胡文彬，《冷眼看紅樓》，北京：中國書店，2001 年。

41. 胡文彬，《紅樓長短論》，北京：北京圖書館出版社，2004 年。

42. 胡適，《中國章回小說考證》，合肥：安徽教育出版社，1999 年。

43. 苗壯，《筆記小說史》，杭州：浙江古籍出版社，1998 年。

44. 賀長齡等編，《清經世文編》（上），卷23，北京：中華書局，1992年。

45. 頁188～190。

46. 黃子平主編，《中國小說與宗教》序文，香港：中華書局，1998年。

47. 傅騰宵，《小說技巧》，台北：洪葉文化，1996年。

48. 勞思光，《新編中國哲學史》，台北：三民書局，1997年。

49. 楊義，《中國古典小說史論》，北京：中國社會科學出版社，1995年。

50. 楊義，《中國敘事學》，北京：北京人民出版社，1997年。

51. 《臺灣文獻提要叢刊》，臺灣：大通書局。

52. 《臺灣文獻史料叢刊》第10冊《臺灣通志》，臺灣：大通書局。

53. 《臺灣文獻史料叢刊》第16冊《平臺紀事本末》，臺灣：大通書局。

54. 《臺灣文獻史料叢刊》第64冊《清高宗實錄選輯》，臺灣：大通書局。

55. 《臺灣文獻史料叢刊》第76冊《清史稿臺灣資料集輯》，臺灣：大通書局。

56. 《臺灣文獻史料叢刊》第84冊《福建通志臺灣府》，臺灣：大通書局。

57. 《臺灣文獻史料叢刊》第102冊《欽定平定臺灣紀略》，臺灣：大通書局。

58. 《臺灣文獻史料叢刊》第140冊《續修臺灣縣志》，臺灣：大通書局。

59. 《臺灣文獻史料叢刊》第213冊《海濱大事記》，臺灣：大通書局。

60. 熊秉眞、余安邦合編，《情慾明清——遂欲篇》，台北：麥田出版社，2004年。

61. 趙伯陶，《市井文化與市民心態》，漢口：湖北教育出版社，1996年。

62. 趙建忠，《紅樓夢續書研究》，天津：天津古籍出版社，1997年。

63. 寧稼雨編，《中國文言小說總目提要》，濟南：齊魯書社，1996年。

64. 葛兆光，《道教與中國文化》，台北：東華書局，1989年。

65. 魯迅，《中國小說史論文集》，台北：里仁書局，1992年。

66. 董國炎，《明清小說思潮》，山西：山西人民出版社，2004年。

67. 樊美鈞，《俗的濫觴》，鄭州：河南人民出版社，2000年。

68. 歐陽健，《古代小說禁書漫話》，瀋陽：遼寧教育出版社，2001年。

69. 歐陽健，《古代小說禁書漫話》，瀋陽：遼寧教育出版社，2001年。

70. 葉德輝，《書林清話》卷七，台北：文史哲出版社，1973年。

71. 葉桂桐，《中國古代小說概論》，台北：文津出版社，1998年。

72. 葉德均，《戲曲小說叢考》，台北：文史哲出版社，1989年。

73. 劉世劍，《小說概說》，高雄：麗文文化，1994年。

74. 劉妮玲，《臺灣的社會動亂——林爽文事件》，台北：久大文化出版社，

1989 年 4 月。

75. 劉葉秋等編,《中國古典小說大辭典》,河北:河北人民出版社,1998 年。

76. 劉達臨,《中國性史圖鑑》,長春:時代文藝出版社,2003 年。

77. 劉苑如,《六朝志怪的常異論述與小說美學》,台北:中研院文哲所,2002
年。

78. 潘樹廣等著,《古代文學研究導論——理論與方法的思考》,合肥:安徽
文藝出版社,1998 年。

79. 陳壽祺等撰,《福建通志》,華文書局,清同治十年(1871)重刊本。

80. 陳益源,《古典小說與情色文學》,台北:里仁書局,2001 年。

81. 陳慶浩、王秋桂主編,《思無邪匯寶》,臺北:臺灣大英百科公司,1995
年。

82. 陳平原,《中國小說敘事模式的轉變》,北京:北京大學出版社,2003 年。

83. 陳文新,《文言小說審美發展史》,武漢:武漢大學出版社,2002 年。

84. 錢鍾書,《管錐編》,香港:中華書局,1980 年。

85. 韓南,《中國短篇小說》,台北:國立編譯館,1997 年。

86. 蒲安迪,《中國敘事學》,北京:北京大學出版社,1995 年。

87. 蕭颯、王文欽、徐智策,《幽默心理學》,台北:吳氏圖書有限公司,1991
年。

88. 顏清洋,《蒲松齡的宗教世界》,台北:新化圖書公司,1996 年。

89. 譚達人,《幽默與言語幽默》,北京:生活、讀書、新知三聯書店,1997
年。

90. 羅鋼,《敘事學導論》,雲南:雲南人民出版社,1994 年。

91. 顧青、劉東葵,《冷眼笑看人間世:古代寓言笑話》,台北:萬卷樓,1999
年。

三、期刊論文

1. 卜貝,〈焚書與禁書〉,《歷史月刊》,1995 年 11 月,

2. 王佩琴,〈紅樓夢續書研究〉,《紅樓夢學刊》1998 年 3 月。

3. 王旭川,〈清代《紅樓夢》續書的三種模式 〉,《紅樓夢學刊》2000 年 4
月。

4. 朱振武,〈論《聊齋志異》創作題材的三個源頭〉,《蒲松齡研究》1999
年第 4 期。

5. 李天鳴,〈林爽文事件中的諸羅戰役〉,《故宮學術季刊》19 卷 1 期,2001
年。

6. 吳淑媛,〈林爽文之亂與柴大紀之獄〉,《國家論壇》,1972 年 4 月。

7. 高玉海,〈紅樓夢續書理論及裕瑞的批評〉,《紅樓夢學刊》2003 年 3 月。

8. 莊吉發,〈清初天地會與林爽聞之役〉,《大陸雜誌》,1970 年 12 月。

9. 詹頌,〈乾嘉文言小說作者閱讀視野與作品故事來源〉,《蒲松齡研究》,2003 年第 1 期。

10. 實之,〈臺灣十八世紀的林爽文起義〉,《國文天地》,1990 年 4 月。

11. 寧稼雨,〈文言小說界限與分類之我見〉,《明清小說研究》1998 年第 4 期。

12. 趙建忠,〈紅樓夢續書的源流嬗變及其研究〉,《紅樓夢學刊》1992 年第 4 輯。

13. 趙建忠,〈《紅樓夢續書研究》補考 〉,《紅樓夢學刊》1998 年 3 月。

14. 鞏聿信,〈文言小說創作動機研究——之一:勸誡教化型〉,《聊城師範學院學報》,第 6 期,2001 年。

15. 劉平,〈拜把結會、分類械鬥與林爽文起義〉,《史聯雜誌》,1999 年 11 月。

16. 劉平,〈林爽文起義原因新論〉,《清史研究》,2000 年 2 期。

17. 劉心皇,〈禁書四條件〉,《大學雜誌》,1979 年 4 月。

18. 陳妮昂,〈由「紅樓夢」及其續書探討賈寶玉之角色變遷〉,《國文天地》1993 年 12 月。

19. 蕭相愷,〈《中國文言小說家評傳》前言:文化的‧民間的‧傳說的——中國文言小說的本質特徵——兼論文言小說觀念的歷史演進〉,《明清小說研究》2003 年第 1 期。

四、學位論文

1. 劉慎元,《明清艷情小說的繼承、呈現與影響》,嘉義:南華大學文學所碩士論文,2002 年。

2. 劉佩雲,《性別、創造力、自我檢校與幽默感的關係》,台北:政治大學教育研究所碩士論文,1990 年。

3. 陳克嫻,《明清長篇世情小說中的笑話研究——以金瓶梅、姑妄言、紅樓夢為中心之考察》,花蓮:花蓮師範學院民間文學研究所碩士論文,2003 年。

附錄一 《無稽讕語》故事內容大要

故事名稱	內　容　大　意
1 龍眼侍御 （卷一）	關帝顯靈使李老得子，因乞丐魂配上青龍偃月刀之龍眼，而成為李侍御。此由相士之言乃中。
2 噩夢	牛陞為縣令入都，途中勞累鞭策兇狠，夢中即被白馬、棗騮、驢所化人痛毆而醒，匆匆趕路，入京鬻之市。
3 蠻觸搆兵	臨安褚生被請至「至和國」作將軍，輔助敗大順國（以東風卜卦灑灰），並敗駙馬蟭螟將軍，後得勝還，因念家中尚有糟糠妻而返家，始知已昏三日，一切皆夢中事。
4 魂游	金華縣某生生魂飄遊，旅二年忽醒，自述經歷： 1. 入一課堂出聲始知自己為鬼。 2. 入一宅遇七十大壽演牡丹亭，忽一紅臉一青面踏胸而嚎，從門隙出。 3. 見夫妻交歡而戲弄。 4. 遇同窗友問路而被己驚嚇奔逃。 5. 遇一遊魂，相交甚歡，共同吟詩吃酒。 6. 使一女子生鬼胎，而被金甲神將困於土中不能動，後被種瓜者挖出才得逃回家，登床而寤。
5 庾樓	鮑生坐舟經九江登庾公樓，隨口賦詩，後夢中庾公請之至筵上，並邀能先成詩者贈妓，卻突有兵來侵遂夢醒，鮑生因未成詩而於心有憾。
6 後庭博金	某縣主簿攜門子下鄉，因門子被寺僧收買交歡卻食言，門子不平謊稱東床為己，實為主簿之床，後欲抓之入罪，以金買官才無罪，故被笑稱「後庭博金」。
7 瑤池夢讖	某生有才思，因拜東方曼倩，而得夢中上瑤池仙宴作詩，後因妻起溺躧生足而醒。醒後不復應試，鬚白漸脫，出遊不知所終。

8 彼穰村	柳秀才失德，恃才傲物而尋彼穰村中作師教文學，原來此村爲花妖村，秀才因醉貪女色而出糗，後被請出此村，潦倒以終。
9 森羅殿考試	浙江汪生下森羅殿考科舉而中狀元，因歲值水德，故中榜者姓多是水偏旁。而科考十殿策問： 1.孝　2.淫　3.貪廉　4.臨民宜惠，犯武健否？ 5.奢儉　6.勤懶　7.怒罵　8.尤怨　9.狙殺不好生　10.詐欺 宣布完所任官職，汪謝恩告假半月，歸家料理完後事即逝。
10 道學先生	兄弟三人同館受業，一日三兄弟出，三婦於家中討論房中事，被道學先生所聽而評斷，三婦羞慚。
11 林醜醜	林秀生得醜，人皆厭之。一日休息時，怨氣衝上雲霄，玉帝知其怨助之，使之至森羅殿換臉，卻又因過美而誤入南熏國爲后，受寵愛卻遇難遭姦，後苦求恢復雖如願，醒了以爲是夢，卻已成不男不女身。
12 虎女	女爲父報仇而變成虎，不僅殺仇人且毀其墓，後劉生爲其收白額虎屍，仇人之子卻也毀其墳，劉乃道：「冤冤相報何時已？」故爲女收墳且述其事蹟，甚至有士人賦詩以弔。
13 金生射獵	金生爲獵人蓄許多獵戶，一日入山遇村中女子，喜相識而共雲雨，然所遇四女實爲禽獸，故爲之殺虎後，生明白實情，乃放之且不再獵射，改計營生。
14 妖術	某富生妻妾成群，一日一道士至云其有災，不理，隔日生卻暴斃，諸妻妾又尋道士來，道士將己關入屋中，以罎封住生之魂，並換己魂入生身，佔其財淫其妻妾。後妻與小妾珠娘覺有異，偷請非非子助，生又借珠娘身告官，抓生身卻不能刑，後再請非非子出，方誅惡人。
1 煙筒傳贊附詩 （卷二）	沚溪居士酷嗜煙，因此爲煙筒戲作傳贊。 附詩七律六首。
2 科場顯報三則	一、周姓人家賃貢院予科考生，周夢見一折桂女於左廂；一執荷童子於右廂，後才知左廂科考者曾害人致死；右廂科考者則因救人，而使童子顯靈助其科考得利。 二、作者師之父曾官懷慶太守，收留一所買婢女爲女兒，後其生魂入弟夢助其中舉。作者因用以勸人應積德行善。 三、江南某翁和張孝先爲友，後張亡翁仍拜之，某翁子後考武科舉，見張孝先顯魂於石墩下，其子奮力一掇而得第科考。
3 女廟留賓	周比、張南爲表兄弟，因出遊晚歸城門已關，至杜十姨廟過夜，卻因此和十位姨飲酒比詩，後幸得雞鳴天亮始解圍。
4 梅子留酸	瑯琊王生因梅女求救，而出助其對付鳥所化尖喙丈夫，後梅女爲報恩而一夜恩愛，告其曰日後不復見，若見梅樹結子纍纍是汝子。
5 蝦兵	龐把總守古臺城，買蝦欲逞口欲，卻夢中被蝦兵追殺，躲入櫥櫃中，後呼妻救之，卻仍舊將蝦吃了。

6 偷兒穴垣	一、偷兒挖牆足先進，卻被新婦力擊致死。 二、偷兒於趙寡婦家挖牆，後寡婦等其入穴，將彼此之髮相綁，並用指甲抓其面，溺於其口其面，乃放之歸家。
7 孟子詩	司馬生見亭閣中有古儒，入而賦詩，後天香女子也出與之賦詩，生表對其傾慕之意，眾則怒而散，生始酒醒怏怏而返，以筆紀之。
8 癡兒答債	癡兒為父答債卻答非所問，成笑話一則。
9 求鳳夢	安溪生工琴曲詞藻，一日江邊援琴而群鳥飛鳴，萬花爭放，後歸家夢一青衣女請己至鳥仙處，飲酒聊樂後歡愛，聞雞鳴而驚醒。
10 詠春	作者在詠春之會幸逢麗人知己，賞識其詩。
11 哈叭狗	商人妻淫有姿色，蓄一哈巴狗，狗卻幻化成人與妻相交，後又引一犬與妻人獸相交，最末殺狗才絕此怪異事。
12 小洛陽選婿	王生化蝶入洛陽花國選婿，中舉成駙馬，與公主婚並有孕，生於花國待一年，又化蝶為己身，醒悟知實僅過一日耳。後見園中牡丹結子，埋之長大，戲曰：「外室子也。」
13 誤娶	某紳世家大族嫁女，卻被章姓惡徒用計換妻，送至官府已來不及，仍判章姓有一妻一妾，後紳女含恨終，官始抓章姓杖之而亡。作者云其治獄兼顧情法。
14 孽報	屠夫害主僕起淫心而喪命，化作鬼來索命，世人謂之孽報矣。
15 醫詩文	馬大與狐生女，女大嫁狐，狐夫歸家並授妻醫詩文之方，妻醫詩文之聲名因而遠播，後夫歸始不復行醫。
16 健婦	浙中趙武生為武解元，力大勇猛，入京參加武舉科考而迷路，寄宿鄉野村中，其媳力大能碎石，武生乃知人外有人矣。
17 施氏	施氏因夫鄭大入城，勾引表兄徐二而交歡至昏厥，徐二以為其死欲逃，卻途中遇見表弟，鄭大以為盜而抓之見官，後始知己婦施氏未亡，並繫二人交官依律懲處。
18 考婿二則	一、四婿賀中秋而賦詩之笑話。 二、李叟考三婿吟詩詠春催山茶花發芽。
19 閩中俊尼附詩	閩省會垣多美尼，張璇至尼菴中共三美尼雲、水、蟾行酒令並猜謎，後與蟾歡愛而歸。
20 虎師	作者任壽寧縣令，山中有虎為害，一樵入山於寺中見「虎倀」（被虎所役之鬼）僧人手中名冊有所識者，出山警告之卻仍遇害，後縣令作者即決定求神為民除害，得一生諫有「虎師」善捕虎，乃請之始殺一虎，令二虎逃，而終虎害。
1 誤溺（卷三）	以彰化林爽文事變為背景，路有屍骨，某人誤溺於骷髏口，夜裡夢一婦人來還溺，乃與鬼交歡。
2 春燈謎二則	一、作者寓省垣而識一慧婦，喜以燈謎予人猜，後更以情挑之，作者懼涉非份而不復見。 二、作者客東甌時，元夜所猜燈謎引人遐想，後其解答眾乃散。

3 男變女	某經商者與僕人有斷袖交歡，後主人積毒日久，私處患瘡潰爛脫落而出一牝，其僕遂交之且與其妻交，享齊人之福。
4 夢驗	作者有二夢，皆夢見兄將來訪，後果真靈驗，遂記之。
5 無常二則	一、一婦人是活無常，爲陰間拘人命，一日抓一孝子之老父，孝子求其放之，婦人姪女救孝子老父魂，使之又得活年餘，但其嫂卻亡。 二、一剃頭師男子是活無常，索一婦人命魂於家，婦人答應與之歡愛而被放歸，生還後卻不認帳，後男子死，婦人不日亦卒。
6 雷殛	某官替父母找墓地，卻找到已有棺處，此棺仙入夢中告知將成仙不可開穴，但某官仍開，導致一筵時被雷殛而亡。作者文末有所思。
7 蟻移家	一挑夫黃三病中被蟻偪去搬家，大夢初醒而悟，次日蟻亦不復來。
8 鸚鵡	一婦養一聰慧鸚鵡，一日鸚鵡化作女身，與婦、婢相行酒令甚歡，後狸聞香至，鸚鵡驚入婦懷，又化回鳥身。
9 女醫	1. 江南某廟一老舊戲臺，一日一胡姓盲老婦攜女居之，稱能行醫，里保見女子美，誑之家中有婦，欲請入家中居，無料歸家真有一美婦在，後婚歡愛時始發覺其爲狗而非人，受傷慘重。 2. 又一丐覬覦女醫美色而伴宿殿上，卻夢見被鬼抓且醒於一紳宦家中，被視作賊而送官杖之。 3. 審時人叢中一鮑姓男子，稱己曾因私處患痔被女醫治癒，卻因騷擾之而被削去陽物。 4. 又里中有孕婦生子不出而喪命，後女醫以刀剖肚救兒出，且救活婦人，婦人感恩延之至家中居。 5. 也曾助某邑侯縱欲過度之疾而癒。 6. 後女醫因受婦人之夫調戲，而辭歸，婦即構「胡仙祠」以拜。
10 邵獸	邵某因喜作戲語謔詩而被稱作「邵獸子」，曾宴飲戲作木蘭詩，又一日訪友，友人請之爲婦人洗便桶題戲謔詩，時人乃改稱其爲「邵馬桶」。
11 抱鬼	杭城趙屠戶醉酒調戲女子，卻發現是縊鬼爲索替身所化。
12 懲妒　二則並附妒律十二條	一、某夫生時取妾被婦鴆殺，後夫死婦欲續嫁，稱前亡夫孱弱，夫魂乃至使之化母馬被牲畜姦，終傷重不治。 二、一婦賣夫二妾並誑騙夫，後夫發現，另至他地成家，婦賃車往尋，卻於途中被所賣二妾之父兄設計輪暴，竟自經死。 三、附妒律十二條：吏、戶、禮、兵、刑、工。
13 醜婦驅狐	某富翁子俊美，娶一美妻，翁擔心其荒學而令其就外傅，旬餘始歸家。後妻被狐妖所迷，夫婦俱被狐傷，翁尋道士僧人收狐未成，後醜女表姊來侍寢，始驅狐妖。

14 扶乩	紹興金某善書符且請乩有驗。 1. 長白鄂公與諸友請金某請乩,乩云「廿年贏得主恩濃」,廿年後鄂公果因事服刑。 2. 金某後為吳郡刺史幕僚,請乩為一女鬼,是前太守妾,與之甚相交,亦曾替其友人解疑。後雖離別,也隱語告知後來宦途。
15 卜者自驗	瞽者呂七善占,頗靈驗而錢益多。一日竊盜請卜,其占之利,無料所盜者為己家,後便占卜再不靈驗,而貧餓死。
16 打鬼二則	一、「宋五爺」力大拳大,一次回鄉迷路借宿,所借之家媳與夫相毆且毆婆婆,宋五後怒而與婦格鬥,忽建己身於荒塚間。 二、周子之母被鬼纏而求食,周子因問師治鬼之方,且尋其屍骨治之,母病方癒。又聞同窗有父如母病狀,去而驅鬼。又其師念其孝慧,用心教誨,後周子得官,雖師亡亦恤其後人。
17 浮泛破承	馬四有子能作破承(八股文),替之延師教之,師出題考之辛苦乃成,師謂其僅浮泛破承耳。
18 女盜二則	某生武孝廉,與友人入京應試遇女盜,出言相辱卻被之打敗,後因同行者中有新科舉人,且車中無財,始放行,而生肩背受傷半年始癒。 餘姚許孝廉附商船入京應試,見船上婦美與之歡愛,後乃發現婦是盜賊,婦因怕誤生應考,予之金並令其乘他船離開,後生科考中試。
19 鬼見怕	洛陽某生善淫,無與論婚者,後女鬼欲與之相好,卻見其嫖毒之具而化輕煙頓逃。
20 遣愁說	多情先生有愁而訪麴糵主人,主人告知酒可消愁,且有主人、先生、無心道人的一段辯論,其遣愁說則一。
21 雞姦	彭某真有被雞所姦一真實事發生。
22 夏德海	作者路經洛陽橋邊有夏德海廟,主男風好合,甚靈驗。
23 道士論文	長安于生有慧名卻自大,後落榜上不信且怒,道士乃勸以文章之方法:清真雅正,後于生乃圖強中進士。
24 夜光	南豐曾生赴外郊散步,遇美婦熊夜光與之共雲雨,後其妹胡栩栩來訪,把酒而歌調戲之,又有胡三郎俊美男子出現,生不得之而鬱,等胡女與三郎離開,曾生復與夜光共雲雨,醒後發現原來是流螢。
25 魂附虱體	楊商人與妻同床,夢中見一虱飛而附體遊歷,後被狂風驚起,發現所遊歷處乃是妻之陰戶。
26 夢裡清歌	周生善解音律,一次夢中見一女子能高歌有所批評,卻反被女子質疑諷刺,後女子飛入綠蔭深處,而生驚寤。
27 假鬼劫財	某公子聘一僕夫婦,不料婦卻扮鬼劫財,一日被公子如廁時始發現,乃請之速離勿連累,僕夫婦走後果真不再有屬鬼劫財事。

28 蠅妒	某乙與妻交歡時因有蠅擾而掃興，夢中見一男子欲辱其妻，其妻卻熟睡，某乙夢中遂被男子圍毆，直至男子婦出面阻止，罵某乙妻而其妻亦舉手拳之，某乙乃醒並見幾隻蠅從窗飛出。
29 筆談	龐某老而歸田，日娛以筆墨，一日有客筆中先生訪，與之談學並問及文房四寶之妙，皆能答，故作者以爲是龐子得功名之先兆。
30 神杖	這將馮生善幫訟，一日夢中被一美婦求救而藏之，後卻因此被提至土地公前，又轉至城隍廟判決，始知此婦原是蜘蛛，殺蚊蟲多數，末因生與其有奸而被判以神杖杖打，生雖夢醒仍有傷，治後不甚出而幫訟了。
1 鼠取婦（卷四）	太原薛生夢中參加屋中鼠娶親之宴，後歸卻遇貓而驚瘖，從此不復養貓。
2 投胎	譚生進士秀美，一日被樑上蛇所驚而呆滯，致魂附青蒼蠅上，又思隔牆倪翁有美妾，飛去見且流連忘返，後美妾生子因好奇而不覺魂附嬰體，成倪翁之女。且時有話傳鄰生臥病魂且投生倪家，因其是進士故倪女文采豐且時有展現。後倪翁欲將女婚配，因條件高而拒太守之子，後家道因牽連命案而中落，父病亡且兄將妹鬻與商人作妾，因生活苦作詩埋怨，不僅被夫打罵更鬻入妓院，成名妓後又遇從前學生，得以歸家，後欲從良卻患病而得瘵死。
3 畫山僧	閩人謝僑鶴於夢中入大署，見己入於人間官冊上，並見己活六十三歲且下註云「畫山僧」，後官至保定縣，查此「畫山僧」生平，始知是己前世。
4 狗盜	汪某爲醫，途中救蛇，蛇報恩取來一赤金，一家三人爭吵之際，一盜入且欲假金，打輸後逃，汪始發現其爲狗盜。
5 雞產人雛	雞遭農人子姦而生人雛，不久人雛即亡。
6 魏小姐	某生俊美有妻且恩愛，後妻亡，夢一魏小姐來慰，與之交歡而泥噴生床，後生訪東城廂見一魏千金廟，詢問乃知修建是因魏小姐托夢，入廟中又見神像中泥皆空，且儲人精，眾擔心其危害人而毀像，生後亦無恙。
7 泥馬	副將嚴某求馬，後有人牽白馬一匹欲賣，條件是捐助西關外桓侯廟樑柱，後嚴某以此馬入都，途中遇盜，馬助之殺盜而回，經桓侯廟馬卻不動，審之已成泥馬，乃歸馬放廟中。
8 女鬼談詩	周濂夜半苦讀，聞外有二女鬼談詩，頗多詩理，後周生出聲，鬼乃諷詩而消失，周生見消失之處有二靈柩乃賦詩，後科考周生及第。
9 大痴小痴	父子二人因愚而名「大痴小痴」，多有蠢事發生身上。
10 蜂妃	某婦被蜂王選爲妃而不知，雖受寵仍思念己夫，王於是釋歸，婦醒卻疑是夢，產一肉卵，剖之飛出數十小蜂，皆往鄰家蜂巢飛去。
11 鬼示死期	許某考前看守學院，見樑間有鬼以手指示數字與生，後有一黑胖鬼闖入受驚嚇，躲於樹上卻墮地而大病，五月三日喪命，始知乃鬼示死期。

12 犬報	某婦求子方以黑狗腎二枚，後夢見二黑衣人要求償命，曰「爾割我勢，我剖爾陰」，婦痛而醒，見私處作癢，乃懼不敢敷藥，後久治才癒。
13 月夜聽詩	臨安某生入都應試而無錢回鄉，寓居寺中而聞有人談詩，後被發現始知是為選婿，生因無資而送詩入考婿府求助，後得金救助而歸。
14 六郎	某生遊西湖水邊，遇一俊麗六郎相好，並與其三姐好合，共填詞曲度歡樂，過重陽後姊弟皆病而歸，似所遇為何花妖也。
15 臺陽妖鳥附連莊規七條	以妖鳥集眾喻林爽文事變，述及林變過程與自己平亂經過，又亂後訂定連莊規七條附於後。
16 學杜	成都杜先生人呼小杜先生，施生學之作詩有成，驕矜謂「小杜後捨我其誰？」
17 蜉蝣	宦家女遊園見蜉蝣，午覺夢中不僅結婚生子且過了短暫一生，醒後問婢所夢，則二人皆從褲中見蜉蝣子，才知其皆為子孫耳。
18 放生持齋	周生入京應試而入己家豬圈、雞籠，家畜皆化成人形與之對，後更宿雞家與小白衣女兒歡愛，後生醒訝而問妻，才知是己家牲畜，而送牲畜放生並持齋不復養之。
19 華童	華瞻童子能文應試，某公應試命題卻放屁，令童大笑公卻怒，罰童作文云屁，不料書畢更怒欲罰，童大啼，某公夫人聞聲出，賞識以幼女妻之。
20 狐蠱有緣	某富家子被狐迷祟，金生往之與狐對詩勸，後狐作詩多首且作賦、古文，更談治天下之理，生見之終露傾慕狂態，狐卻云無緣而不復見，自此遂絕富家，生悵然而返，不知者向謂生驅狐有術矣。
21 行令逐客	竇某性吝，聰慧以行酒令逐客。
22 狐謔	閩省有狐故居，某生有膽前去試膽，卻被狐以藥戲之，陽物脹大從此不能人道。
1 梅花菴（卷五）	一樵夫立志讀書，以樵為生，後迷路而入梅花菴，見姊妹三尼，皆與生飲酒並行酒令，罷又食藥草能雲雨，後一卯生美少年亦共樂，直至道人來犯，生始見菴荒廢，回歸不復敢入山。
2 髯道士	某富家女病，一髯道士云死後可治，後果死後以屍治之，治法奇如交媾，且施以針，終癒。後道士徜徉而去。
3 孽蛇	真武祖師廟顯靈告知廟祝有蛇怪藏於樹中，群眾集而揪出一老翁斬頭，果為蛇也。
4 假彌子	某地有彌子瑕廟，像美，江氏婦見之動心，一日夫遠遊而有彌子求歡，後其夫發現亦喜其男色，知其是狐而斷其陽物，欲供己樂，狐卻號奔出而不復見。

5 螻蛄	某生見田間有男女野合，後與女歸家歡愛，自稱婁姑，女妹卻被惡霸蜈蚣、蠍強逼迎娶，生以寡敵眾，始發現敵者皆昆蟲，放雞啄之，而自己現實中已數日未歸。
6 山魈	山魈作祟于山中村：一、倒吊縣役。二、迷惑一婦，使富並生一肉球。三、又有山精參佛，久而成山神。
7 車夫驅狐	張大車夫於彰儀門外打狐而逃，後狐作怪擾婦，婦之夫請來張大驅狐成功。
8 義牛	呂生妻美且仁厚好施，於市上遇牛將宰，而購之飼於家，且有一牛亦將被宰而逃於呂家被救，後呂家遇盜，二牛奮不顧身救主而亡，呂主亦哀而建「雙義牛塚」。
9 巨人交媾	富商妻於家中刺繡，而見二巨人交媾，後僅見庭中淫精腥臭，巨人卻已消失。
10 公主墓	康生素有膽勇，一日被請至公主前，託之帶兵救安樂村免於盜所掠，後康生恃功逾矩，而被公主斥返人間，生乃告鄰人與村民所見事，且於公主墓旁灑掃而亡，後人即蓋「康生祠」於墓旁。
11 魚怪	儒釋道三人同舟，一婦上船調戲三人，後復跳入水中大興風浪，是魚怪也，後龍出救始脫險。
12 靈姑 三則	一、一狐為靈姑能與眾人談笑應對。 二、女假有靈姑居其腹，卻被羅生識破而調戲，從此遂不敢入室誑人矣。 三、一美女因前世夙怨而怨魂附其身，使其祖身壞其名節而不能嫁。是文末勸人不能因色而誤。
13 乩詩 記附	作者之甥能詩能文卻早夭，作者請乩請來甥亡魂作詩，以為是真事。 附姚甥登岳陽樓記。
14 琴劍作別	作者家兄客閩南時，夢己身長物琴、劍化成人身作別，乃作長詩賦別。
15 拔強毛	山西全怯別號懦夫，有妻悍而美，後友人齊生告之是因陰毛中有毛白硬，後求齊生為之拔毛，婦始不復悍矣。
16 六姑娘	王生因美且行六，人戲稱之為「六姑娘」，一日王生遊街，虞氏姑嫂戲言婚配，不料招來屠夫欲淫，誤殺虞兄及沈大，牽連多起命案，後遇高公始破案，且王生虞氏婚配，王生為報恩並中科考，侍奉公夫婦如父母。
17 封仙	晏平養士，有一封姓道士求見，能神異後與之至交，不但助其逃過僕妾毒害，更使之假死三年重生，才駕鶴歸去。
18 張麗華祠	周生夜憩張麗華祠，遇張麗華與之對談，晨乃消失而悵然。
19 財神誕期	財神誕前入夢中告吳姓者，吳姓即日拜之，神謝之以金，使富貴通達。

附錄二 《無稽讕語》故事分類表

故事名稱	仙妖鬼狐類			奇聞軼事類	諧趣滑稽類	歷史風俗類
龍眼侍御	※					
噩夢	※					
蠻觸搆兵	※					
魂游	※					
後庭博金					※	
瑤池夢讌	※					
彼穠村	※					
森羅殿考試	※					
道學先生					※	
林醜醜	※					
虎女	※					
金生射獵	※					
妖術	※					
庾樓	※					
煙筒傳贊　附詩					※	
科場顯報　三則	①※	②※	③※			
女廟留賓	※					
梅子留酸	※					
蝦兵	※					
偷兒穴垣				※		
孟子詩	※					

篇名				
癡兒答債			※	
求鳳夢	※			
詠春				※
哈叭狗	※			
小洛陽選婿	※			
誤娶		※		
孽報	※			
醫詩文	※			
健婦		※		
施氏		※		
考婿 二則			①※ ②※	
閩中俊尼 附詩		※		
虎師				※
誤溺	※			
春燈謎二則				①※ ②※
男變女		※		
夢驗		※		
無常二則	①※ ②※			
雷殛		※		
蟻移家	※			
鸚鵡	※			
女醫	※			
邵獸			※	
抱鬼	※			
懲妒 二則 並附妒律十二條	①※	①※		
醜婦驅狐	※			
扶乩	※			
卜者自驗		※		
打鬼二則	①※ ②※			
浮泛破承			※	
女盜二則		①※ ②※		

鬼見怕	※		
遣愁說			※	
雞姦	※		
夏德海				※
道士論文		※	
夜光	※		
魂附虱體	※		
夢裡清歌	※		
假鬼劫財		※	
蠅妒	※		
筆談	※		
神杖	※		
鼠取婦	※		
投胎	※		
畫山僧		※	
狗盜	※		
雞產人雛		※	
魏小姐	※		
泥馬	※		
女鬼談詩	※		
大痴小痴			※	
蜂妃	※		
鬼示死期	※		
犬報	※		
月夜聽詩		※	
六郎	※		
臺陽妖鳥 附連莊規七條				※
學杜			※	
蜉蝣	※		
放生持齋	※		
華童			※	

狐蠱有緣	※		
行令逐客			※
狐讎	※		
梅花菴	※		
髯道士		※	
孽蛇	※		
假彌子	※		
螻蛄	※		
山魈	※		
車夫驅狐	※		
義牛		※	
巨人交媾	※		
公主墓	※		
魚怪	※		
靈姑 三則	①※ ③※	②※	
乩詩 記附		※	
琴劍作別	※		
拔強毛		※	
六姑娘		※	
封仙	※		
張麗華祠	※		
財神誕期	※		